Una casa per Cami

(Titolo originale: Coming Home)

Chandler Hill Inn – Libro 2

Judith Keim

Wild Quail Publishing

Traduzione di Alessandra Patriarca

wildquail.pub@gmail.com
www.judithkeim.com

Wild Quail Publishing
PO Box 171332
Boise, ID 83717-1332

ISBN#: 978-1-965622-05-6

Dedica

This book is dedicated to Wayne Bailey, his wife, Nicolette Nickolau, and the staff at Youngberg Hill for their kindness and hospitality

CAPITOLO UNO

Camilla Chandler attraversò i vigneti della tenuta Chandler Hill, nella Willamette Valley in Oregon, per raggiungere il boschetto che le era così caro. Le ceneri della nonna, Violet Chandler detta "Lettie", erano lì conservate insieme a quelle di sua madre Autumn, del marito di Lettie, Kenton, e di Rex Chandler, suocero di Lettie e primo proprietario della locanda e della casa vinicola che Cami aveva appena ereditato.

I cieli grigi di quella fredda mattina autunnale promettevano pioggia, il che si addiceva al suo umore. Le gocce in procinto di scendere facevano il paio con le lacrime che era riuscita in qualche modo a trattenere, dopo avere pianto per giorni la perdita della nonna, che lei chiamava "Nana", una donna amata non solo da Cami, ma da tutti quelli che la conoscevano. Per diciotto mesi, nei suoi primi due anni di vita, era stata Nana a crescerla, creando un precoce, amorevole legame tra loro. E poi, quando Cami aveva appena sei anni, Lettie aveva preso il posto della madre, Autumn, travolta e uccisa da un'automobile mentre faceva jogging vicino alla sua casa in Sud Africa.

Sollevò il viso verso il cielo e osservò una poiana coda-rossa che volteggiava nell'aria sopra di lei, per poi planare e posarsi su una quercia bianca, nel gruppo di alberi verso cui era diretta. Proprio come sua nonna, Cami cercava riparo e risposte tra i pini e le latifoglie che si ergevano dal terreno, solidi e fitti, come sentinelle messe di guardia ai vigneti stesi lungo i pendii, e con promesse di buone cose per il futuro.

Cami entrò nel cerchio degli alberi e sedette sulla panchina di pietra, messa lì ben prima che lei nascesse.

«Che casino» le uscì di bocca, senza pensarci. Si strinse con le braccia, e desiderò di essersi messa un maglione. Il pungente freddo autunnale le penetrò nelle ossa mentre cominciava a piangere. Se Nana fosse stata lì, l'avrebbe abbracciata e le avrebbe detto che tutto si sarebbe sistemato. Ma in quel momento, sembrava che non andasse bene proprio niente. Specialmente dopo avere ricevuto l'email di Bernard.

Cami dondolava avanti e indietro sulla panchina e cercava un modo semplice per liberarsi di quella pena. «Bernard Arnaud è... è un pezzo di... è un cretino!» Il suo grido rabbioso riempì l'aria e rimbalzò tra i rami e le fronde degli alberi, come se la loro eco confermasse la sua opinione su di lui.

Sentiva nella testa le parole della nonna. «Prendi un bel respiro e ricomincia dall'inizio.»

Provò a seguire quel consiglio silenzioso e inspirò, si mise dritta e disse ad alta voce: «Nana, pensavo che mi amasse. Pensavo capisse che era mio dovere ritornare a Chandler Hill, che lo dovevo alla mia famiglia. Dopo tutti i mesi passati insieme, ha osato definire quei giorni... e quelle notti... una piacevole avventura. E adesso, non mi vuole più vedere! Ti avevo appena detto addio al funerale, e lui me l'ha comunicato con una email... una email, maledizione!»

Cami strinse le mani a pugno mentre le lacrime le scorrevano sulle guance. «Mi sento così... così... sciocca!»

Un passero atterrò poco lontano da lei e la guardò con i suoi occhi scuri, come un messaggero mandato dalla nonna. Quanto le mancava!

Cami abbassò la testa. Per quanto agli altri sembrasse strano, sedersi nel boschetto e svelare i suoi segreti la aiutava a trovare le risposte. Anche se tutti i suoi parenti Chandler erano morti, le parlavano ancora attraverso i ricordi e le storie che li riguardavano, condivise da chi li aveva conosciuti.

Erano tutte persone straordinarie, la madre, la nonna e i due uomini Chandler, che avevano consegnato a Nana la sfida e l'opportunità di rendere la locanda e la cantina Chandler Hill quello che erano diventate. La responsabilità di mantenere quell'attività solida e in salute era passata sulle spalle di Cami. Molte persone sarebbero state estasiate all'idea di ricevere un simile lascito, ma la rottura con Bernard le era già costata cara. E Cami si domandava se, a soli ventitré anni, sarebbe stata in grado di prendersi la responsabilità che la nonna le aveva lasciato.

La brezza fredda che soffiava tra i pini riempiva l'aria di sussurri. Cami piegò la testa per ascoltare. Nessuna risposta le sembrò chiara, tranne una. In un modo o nell'altro, doveva trovare dentro di sé il coraggio e la forza per portare avanti le cose. Se Nana, dall'alto del suo metro e sessanta, ci era riuscita, allora doveva farcela anche lei.

Si alzò per andarsene, ma sentì un rumore dietro di sé: allora si voltò e vide Rafe Lopez che camminava nella sua direzione. Sorrise e sollevò una mano in segno di saluto. Il nonno era un bell'uomo sulla settantina, che come lei si struggeva per la recente scomparsa di Lettie. Cami e Rafe erano sempre stati molto legati, e adesso che erano rimasti soli a vivere nella casa di Nana, il loro rapporto si era ancor più rafforzato.

L'aveva sempre chiamato Rafe, fin da bambina. Quando le aveva suggerito di chiamarlo nonno, Cami aveva picchiato i piedi per terra. «No. Sei il mio Rafe!» A lui era piaciuto allora, e gli piaceva tuttora.

«Immaginavo di trovarti qui» disse il nonno. «Ti sei schiarita un po' le idee?»

Sorrise mesta. «Non ci sono risposte semplici, vero?»

Rafe scosse la testa. «La vita è tutto, tranne che semplice. Posso mettermi qui con te?»

«Certo.» Si sedette di nuovo e gli indicò il posto vicino a lei. «Cosa c'è?»

«Ho appena parlato con Paloma. Ha deciso di lasciare Chandler Hill per andare a vivere in Arizona con la figlia e la famiglia di lei.»

Cami spalancò gli occhi, sorpresa. «Ma Paloma è sempre stata un pilastro di Chandler Hill, quasi quanto Nana.»

«Sì, ma adesso che la sua migliore amica non c'è più, e tu prenderai il suo posto, Paloma è libera di andarsene.» Gli occhi di Rafe erano tristi quanto i suoi. «Molte cose non saranno più le stesse.»

«Ho sentito che Abby vuole andare in pensione entro fine anno.» Cami fece un sospiro preoccupato. «A volte mi sento così sola.»

Rafe le mise un bracciò intorno alle spalle. «Hai sempre me. Anche se credo sia arrivato il momento che io mi trasferisca. Vorrei spostarmi nel capanno, dopo che Paloma se ne sarà andata. Cosa ne dici?»

«Non vuoi restare nella casa con me?» domandò Cami, genuinamente sorpresa.

«Ci sono troppi ricordi. E il capanno, per me, è un posto speciale. È dove ho passato del tempo con Lettie la prima volta. Ovvio che, dopo tutte le ristrutturazioni fatte, non sia più quello di un tempo, ma è uno spazio molto gradevole per un vecchio signore come me.»

Cami lo abbracciò. «Un vecchio signore *molto speciale*. Mi mancherai, ma sono d'accordo. È giusto che tu stia per conto tuo, senza doverti preoccupare per me.» Lo osservò con tenerezza. «Io per te ci sarò sempre, Rafe. Non avrei potuto avere un nonno migliore di te.»

Le prese il volto tra le mani grandi e forti. «Nipote adorata, non sai che dono sei stata per me. Non avevo mai sospettato che tua madre fosse figlia mia. Quando l'ho saputo, ho pianto di gioia. E adesso ho te.»

Cami aveva sentito quella storia molte volte. Era una bella storia. Ma non poteva fare a meno di chiedersi chi fosse suo padre. Era qualcosa che la madre si era sempre rifiutata di svelare. Un giorno, magari quando le cose alla locanda fossero andate meglio, aveva l'intenzione di scoprirlo. Aveva bisogno di saperlo.

Certe famiglie sono complicate, pensò, mentre si alzava. Allungò la mano al nonno, che la afferrò e si mise in piedi.

«Pronta per tornare a casa?»

«Credo di sì.» *Essere a casa era complicato proprio come lo era la sua famiglia.*

Cami si sedette nell'ufficio della locanda e guardò fuori dalla finestra. Quella stanza e la sua storia le gravavano sulle spalle. Aveva già incontrato gli avvocati di Nana per parlare della successione ereditaria della locanda e dei vigneti, ma quando aveva chiesto notizie al consulente finanziario della nonna, quello le aveva spedito una sintesi contabile degli investimenti e chiesto di rimandare di un paio di settimane l'incontro tra loro, perché aveva alcune faccende di cui occuparsi. Sommersa da tutte le nuove informazioni ricevute, Cami aveva prontamente accettato.

Era venuto il momento di decidere quali fondi usare, tra quelli a disposizione, per le migliorie alle camere degli ospiti, come richiesto con insistenza dal responsabile della locanda, Jonathan Knight. Il giovane manager assunto da Nana poco prima che le fosse diagnosticato il cancro non era certo da annoverare tra gli amici di Cami. Quando gli aveva comunicato che avrebbe da quel momento riportato a lei, Jonathan non aveva nascosto la sua contrarietà.

«Non hai alcuna esperienza nella gestione alberghiera»

aveva protestato. «Se non erro, sei laureata in Belle Arti. Il che certo non ti qualifica per occuparti di questo tipo di affari.»

«Ciò non toglie che sia io la proprietaria di tutto quanto» aveva risposto Cami con pacatezza, anche se dentro di sé era furiosa per il tono insolente della sua voce.

«Cami? Il signor Evans è arrivato» annunciò Becca Withers, la sua assistente, facendole improvvisamente ricordare l'incontro in programma.

Cami sorrise. «Grazie, Becca. Fallo entrare.» Cami gli aveva parlato al telefono un paio di volte. Dirk Evans le era sembrato molto brillante, molto raffinato, molto presuntuoso.

Becca condusse Dirk nell'ufficio e, rimasta alle sue spalle, fece un rapido gesto con la mano per indicare che le sembrava un gran bel tipo.

Alto, con i capelli castani schiariti dal sole e bei lineamenti, entrò nella stanza e lanciò un'occhiata insolente a Cami. Attraverso le lenti degli occhiali dalla montatura scura, la esaminò con i suoi occhi azzurri.

Da dietro la scrivania, Cami si alzò per stringergli la mano. «Ciao Dirk, finalmente ci incontriamo.»

«È un piacere. Le fotografie che Lettie aveva sulla scrivania non ti rendono giustizia.»

«Sì, d'accordo, siediti e passiamo agli affari, va bene?» rispose Cami bruscamente. «Vorrei parlare del portafoglio di investimenti della nonna. Stiamo per dare il via a un progetto di ristrutturazione della locanda, e mi servirà vendere delle azioni.»

Ogni sicurezza sembrò evaporare da Dirk, che affondò nella poltroncina e la guardò con aria afflitta. «Abbiamo alcune posizioni fallimentari. Una in particolare.»

Una fastidioso presentimento si fece strada in Cami, come un pitone che le stringesse le viscere. «Non stai parlando del fondo Montague, vero? Ti avevo chiesto di venderlo due settimane fa.»

«Sì, lo so. Ho cercato di farlo, per te e per tutti i miei clienti, ma c'è un problema. In pratica, è venuto fuori che si tratta di uno schema Ponzi. La maggior parte dei soldi si è volatilizzata. Mi sto dando da fare per recuperare quello che posso. Ho già cominciato a compilare la richiesta di risarcimento alla SEC, ma ci vorrà del tempo perché i Federali esaminino il tutto.» Inforcò ancor più gli occhiali sul naso. «Mi avevano dato delle informazioni assolutamente attendibili sulla solidità del fondo, per cui non so bene che cosa non abbia funzionato.»

A Cami si seccò la bocca. Si aggrappò con tale forza ai braccioli della poltroncina che le nocche le diventarono bianche. «Non sai cosa non ha funzionato? Mia nonna era una donna molto prudente. Non credo avrebbe voluto che tu investissi i suoi soldi in qualcosa del genere. Sapeva quello che hai fatto? L'aveva approvato?»

«Mi ha detto di fare tutto il possibile per garantirti di avere abbastanza denaro per mandare avanti la locanda. Quel fondo prometteva guadagni eccezionali...» La voce di Dirk si affievolì.

Cami strizzò gli occhi, infuriata. «Quindi, Nana non lo sapeva?»

Lui la guardò e poi distolse lo sguardo. «Non esattamente.»

«Potrei denunciarti e probabilmente farti togliere la licenza,» disse Cami «e comunque non penso di essere la tua unica cliente a pensarla in questo modo.»

«Non ho fatto niente di sbagliato» replicò Dirk. «Ho avuto le informazioni da una fonte molto affidabile. Credimi, non sei la sola a essere stata danneggiata.»

Cami serrò le labbra per l'ira. «E quindi, questo risolve tutto?»

L'uomo si agitò sulla poltroncina e distolse lo sguardo da lei.

«Anche gli altri colleghi del tuo ufficio hanno suggerito ai clienti di investire in questo fondo?»

Dirk scosse la testa. «A Berman non piaceva, e li ha avvertiti di stare alla larga.»

Cami si sporse in avanti e lo fulminò con lo sguardo. «Voglio che tutto il mio portafoglio gli venga immediatamente trasferito. Chiaro?»

«Ma...»

«Resta qui. Lo chiamo subito.»

Dirk sbuffò, indignato. «Non è necessario che tu lo faccia.»

«Ma lo faccio lo stesso» rispose, sforzandosi di rimanere calma.

Cami cercò nella lista dei contatti e compose il numero sul cellulare. Le passarono subito Russell Berman, che ascoltò e poi disse: «Sarà un onore per me occuparmi dei fondi di Lettie Chandler, che ora sono passati a lei. Suggerisco di analizzare tutto il portafoglio con attenzione, per assicurarci che il resto del capitale sia investito in modo sicuro e prudente.»

«Ma, Signor Berman, come possiamo procedere? Mi serve liquidità per pagare la ristrutturazione delle camere dell'hotel.» A Cami veniva da piangere, ma non voleva assolutamente crollare davanti a Dirk.

«Il mercato è instabile, in questo momento. Eviti di spendere finché non ho sistemato la situazione. Dopodiché, potremo parlare di come finanziare i lavori.»

«D'accordo, ma il direttore della locanda non ne sarà affatto contento» sospirò. Quando chiuse la chiamata, si domandò perché si sentisse tradita da Dirk come lo era stata da Bernard.

«Bene» gli disse Cami, alzandosi. «Direi che abbiamo finito.»

L'uomo si alzò e fece per andarsene, poi si voltò di nuovo verso di lei. «Magari potremmo uscire a cena, qualche volta.»

Una risata isterica le ribollì dentro. *Aveva rovinato il suo futuro, e le chiedeva un appuntamento?*

«Davvero? Non credo proprio. Addio, Dirk.»

Più tardi, mentre riferiva a Becca quella conversazione, le disse: «Riesci a crederci?»

«Sì che ci credo. Ti sei guardata? Snella, ma con delle curve da fare impazzire qualsiasi uomo, sei una donna bellissima dai capelli biondo-fragola e gli occhi scuri. Ucciderei, per avere il tuo fisico.»

Cami le mise un braccio intorno alle spalle. «Sei adorabile. Essere di piccola statura non è una cosa negativa, sai?»

«Ed essere un po' rotondetta?» ribatté Becca sollevando un sopracciglio.

«Tenera e coccolosa. Ho visto come ti guarda Jonathan Knight.»

Becca fece una smorfia. «Jonathan è innamorato di se stesso. Non l'hai notato?»

Si guardarono e scoppiarono a ridere. Alto e con le spalle larghe, Jonathan si muoveva con sfrontata baldanza. Senza dubbio, i capelli scuri, gli occhi verdi e i lineamenti marcati lo rendevano un uomo attraente. Il suo modo di fare, non proprio.

«Per ora, ho chiuso con gli uomini» disse Cami, convinta.

«Non io.» Becca sorrise. «E devo ammettere che Dirk Evans è un tipo molto sexy.»

«Sì, ma l'aspetto non è tutto, Becca.» Cami ripensò a quanto aveva considerato attraente Bernard. E adesso, il solo ricordo del suo volto mentre si curvava su di lei per baciarla le faceva venire l'acidità di stomaco.

L'incontro di Cami con Jonathan non andò meglio di quello con Dirk.

«Non puoi dirmi che il programma di ristrutturazione che ho sviluppato va a farsi friggere» brontolò, seduto nell'ufficio che lui le aveva assegnato. «La tempistica è perfetta. Alla locanda gli affari rallentano, nei mesi invernali. E se intendiamo aumentare le tariffe, dobbiamo rinnovare le camere.»

«Non ho ancora preso una posizione definitiva» rispose Cami. «Ma lasciami il tempo di rivedere il piano. I fondi accantonati per i lavori sono esauriti, e potremmo aver bisogno di usare le entrate correnti per finanziarli.»

Jonathan fece un sorriso di scherno che ben si adattava al tono della voce. «Come possiamo fare quello che mi serve nella maniera che dici tu? Ci vorrebbe un miracolo!»

Cami sollevò una mano per interromperlo. «Appena posso ti farò sapere, Jonathan. È tutto quello che posso prometterti, in questo momento.»

Lui si precipitò fuori dall'ufficio, in un mutismo rabbioso.

Cami lo guardò andarsene, determinata a fargli capire con chi aveva a che fare. Una Chandler e una Lopez.

CAPITOLO DUE

Cami era seduta con Paloma al tavolo di pino nella cucina del capanno e ricordò a se stessa che doveva essere forte. Come si erano detti lei e il nonno, la vita non era semplice. Come in quel caso.

«Vorrei davvero che restassi» disse Cami, appoggiando la tazza del caffè. «Nana contava su di te per molte cose. Non so proprio come potrò mai sostituirti.»

Paloma sorrise, si allungò e le strinse la mano con affetto. «Io e Lettie ci aiutavamo a vicenda e siamo sempre rimaste amiche, attraverso ogni avversità. Ma, Cami, troverai anche tu la persona giusta. Becca mi piace. È intelligente e leale. Dalle la possibilità di crescere insieme a te.»

Cami era frastornata. «Anche a me lei piace, ma non so come andranno le cose. Jonathan non crede che io possa occuparmi della locanda, perché non ho una specializzazione in gestione alberghiera. E nemmeno Becca.»

Paloma le diresse un'occhiata severa. «E la sua opinione ti impedirà di imparare quello che ti serve sapere? In ogni caso, puoi chiamare un esperto per consigliarti, se sarà necessario. È così che Lettie ha conosciuto Abby. Molto prima di avere la responsabilità del *Granaio*, il negozio associato alle cantine, Abby era stata la consulente di Lettie, quando lei aveva cominciato a occuparsi della locanda.»

«Per tutti questi ultimi anni, Abby ha fatto uno splendido lavoro, con la promozione e gestione del punto vendita. E adesso, anche lei dice che è il momento di andarsene in pensione. Mi sembra di essere l'unica rimasta su una nave che affonda.» Cami si rese conto di essere lamentosa, ma non poteva farci niente. Il futuro di Chandler Hill che aveva immaginato poco tempo prima le si sbriciolava davanti agli occhi.

«Pensa a come deve essersi sentita tua nonna, a diciannove anni, quando si è ritrovata a gestire la locanda e i vigneti, senza avere nessuna esperienza. Tu, almeno, hai trascorso l'infanzia in questi luoghi, conosci molte cose sulla coltivazione della vite, e hai un eccellente senso degli affari a sostenerti. Cami, hai esattamente le stesse capacità di tua nonna. Sei in grado di fare ciò che serve per far funzionare l'hotel e le cantine Chandler Hill. È un bel problema che Lettie si sia fidata del suo nuovo consulente finanziario per amministrarle i beni ma, con un po' di creatività e inventiva, puoi fare delle migliorie alle camere e rinnovare la locanda senza spendere tutti i soldi che pretende Jonathan.»

Cami guardò Paloma. Ciocche grigie le striavano i capelli bruni, un segno di esperienza e saggezza. Paloma restituì lo sguardo, con gli occhi che le brillavano di intelligenza e inequivocabile affetto.

«Grazie. Avevo bisogno di sentirmelo dire.» Si alzò e l'abbracciò. «Lo so perché Nana ti voleva così bene. E anch'io te ne voglio.»

Paloma restituì l'abbraccio. «Cerca di capirmi. Andare in Arizona per stare con la mia famiglia è la cosa giusta da fare. Così come è un bene che Rafe viva qui nel capanno. Non potrebbe mai lasciare Lettie. E in questo modo non deve farlo: basta che attraversi il terreno qua davanti, per poterle parlare.»

«Si sono amati davvero tanto.» La voce di Cami tremava. «Spero, un giorno, di trovare un uomo speciale, come è stato il nonno per Nana.»

«Lo troverai.» Paloma sorrise. «Capita spesso di

incontrare tanti ranocchi, prima di scoprire il vero principe.»

Cami scoppiò a ridere. «Definire così Bernard Arnaud è la cosa più carina che io possa dire di lui.»

«A volte, l'amore arriva quando meno te l'aspetti» continuò Paloma. «Rilassati e divertiti a trovare nuove occasioni per rendere Chandler Hill ancora migliore. Il resto verrà, col tempo.»

«Hai ragione. A ben pensarci, vorrei fare le cose a modo mio. Nana aveva fiducia in me.»

«Esatto. È così che è riuscita ad avere successo, ed è così che ci riuscirai anche tu.» Paloma si alzò. «Vuoi dare un'occhiata intorno? Non penso che avrai bisogno di fare dei cambiamenti al capanno, a parte una mano di vernice fresca. Devo dire che non assomiglia per niente a com'era una volta, quando Rafe ha conosciuto Lettie tanti anni fa.»

«Va bene, facciamo un rapido giro. Voglio assicurarmi che il nonno sia a suo agio a vivere qui.»

Cami aveva sentito un po' di racconti su come la nonna, Rafe e Kenton si incontrassero nel rustico capanno per assaggiare e parlare di vini e ascoltare un po' di musica. A quel tempo era una dimora davvero modesta. In seguito, Abby e la sua compagna l'avevano ampliata, e quando Paloma vi si era trasferita aveva continuato con le migliorie, fino a renderla un'accogliente e deliziosa casa nel bosco. Con due camere da letto, un salottino, un piccolo ufficio, la cucina modernamente attrezzata e un ampio soggiorno con zona pranzo, era un'abitazione confortevole per chiunque vi abitasse.

Cami e l'amica furono d'accordo che, a parte ridipingere la camera da letto padronale, non sarebbe servito fare nient'altro, dopo la partenza di Paloma. Il nonno avrebbe comunque potuto decidere se concordava con loro.

«Anche se questo posto mi mancherà, sono certa che a Rafe piacerà vivere qui» osservò Paloma. «E per te sarà bello saperlo comunque vicino.»

Cami la salutò con un bacio e ritornò alla locanda sentendosi un po' confortata. Non poteva permettere a tipi come Jonathan di minare la sua determinazione ad andare avanti con fiducia. Di sicuro avrebbe fatto degli errori, ma anche delle cose buone.

Cami entrò nella locanda e andò direttamente da lui. Quando Nana si era ammalata, Jonathan si era preso l'ufficio della nonna invece di rimanere in quello che gli era stato assegnato, in un'ala dell'edificio. Ma, se lei voleva sovrintendere alla gestione dell'hotel, era importante essere nel cuore delle attività, in modo da avere il polso della situazione. Inoltre, lavorare in quello che era stato lo spazio di Nana era la cosa giusta da fare.

Jonathan era al telefono, nell'ufficio che considerava suo, ma che a tutti gli effetti era di Cami. Alzò gli occhi, la guardò con disappunto e le indicò una sedia.

Cami si accomodò, e lo ascoltò discutere un piano pubblicitario che intendeva implementare. Man mano che la conversazione procedeva, cominciò a preoccuparsi dei costi cui Jonathan faceva riferimento. Fino a quando non si fosse chiarita la situazione finanziaria, doveva essere molto cauta nel prendere impegni per spese rilevanti.

«Ok, allora siamo a posto. Le farò avere il denaro entro la fine della giornata» disse lui. Terminò la chiamata e si rivolse a Cami. «Si tratta dell'accordo per procedere con la campagna in collaborazione con le compagnie aeree.»

A Cami si contrasse lo stomaco. «Non possiamo più farla. Avevamo preso la decisione prima di sapere delle perdite negli investimenti di mia nonna.»

Jonathan sbatté una mano sulla scrivania, facendola

trasalire. «Non puoi continuare a sabotarmi in questo modo. Mi fai fare la figura del cretino.»

«Non abbiamo i soldi» rispose Cami, con tutta la calma che possedeva, e si domandò se fosse in effetti più cretino di quello che aveva creduto. «Per prima cosa occorre analizzare e concordare le previsioni e il budget per il flusso di cassa. E finché il contabile non avrà finito, non possiamo incorrere in spese eccessive. Pensavo che ti fosse chiaro.»

«Sei *tu* che devi avere ben chiaro che bisogna spendere soldi per fare soldi. È ora che la locanda Chandler Hill cresca di livello, anche se questo richiederà di prendere del denaro in prestito.» Le rivolse un'occhiataccia.

Cami odiava i conflitti e desiderava a volte di non aver promesso a Nana di tornare a casa per occuparsi di quel casino. Fece un respiro profondo e raccolse le idee.

«Per i prossimi mesi le cose non saranno facili. Non penso che sia il momento di indebitarci, visto che stiamo per entrare nella bassa stagione. Ci servirà improvvisare, essere creativi. È non è il caso che tu prenda decisioni di tua iniziativa. Se non ti va bene...» Si fermò prima di andare oltre.

Jonathan sgranò gli occhi. «Minacci di licenziarmi?»

«No» rispose Cami, tranquilla. «Ti dico solo che dobbiamo essere una squadra. Lo so che, quando Nana si è ammalata, tutto si è riversato sulle tue spalle. Ma adesso mi sistemerò io nel suo ufficio e prenderò in mano quello che posso, mentre mi faccio carico delle sue responsabilità.»

«Vuoi che cambi ufficio?» L'incredulità nella sua voce era irritante.

«Mi sembra che stessi qui a titolo provvisorio.» Cami non poteva fare a meno di chiedersi che cos'altro Jonathan avesse dato per scontato mentre la nonna stava morendo.

L'uomo balzò in piedi. «Devo andarmene subito.»

«D'accordo. Chiederò a Becca di aiutarti a raccogliere le tue cose» disse Cami, controllandosi il più possibile. Al pensiero di perderlo le si seccò la bocca.

«Non provare a toccare qualcosa!» gridò Jonathan, agitando un dito minaccioso.

Sbalordita, Cami si rimise a sedere e lo guardò uscire. Appena se ne fu andato, balzò in piedi e andò a cercare Becca.

«Per favore, trovami il numero di Barnes e Associati.»

«Va tutto bene?» domandò Becca. «Ho sentito le grida.»

«Non saprei. Ma intendo scoprirlo» rispose Cami. Era venuto il momento di coinvolgere un avvocato.

Dopo aver discusso la situazione di Chandler Hill con lei, Cami si convinse che Jamison Barnes Winkler era la persona giusta per aiutarla. Secondo le informazioni biografiche che aveva trovato in rete, la nipote di Lew Barnes era considerata brillante e onesta quanto era stato il nonno. Sulla quarantina e madre di due gemelle adolescenti, era la formidabile avversaria di chiunque osasse sfidarla.

Due giorni dopo, Cami era all'aeroporto internazionale di Portland in attesa che arrivasse Jamison. All'inizio aveva esitato un po' all'idea di assumere una donna per gestire la situazione. Nel mondo degli affari c'era l'abitudine di trattare con sufficienza una donna determinata, che dimostrasse di avere le stesse qualità direttive che in un uomo erano invece apprezzate.

Cami passò in rivista i passeggeri appena sbarcati dal volo dalla California che attraversavano il terminal. Quando infine capì che la minuta biondina che le veniva incontro agitando amichevolmente le braccia era Jamison, le venne da ridere. La voce roboante che aveva sentito al telefono era quella di una donna vigorosa e dominante. Colei che aveva davanti in quel momento era il genere di persona con cui avresti volentieri fatto quattro chiacchiere davanti a un caffè.

«Cami?» chiese la donna, avvicinandosi.

«Sì, e tu devi essere Jamison.»

Jamison sorrise e annuì. «In persona. Sono felice di incontrarti. Mio nonno aveva una grande ammirazione per tua nonna.»

«Mi ha lasciato una bella gatta da pelare» ammise Cami. «Ecco perché sono contenta che tu sia qui. Ho bisogno di essere sicura che le cose siano a posto. Con la malattia di Nana, Jonathan si è preso gran parte delle sue responsabilità nella gestione della locanda. E, dopo alcune conversazioni con lui, ammetto di essere preoccupata.»

«Come mi avevi accennato. Vedrai che in breve chiariremo tutto. E, se il tuo signor Knight non è valoroso e senza macchia come il suo omonimo biblico Gionata, provvederemo in modo adeguato.» Gli occhi azzurri di Jamison scintillarono divertiti.

Mentre aspettavano i bagagli in arrivo sul nastro trasportatore, le due donne chiacchierarono del più e del meno. Jamison le raccontò delle figlie sedicenni, due ragazze piuttosto vivaci. Parlava con grande affetto di loro e di Wynton, sposato con lei da molti anni e artista abbastanza famoso per le sue opere moderne, realizzate con tecniche miste.

Quando Cami sentì quel nome, strinse eccitata il braccio di Jamison. «Tuo marito è Wynton Winkler? Caspita! Adoro i suoi lavori. Ho studiato alcune delle sue opere a scuola.»

«Sarebbe lusingato di saperlo» rispose Jamison. «Anche a me piacciono molto. Siamo due persone completamente diverse, ma abbiamo trovato il modo di far funzionare le cose. E tu, Cami? C'è qualcuno di speciale nella tua vita?»

«Oltre a mio nonno Rafe?» Cami scosse la testa. «No, in questo periodo ne ho abbastanza degli uomini» disse, e le spiegò brevemente i guai che aveva avuto con Bernard.

L'altra sorrise comprensiva. «Capitano a tutti dei momenti così. Anche quando si è sposati.»

Cami rise alla strizzatina d'occhi di Jamison. Quella donna grintosa e anticonformista le piaceva.

Mentre tornavano a Chandler Hill, parlarono delle aspettative che Cami aveva su Jamison e delle cose di cui avrebbe dovuto occuparsi in futuro. Jamison le fece molte domande sulla coltivazione della vite, la gestione della locanda e la soddisfazione dei clienti.

Mentre parlava, Cami si rese conto di sapere, su quelle attività, molto di più di quello che aveva immaginato. Guardò Jamison e, notato il suo sorriso, capì che era quello che anche lei aveva sperato fin dall'inizio.

«A quanto pare, non sei l'ingenua novellina che crede Jonathan. Molto bene. Mi piacciono le sorprese. Vediamo se piacciono anche a lui.»

Ricordando il modo in cui aveva respinto le sue opinioni in passato, Cami rise deliziata.

Quando imboccarono il lungo viale d'accesso alla locanda, Jamison si guardò intorno con interesse. E quando Cami parcheggiò, si lasciò sfuggire un fischio d'ammirazione.

«Le foto sul sito non le rendono giustizia. La locanda e il paesaggio circostante sono stupefacenti.»

Cami era colma di orgoglio. «Lo so, è bellissimo. Ma, come mia nonna e gli uomini Chandler, ciò che amo di più è la terra. Forse perché Nana mi ci ha portato a camminare tante volte, fin da quando ero piccola.»

«So abbastanza sulla viticoltura da capire che bisogna essere dei coltivatori esperti.»

«Esatto» confermò Cami. «È quello che diceva sempre Ken Kurey. Adesso se n'è andato, ma suo figlio è ancora vignaiolo qui da noi. Appena possibile, intendo farmi insegnare da lui ma, per prima cosa, devo conoscere i dettagli e le attività quotidiane per la gestione della locanda, così da farla funzionare senza intoppi.

«Chi si occupa dei vigneti?»

«Sam Farley è il responsabile, sia qui che nella proprietà di mio nonno. Di recente ha assunto il nipote, Drew, per farsi aiutare.»

«Mi sembra che siate una grande famiglia felice» osservò Jamison.

«Si vedrà. Stiamo ancora cercando di superare lo shock per la perdita di Nana. Lei era un tornado e sapeva sempre esattamente cosa fare e quando.»

«Ce la farete» rispose Jamison. Diede una pacca sulla spalla di Cami e spalancò la portiera, mettendo fine alla discussione.

Cami corse a prendere la sua valigia dal retro del grosso SUV Lexus ultimo modello che era stato di Nana. In Europa si era abituata alle piccole automobili. Quel veicolo le sembrava enorme, ma non intendeva sostituirlo con qualcosa di più piccolo o meno confortevole.

Condusse Jamison nel corpo principale, che costituiva l'edificio originario della casa e della locanda. Guardandolo con nuovi occhi, notò che i vecchi pavimenti di pino della zona giorno risplendevano. Il tappeto orientale rosso era un esempio perfetto della superiore qualità del mobilio, come i numerosi divani e le poltrone di pelle. Sembrava, pensò, la grande dimora del ricco proprietario di una tenuta, il che corrispondeva più o meno alla verità.

«Molto bello» commentò Jamison, guardandosi intorno. «Possiede l'eleganza sobria e tranquilla che manca a molti luoghi. Mi dicevi che Jonathan vuole fare delle modifiche?»

«Esatto» rispose Cami. «Vuole portarlo a un nuovo livello,

dargli un aspetto più contemporaneo e alla moda, e attrarre le giovani coppie. Io gliel'ho detto che un'idea del genere a Nana non sarebbe piaciuta.»

«E?» Jamison la guardò incuriosita.

«Mi ha risposto che è il momento ideale per fare dei cambiamenti, riposizionare l'hotel e portare una clientela diversa. Io non sono d'accordo. E, comunque, non possiamo fare niente per mancanza di liquidità.»

«Capisco» convenne Jamison e sorrise quando Jonathan si diresse verso di loro.

«Benvenuta a Chandler Hill» disse lui. «Mi chiamo Jonathan Knight. E lei chi è, se posso permettermi?»

«Jamison Barnes Winkler» gli rispose, affabile. «Piacere di conoscerla.»

«Ah, lei è l'avvocato che ci aiuterà a sistemare le cose. Bene, Cami le mostrerà la sua camera. Se non erro, ci vediamo dopo pranzo.» Le fece un piccolo inchino e se ne andò.

Jamison commentò: «Il signor Knight sa come esercitare il suo fascino anche mentre ti rimette gentilmente al tuo posto.»

Cami stirò le labbra. «È per questo che per me è così difficile. Gli altri subiscono quel fascino e danno per scontato che io, una donna, sia quella che lavora per lui.»

«Fino ad oggi» rispose Jamison, con dolcezza. «Coraggio, fammi vedere la camera.»

«Certo, scusami» disse Cami. «Ho scelto per te una delle stanze dell'edificio originale, invece di quelle dell'ala nord. Sono le mie preferite, ma anche le più vicine alla cucina e alla sala da pranzo. Vista la bella giornata, direi che possiamo mangiare sulla veranda.»

«Ottima idea» rispose Jamison.

Cami le mostrò una camera spaziosa con una splendida vista sulla distesa delle colline a ovest. Con il soffitto decorato da graziose cornici, il caminetto a gas e il letto a baldacchino sostenuto da colonne tornite, la stanza emanava charme ed eleganza. Il bagno moderno e il terrazzino privato la rendevano ancora più bella.

Jamison giunse le mani e annuì di approvazione. «Deliziosa.» Andò alla finestra e guardò il panorama. «Tutti quei filari di viti sono perfettamente allineati.»

«Sì, e corrono da nord a sud, in modo che i grappoli siano equamente soleggiati da est a ovest.»

«C'è parecchio da imparare...» osservò Jamison.

«È quasi tempo di vendemmia» disse Cami. «Peccato che tu non possa fermarti a vederla.»

«Un'altra volta, magari. Il primo ballo scolastico dell'anno è un evento importante per le mie figlie, e ho giurato che non me lo sarei perso.» Jamison ridacchiò. «Credo che l'abbiano presa come una minaccia.»

Cami rise con lei. Nana era stata come Jamison, e si era sempre assicurata di non mancare a nessuna delle occasioni speciali che riguardavano la nipote, anche quando la locanda o i vigneti richiedevano la sua presenza.

«Ti serve qualcosa, prima che me ne vada?» domandò Cami. Aveva già fatto mettere la valigia di Jamison sull'apposito supporto e controllato che ci fosse una caraffa d'acqua fresca e un piattino con uno dei famosi muffin alla nocciola della locanda. Nel pomeriggio, sarebbero stati serviti dei biscotti, formaggio e cracker.

«Sono a posto, grazie» rispose Jamison.

«D'accordo, allora ci vediamo di sotto, poco dopo mezzogiorno.» Cami sorrise e uscì. Quel pomeriggio si preannunciava interessante.

A mezzogiorno Cami era ai piedi delle scale, in attesa dell'arrivo di Jamison, e ragionava su quanto fossero migliorati la cucina e lo staff nel corso degli anni, mentre la locanda veniva ampliata e diventava più raffinata. Se un tempo era stato difficile assumere nuove persone, lo sviluppo della valle aveva reso molto più facile trovare collaboratori che già vivevano in zona o erano disposti a trasferirsi.

«Ciao» disse Jamison, interrompendo i pensieri di Cami. «È una giornata così bella, che ho fatto un pisolino fuori al sole.»

«Buona idea! Anche a me piace approfittare di questa estate di San Martino. Andiamo a mangiare?»

Uscirono sulla veranda dietro all'edificio. Nel tempo, era stata allargata per ospitare il gran numero di clienti che venivano alla locanda per il cibo, il vino e il panorama straordinari che l'avevano resa famosa.

Jonathan aveva già preso posto al tavolo riservato da Cami. Vedendole arrivare, si alzò in piedi. «Giornata perfetta per pranzare in terrazza.» Aiutò Jamison a sedersi, mentre Cami prendeva posto vicino a lei.

Era un giorno infrasettimanale, e i tavoli non erano pieni. Cami ne era contenta. La conversazione che sarebbe seguita richiedeva un po' di privacy.

Una ragazza con una lunga treccia castana arrivò per occuparsi di loro. Continuava a guardare Jonathan, che le fece l'occhiolino. Lei arrossì e si rivolse a Cami. «Le specialità del giorno sono la zuppa di zucca violina, servita con un crostone al formaggio brie e mela caramellata, oppure il pasticcio di pollo in crosta. Oltre, naturalmente, ai piatti del nostro menu.»

«Grazie, Chelsea» disse Jonathan, guardando la cameriera con evidente apprezzamento.

Cami era a disagio nell'assistere a quello scambio e si agitò sulla sedia. Jamison attirò la sua attenzione e le fece capire, alzando gli occhi al cielo, che era infastidita quanto lei dal comportamento dell'uomo.

Fecero rapidamente le ordinazioni e poi Jonathan si rivolse a Jamison. «Immagino lei comprenderà in che situazione mi trovo, con il ritorno di Cami alla locanda. Lettie Chandler si è affidata a me perché portassi avanti le attività al posto suo, ed è esattamente quello che ho fatto.»

Jamison annuì con cortesia. «Sì, comprendo quanto dev'essere difficile, per uno come lei, cedere il controllo a qualcuno per cui non si prova rispetto.»

Jonathan spalancò gli occhi. «Io... io... non ho mai detto questo.»

«Certo che no» riprese Jamison con cortesia. «Ma le sue azioni l'hanno dimostrato e lo fanno tuttora. È qualcosa su cui dovremo lavorare. La collaborazione è un elemento chiave. Mi aspetto che lei me la dimostri appieno, mentre mi occupo di fare chiarezza sui contratti e gli accordi in essere, in nome e per conto della mia cliente.»

«Non ho concluso alcun nuovo contratto, da quando si è scoperto che gran parte degli investimenti di Lettie Chandler erano andati in fumo» ribatté Jonathan, con tono di sfida.

«Anch'io ho capito così» rispose Jamison, sorridendogli. «Ah, ecco il nostro pranzo. Ha un aspetto delizioso.»

Cami e Jamison mangiarono la zuppa mentre Jonathan si dedicava alla sua insalata. La quiete fu spezzata dall'arrivo di Chelsea. «Signor Knight, c'è una chiamata urgente da uno dei fornitori.»

«Grazie.» Jonathan si pulì le labbra con il tovagliolo e si alzò. «Lasciate che risponda. Sarò subito di ritorno.»

«Vuoi che venga con te?» domandò Cami, chiedendosi perché un fornitore dovesse chiamare. Le fatture erano state tutte saldate, no?

Con un gesto, Jonathan le indicò di rimanere seduta. «Me ne occupo io.»

Dopo che se ne fu andato, Jamison si voltò verso Cami con aria seria. «Capisco perché sei preoccupata. Ma non temere: come ci siamo dette, contatteremo tutti i fornitori. D'ora in avanti, solo tu potrai firmare gli assegni o fare pagamenti. Per lui sarà un fastidio, ma finché non saremo sicure della sua collaborazione, è così che dobbiamo fare.»

«Bene» rispose Cami, felice di non dovere affrontare da sola la furia di Jonathan.

L'uomo ritornò al tavolo dopo pochi minuti. «Tutto sistemato. Era solo una contestazione su una fattura.»

«Chi è il fornitore?» domandò Cami.

«Fresh Farm Foods» rispose lui. «E adesso, torniamo agli affari.» Guardò Jamison. «Vede quant'è frustrante per me, dovere spiegare ogni cosa? Lettie quasi non guardava nemmeno le relazioni che preparavo per lei.»

«Mia nonna stava morendo» gli ricordò Cami.

«Sì, ma sapeva che ero in grado di occuparmi di tutto» ribatté Jonathan.

«Come ho già detto, esaminerò tutte le specifiche, i contratti e le procedure di acquisto» precisò Jamison con voce pacata. «È una pratica comune, quando c'è un cambio di proprietà.»

«Sapevate che Lettie mi aveva promesso una quota di partecipazione negli affari?» domandò Jonathan, guardando prima Cami e poi concentrandosi su Jamison.

«No, non ne ero al corrente.» Jamison si voltò verso Cami. «E tu?»

Scioccata, Cami scosse la testa. «No di certo.» *Nana gliel'avrebbe detto, se così fosse stato, no?*

Jonathan si agitò sulla sedia. Un curioso rossore gli imporporò le guance. «Lettie sperava che io e Cami...»

Cami alzò una mano. «Non dirlo nemmeno.»

Lei e Jonathan si guardarono accigliati.

«Una semplice speranza di nonna, nulla di più» commentò Jamison, per raffreddare la tensione al tavolo. «Il problema è che voi due dovrete collaborare, almeno fino a quando Jonathan deciderà se intende rimanere a lavorare qui.»

Sia Cami sia Jonathan la guardarono con sorpresa.

«Questo è il vero problema. Giusto?» osservò Jamison.

In silenzio, entrambi annuirono.

Ancora stupita all'idea che Nana avesse pensato che si potessero mettere insieme, Cami guardò Jonathan. Non le piaceva e non si fidava di lui. Perché Nana gli aveva dato quel lavoro alla locanda? Le venne in mente una cosa. Jonathan assomigliava a una foto di Rex Chandler da giovane, che aveva visto una volta. Forse, come qualcuno aveva suggerito, Nana aveva davvero perso la ragione, verso la fine. Il pensiero la intristì.

Terminarono il pranzo e si diressero verso l'ufficio di Cami.

Jamison si rivolse a Jonathan. «Mi serve il suo computer per un paio d'ore. Cami può accompagnarla nel suo ufficio a prenderlo.»

«Che cazzo succede?» disse lui. «Mi sta accusando di qualcosa?»

«Assolutamente no» rispose Jamison con calma. «Fa parte dell'attività di revisione di cui abbiamo parlato prima. Se le cose sono in ordine, non ci vorrà molto. Mi sembra di capire che Cami abbia già accesso a gran parte della documentazione.»

Cami seguì Jonathan fuori dall'ufficio con riluttanza. Le sembrava che avesse voglia di prenderla a schiaffi.

Entrarono nella stanza di lui, che chiuse con violenza la porta dietro di loro. «Procedi pure. Cerca di scovare qualcosa che non va. Non troverai nulla.»

«Voglio solo capire la situazione in cui siamo» spiegò Cami. «Se devo prendere il posto di mia nonna, devo comprendere appieno il funzionamento delle operazioni. Lo sai anche tu.»

«Davvero? Perché tu lo sappia, la telefonata non era da un fornitore. Me lo sono inventato. Era per un'offerta di lavoro che mi hanno fatto. E se vai avanti con queste stronzate, la accetterò.»

Nascondendo la rabbia, Cami prese il computer dalla scrivania. «Lo dirò a Jamison.»

«Pensi che sia facile gestire un albergo come questo? Fallirai, Cami. Puoi anche essere la nipote di Lettie Chandler, ma non le assomigli per niente.»

Quelle parole, come aghi nel cuore, la fecero vacillare mentre si dirigeva alla porta. Si raddrizzò e si voltò verso di lui. «Sarai sorpreso da quello che sto per dirti. Tu non darai le dimissioni, perché da questo istante esatto sei licenziato.»

Tornò alla scrivania e prese il telefono per chiamare Jamison. Appena le spiegò quello era successo, Jamison le disse di farsi subito raggiungere da uno degli uomini dello staff. «Dobbiamo fare andare via Jonathan dalla proprietà. Immediatamente.» spiegò.

Cami compose il numero del *Granaio*. Rispose Drew Farley.

«Puoi raggiungermi prima possibile nell'ufficio di Jonathan? Mi serve il tuo aiuto» disse, soffocando il tremito nella voce.

«Sto arrivando» rispose lui.

CAPITOLO TRE

Cami era in piedi nell'ufficio e osservava dalla finestra la sagoma che si dirigeva a passo veloce verso la locanda. Aveva incontrato Drew Farley al funerale di Nana ma, visto il suo stato confusionale di allora, non aveva alcun ricordo di che aspetto avesse, tranne quello di un uomo alto e atletico.

Mentre guardava le sue lunghe falcate, si domandava cosa ci fosse dietro la storia su di lui che le avevano raccontato. Lo zio, Sam Farley, che aveva preso il posto del bisnonno di Cami, Jose Lopez, come trattorista di Chandler Hill, aveva cresciuto Drew da solo. Non c'erano state né la madre né la zia ad occuparsene. A lei Sam era sempre piaciuto, perché era un uomo tranquillo e gentile.

Cami corse alla porta dell'ufficio per farlo entrare.

Quando lo accolse, gli occhi color ambra di Drew incontrarono i suoi.

«Sono felice che tu sia qui» gli disse piano, lanciando un'occhiata a Jonathan con la coda dell'occhio, mentre Jamison lo raggiungeva nel corridoio. «Bisogna che tu scorti Jonathan Knight fuori dalla proprietà» spiegò sottovoce. «Ha detto di aver trovato un altro lavoro e così, prima che potesse dare le dimissioni, l'ho licenziato.»

Sorpreso dall'arrivo di Drew e Jamison, Jonathan sembrò allarmarsi. «Che succede?» domandò, cercando di sembrare disinvolto.

«La mia cliente ha deciso che il suo impiego è da considerarsi terminato» rispose Jamison. «Il signor Farley l'accompagnerà fuori da Chandler Hill. Può prendere accordi con Cami per tornare a prendere i suoi effetti personali in un orario per lei conveniente. Oppure glieli possiamo raccogliere noi e consegnarli al suo appartamento in città.»

«Non potete farmi questo» gridò Jonathan, guardandola in modo così velenoso che Cami sussultò.

«Possiamo e vogliamo farlo. Ed è quello che stiamo facendo» replicò Jamison con voce ferma. «Adesso prenda la giacca e segua il signor Farley.»

«È tutta opera tua» ringhiò Jonathan in direzione di Cami. «Senza di me, porterai questo posto alla rovina.»

Drew fece un passo avanti, frapponendosi tra loro. «Adesso basta» disse, con una voce profonda che non ammetteva replica.

Jamison passò a Jonathan la giacca.

L'uomo si precipitò fuori dalla stanza, subito seguito da Drew, e scomparvero entrambi lungo il corridoio che portava alla cucina.

Tremante, Cami si mise a sedere e fece molti profondi respiri.

«So che è stata una scena sconvolgente, ma così impediremo a Jonathan di portare con sé informazioni riservate o protette, e avremo la possibilità di scoprire se e cosa abbia eventualmente fatto a tua insaputa.»

Drew tornò pochi istanti più tardi e si fermò di fronte a Cami. «Se n'è andato, per ora.»

«E adesso, dobbiamo informare il personale che non bisogna permettergli di entrare nella proprietà, se non è accompagnato» aggiunse Jamison.

Drew guardò Cami con preoccupazione. «Era parecchio infuriato e ha pronunciato ogni genere di minaccia nei tuoi confronti. Ho intenzione di scriverti una breve relazione su tutto quello che ha detto, nel caso in cui ti serva in futuro.»

Cami alzò la testa e lo guardò con attenzione. Gli occhi

color dell'ambra – o del caramello, come li avrebbe descritti lei – avevano riflessi caldi e dorati. I lineamenti erano gradevoli: naso diritto, mento volitivo e labbra decisamente da baciare. All'improvviso si accorse che lo stava quasi esaminando al microscopio e disse, senza riflettere: «Sono davvero contenta che fossi qui ad aiutarci. Jonathan ce l'ha con me dal primo giorno che sono tornata.»

«Se ti dà ancora fastidio, fammelo sapere.» Fece un gesto di saluto toccandosi la tempia con due dita

e uscì dalla stanza. Jamison e Cami si scambiarono sguardi di ammirazione.

«Direi che questo signore» osservò Jamison «è di tutt'altra pasta rispetto al tuo amico francese.»

Cami sentì che le veniva da sorridere. Forse, con amiche come quella, ce l'avrebbe fatta a gestire con successo la sua azienda. E, nel frattempo, il signor Favoloso aveva di sicuro stimolato la sua curiosità.

Lasciarono in breve da parte i pensieri relativi agli uomini e cominciarono a rivedere tutti i contratti con i fornitori e le relative specifiche di acquisto, fatture ed estratti conto.

«Non mi è chiaro che cosa riguardino alcuni di questi sovrapprezzi» disse Jamison, pensierosa. Prese il telefono e chiamò il fornitore di carni.

Cami si dedicò a fare un elenco delle persone da informare sul cambio a livello direttivo. Avrebbe chiamato tutti personalmente, e poi mandato una email ufficiale. In quel modo, nessuno avrebbe potuto equivocare sul fatto che Jonathan non aveva più alcun ruolo negli affari di Chandler Hill.

Quando Jamison terminò la telefonata, si rivolse a Cami, seduta di fianco a lei. «È stata una conversazione interessante. Quei sovrapprezzi erano parte di un sistema di mazzette che si spartivano Jonathan e un impiegato del fornitore, che è già stato licenziato. Si tratta di cifre modeste, ma il comportamento è davvero esecrabile. Se occorrerà, potremo usarlo contro quei due. Ma ho la sensazione che il signor Knight non si farà più sentire, quando capirà che sappiamo quello che faceva. Vediamo cos'altro scopriamo. Nel frattempo, ti suggerisco di cominciare a chiamare tutti i fornitori. E di controllare con la banca che a Jonathan venga tolta ogni delega.»

«E per quei ricarichi sui prezzi?» domandò Cami.

Jamison sorrise. «Mi sono accordata perché ti venga restituita una bella sommetta.»

Cami sorrise di rimando e tornò seria. «Grazie. Adesso chiamerò tutti gli altri.»

La prima telefonata fu alla banca. Le passarono una dirigente che l'ascoltò con attenzione e poi disse, con toni calmi: «Grazie di averci chiamato, signorina Chandler. Stavo giusto per contattarla. Abbiamo di recente notato alcune irregolarità sul suo conto. Tre assegni da millequattrocentonovantotto dollari e ottantotto centesimi, a favore di un'azienda denominata Paxton Fresh Foods. Di norma, non ci faremmo caso. Ma tre pagamenti distinti, con la stessa identica cifra, ci hanno insospettito, e quando abbiamo cercato la ragione sociale, non abbiamo trovato nessuna attività con quel nome in tutta la zona.

«Grazie» disse Cami con un senso di nausea. «Chiederò al mio avvocato di dar seguito alla sua segnalazione. Nel frattempo, l'unica autorizzata a operare con la vostra banca sarò io.»

«Ho capito» rispose la dirigente. «Sarà mia cura rimuovere immediatamente il nome di Jonathan da tutti i suoi conti. Bentornata. Ci ha sempre fatto piacere lavorare con sua nonna. E sarà per noi un piacere aiutarla.»

###

Tre giorni più tardi, Cami era al terminal dell'aeroporto di Portland. Abbracciò Jamison e fece un passo indietro per guardarla. «Vorrei che non dovessi partire. Sei stata di enorme aiuto nella gestione dei problemi con Jonathan e assistendomi nel rimettere a posto la situazione.»

«Torno presto. Te lo prometto. E, la prossima volta, porterò Wynton con me. Credo che adorerà il paesaggio tanto quanto me.»

«Sarebbe fantastico» rispose Cami. «E per me sarà un onore poterlo incontrare.»

Jamison le sorrise con calore. «Penso che anche per lui sarà un piacere conoscerti.» La salutò agitando la mano e si diresse agli imbarchi.

In piedi da sola nel frenetico brusio del terminal, Cami desiderò di poter prendere un aereo anche lei e volare lontano per sfuggire a tutto quanto. Il compito che l'aspettava la intimoriva.

Mentre tornava alla locanda le suonò il telefono. *Bernard*.

Cami esitò, poi rispose. «*Bonjour*, Bernard. Cosa c'è?»

Bernard fece un lungo sospiro. «Mi manchi, *chérie*!»

Anche se il cuore ebbe un moto di ribellione, Cami si obbligò a rimanere in silenzio.

«Pensavo che potrei venire in Oregon a trovarti. Il mio lavoro qui nei vigneti è terminato.»

La mente di Cami cominciò a correre in tutte le direzioni. «Credevo che intendessi investire nell'attività insieme a tuo fratello.»

«Alla fine è andato tutto a monte. Ecco perché ho pensato di venire a stare da te.»

«Non penso che sia una buona idea. Qui ci sono troppe cose da sistemare. Lasciami qualche settimana per ambientarmi e poi ne riparliamo.»

«Credevo che volessi avermi con te» obiettò Bernard.

Cami dovette resistere alla tentazione di chiedergli di raggiungerla subito, ma tagliò corto. «Ti faccio sapere.» Terminò la telefonata, prima di cambiare idea. Al suono della sua voce morbida e seducente, aveva provato il solito, familiare struggimento.

Si ritrovò a sfrecciare lungo l'autostrada, come se dovesse fare una corsa contro il tempo. Rallentò, prima che la polizia la fermasse e si rese conto che Paloma aveva ragione. Nella loro relazione, Bernard era il ranocchio, non il principe. E, comunque, doveva dedicare tutto il tempo e le energie a imparare come andava gestita la proprietà, non al tentativo di resuscitare un amore non corrisposto. In aggiunta a quello, chi si credeva di essere, Bernard? Le aveva spezzato il cuore. E non l'aveva chiamata nemmeno il giorno del funerale di Nana.

Quando si accorse che stringeva così forte il volante da avere le nocche livide, Cami fece un lungo respiro e allentò la presa. Bernard aveva già dimostrato la sua vera essenza. Perché mai avrebbe dovuto volerlo rivedere?

Spostò l'attenzione sui problemi con la locanda. Era emerso che il personale non provava affatto per Jonathan lo stesso elevato apprezzamento che lui aveva per se stesso. Dopo avere incontrato parecchi componenti dello staff, Cami aveva avuto l'impressione che le avrebbero dato l'opportunità di dare prova di ciò di cui era capace. Quando era Nana a gestirla, la locanda Chandler Hill era uno dei posti di lavoro meglio considerati in tutta la valle. Voleva che ritornasse a essere così.

Imboccò il vialetto d'ingresso verso casa e vide il nonno che stava per andarsene. Si avvicinò all'automobile e le sorrise. «Ciao! Ho appena finito di caricare le mie ultime cose. Vuoi venire a dare un'occhiata al capanno?»

«Certo» rispose Cami, che avrebbe preferito non avere a

che fare anche con quel cambiamento. Scese dalla vettura e salì sul camioncino color argento.

In silenzio, Rafe percorse il breve tratto fino al capanno. Quando vi si fermò davanti, le disse: «Dopo che mi sarò sistemato, io e te dobbiamo parlare di alcune cose. Voglio che Drew Farley cominci a lavorare per me alla cantina.»

«Pensavo fosse previsto che lavorasse a Chandler Hill.»

«Adam, il figlio di Scott, si sta preparando a prendere il suo posto. Drew vuole avere un ruolo tutto suo. Continuerà ad aiutare Sam con le vigne di Chandler Hill e dei Taunton Estates. Mi sembra sensato, visto che un giorno tu sarai la proprietaria di entrambe.»

Senza dire una parola, Cami annuì.

Rafe le mise una mano sulla spalla. «Lo so che può sembrarti di avere troppi cambiamenti da gestire, ma ce la puoi fare.»

«Lo spero. Non voglio deludere te e neppure Nana.»

Lui sorrise. «Non ti preoccupare, non accadrà. Ti vogliamo entrambi molto bene.»

Cami scese dal camioncino e aspettò che Rafe la raggiungesse. Entrarono insieme.

Al suono delle martellate e di un'imprecazione borbottata abbastanza forte perché la sentisse, seguì il nonno nella camera da letto principale.

Drew Farley, inginocchiato sul tappeto, li guardò. «Ho quasi finito di montare questo letto, ma non è così facile.»

Cami osservò l'imponente struttura a baldacchino assemblata a metà. Rafe aveva voluto continuare a usare quel letto anche dopo la morte di Nana e adesso l'aveva portato con sé nel capanno.

Cami aveva preferito scegliere qualcosa di più semplice e moderno, per la camera che era stata della nonna.

Lei e Rafe sorressero testiera e pediera, mentre Drew vi

incastrava le sponde laterali.

«Perfetto, così dovrebbe andare» confermò lui.

«Aiutami ad appoggiarci sopra la rete e il materasso, così le cameriere dell'albergo potranno fare il resto» disse Rafe.

Mentre guardava gli uomini sollevare e sistemare il pesante materasso nella struttura a baldacchino, Cami non poté fare a meno di notare i muscoli delle braccia di Drew all'opera.

Il nonno diede un'occhiata all'orologio e poi si rivolse alla nipote. «A momenti arriveranno a portarti il nuovo letto. È meglio che tu vada. E, Drew, perché non l'accompagni per controllare che sia tutto a posto?»

Drew guardò Cami e annuì. «Certo, non c'è problema.»

«Vuoi usare il mio camioncino?» domandò Rafe.

Cami scosse il capo. «No, andremo a piedi. Non ci vorrà molto.»

Uscì con Drew e si incamminarono verso casa.

Una volta fuori, Cami respirò a pieni polmoni l'aria fresca e frizzante. Amava quel periodo dell'anno, il clima autunnale e sapere che l'uva matura sarebbe presto stata raccolta.

Si voltò verso Drew. «Ascolta, non serve che mi accompagni a casa. Posso farcela da sola.»

Lui fece un cenno di diniego. «Vengo con te. Per Rafe, questo e altro.»

Continuarono a dirigersi verso casa, attraversando i terreni con passo veloce.

«È bella questa stagione, eh?» osservò Drew.

«Sì. Madre Natura dà il meglio di sé, con i colori dell'autunno. Non mi stanco mai di guardarli. Mi fanno venire voglia di provare a catturarli.»

«Sei un'artista?» le domandò, mentre camminavano affiancati.

«Non proprio. Ho studiato Belle arti, ma mi considero solo

una persona che ammira le opere ben fatte.» Bernard l'aveva presa in giro per alcuni dipinti di campi fioriti che aveva provato a fare, nel sud della Francia. Al momento se n'era risentita, ma poi aveva capito che aveva ragione. Non sarebbe mai stata altro che una pittrice in erba.

«All'università ho seguito un corso di Storia dell'arte» continuò Drew. «Un modo facile per prendere un voto alto.»

Cami rise. «Beh, ti è servito a capire meglio le opere contemporanee più note?»

«A dire il vero, sì» rispose lui sorridendo. «Le mostre d'arte non sono più così incomprensibili, adesso.» La sua espressione divenne più seria. «A proposito di cose incomprensibili, perché Jonathan Knight ce l'ha così tanto con te? Mi sembri una persona molto ragionevole.»

«Mia nonna deve avergli dato un'impressione sbagliata. Credo che si sia illuso di venire in possesso di una quota della proprietà. Ma non succederà mai, anche perché ho preso un impegno verso mia nonna di portare avanti l'attività. Questo è il motivo per cui sono tornata.»

«Dov'eri, prima di venire qui?»

«In Francia. Un'altra lunga storia. E sono contenta che sia finita.»

Drew si fermò a guardarla con quegli occhi color ambra che la intrigavano tanto. Era molto bello: assomigliava a Ryan Gosling. «Anch'io ho una lunga storia» ribatté lui. «Lo dico sempre: si impara vivendo.»

«Mi ha detto il nonno che diventerai il suo vignaiolo. Sei consapevole che così diventeremo rivali?»

Drew sorrise. «Sia i vini di Chandler Hill sia quelli di Taunton Estates sono eccezionali. Ma spero di poter fare qualche tentativo per creare un nuovo vino. Vedremo.»

Fino a quel momento, Cami non era stata così impaziente di apprendere la vinificazione. Il pensiero di provare a battere

Drew ai concorsi enologici le sembrò eccitante.

«Chi si occuperà della locanda, adesso che Jonathan Knight se n'è andato?» domandò Drew, riportandola alla realtà. Non era possibile farsi coinvolgere troppo dalle cantine finché l'hotel non fosse stato rimesso in sesto.

«Io e Becca la gestiremo insieme. Assumerò un consulente che lavori con noi per qualche mese, e poi faremo da sole.»

Drew sollevò le sopracciglia, stupito. «Becca? Lei è davvero in gamba. Siamo usciti insieme qualche volta, ma le ho detto che non intendo impegnarmi con nessuna. Le relazioni a lungo termine non fanno per me. Adesso, si vede con un mio amico.»

Cami nascose la sua sorpresa. Becca non gliene aveva mai parlato.

Mentre arrivavano alla casa, un furgone delle consegne venne loro incontro.

«Ottimo tempismo» osservò Drew.

Cami corse dentro per controllare che la camera padronale fosse pronta per mettervi il nuovo letto. Più avanti, vi avrebbe spostato gli oggetti personali. Non aveva voluto disturbare Rafe mentre raccoglieva le sue cose.

Drew rimase lì mentre lei si assicurava che il letto fosse sistemato al posto giusto. Dopo che tutto fu montato e in ordine disse: «Penso sia meglio che vada.»

«È ora di pranzo. Perché non ti fermi? Faccio dei sandwich da urlo.»

Rise. «D'accordo, perché no? Oggi non avevo comunque niente da fare.»

Seduta in terrazza, Cami inghiottì l'ultimo boccone del suo sandwich di pollo affettato e chutney. «Mi spiace, ma non ho niente da offrirti come dessert» disse a Drew.

«Non preoccuparti. Era tutto buonissimo. Adesso dovrei andare.» Il suo sguardo affettuoso si fermò su di lei. «Grazie per il pranzo. Con la vendemmia in arrivo, sono certo che ci vedremo in giro.» Si sollevò dalla sedia. «A presto.»

Cami si alzò e lo accompagnò alla porta. «Posso darti un passaggio da qualche parte?»

Drew scosse la testa. «No, grazie. Faccio un salto da Rafe e poi torno a casa.»

Cami restò in piedi sull'uscio per qualche momento, e lo guardò allontanarsi a lunghe falcate. Se avesse voluto uscire con qualcuno, lui sarebbe sicuramente stato un candidato. Ma aveva spiegato di non essere interessato a lei, né ad altre donne. Averlo chiarito aveva reso il pranzo molto più rilassato.

Cami corse in ufficio e chiamò Becca. Aveva discusso con Jamison l'idea di chiedere alla ragazza di lavorare al suo fianco, un po' come aveva fatto Lettie con Paloma, negli anni passati. Era venuto il momento di discutere la cosa nel dettaglio.

Becca arrivò nell'ufficio tutta sorridente. «Mi è giunta voce che hai pranzato con Drew Farley.»

«Come fai a saperlo?» domandò Cami.

Becca rise. «In un hotel, nulla passa inosservato. Il personale è dappertutto. Dunque, com'è andata?»

«Se ti riferisci al fatto che gli ho preparato un sandwich per ringraziarlo di avere aiutato me e Rafe questa mattina, è andato tutto bene. Ma nulla di più. Non gli interessa che ci sia qualcosa tra noi, e neanch'io.»

«Oh.» Becca sembrò delusa. «Pensavo che voi due sareste stati perfetti insieme. Drew è una brava persona.»

«È vero. Esci con un suo amico?»

Becca arrossì in modo evidente. «Io e Dan Thurston ci frequentiamo da un paio di mesi ormai. C'è una scintilla tra noi che non ho mai provato per nessuno, prima d'ora. Non ne sono certa, ma potrebbe essere "quello giusto".» Tracciò le virgolette nell'aria con le dita. «È davvero un bravissimo ragazzo che è coinvolto nell'impresa edile di famiglia, e lo rispetto perché è un gran lavoratore.»

«Bene» disse Cami e si ricordò di quando aveva creduto di avere trovato in Bernard "quello giusto". «Dan è d'accordo che tu assuma un ruolo di maggior responsabilità qui alla locanda?»

«Sì, lui è molto impegnato dal lavoro, e lo sarò anch'io.» Becca la osservò con i suoi occhi verdi. «La prima volta che ti ho incontrato, ho capito che saremmo state amiche. E, dopo averti visto alle prese con il personale, nel poco tempo in cui sei stata qui, so di poter essere la tua assistente personale. Anzi, avrei già trovato la mia sostituta come segretaria.»

«Davvero? Fantastico!»

«Si chiama Imani. Le ho detto che, se eri interessata, l'avremmo chiamata per farla venire qui per un colloquio. Ho già il suo curriculum.»

«Va bene, diamogli un'occhiata e, se ci piace, possiamo fissare un appuntamento. Dobbiamo anche parlare di come organizzare le cose alla locanda. Paloma, l'amica di mia nonna, alla fine gestiva in prima persona molte delle attività quotidiane. Spero che riusciremo a fare così anche noi.»

«Mi sembra grandioso» rispose Becca. «Voglio che tu sappia quanto la tua fiducia è importante per me. Jonathan faceva credere di essere quello che teneva in piedi tutto quanto, ma in realtà ero io a fare gran parte del lavoro, dietro le quinte.»

«Sì, io e Jamison ce ne siamo accorte.»

Dopo che si furono accordate per l'incontro con Imani e

tutta una serie di incombenze, oltre a una sorta di calendario di attività per l'anno, Cami si alzò. «Andiamo a salutare gli ospiti. È l'ora dell'aperitivo, sono certa che molti di loro saranno alla reception.»

CAPITOLO QUATTRO

Camminare tra gli ospiti e rendersi conto di quanto fossero soddisfatti, per Cami, era l'aspetto più appagante del lavoro. Gli anni trascorsi di fianco alla nonna, mentre salutava i clienti in quelle situazioni, le avevano sempre dato una grande gioia. Era impegnativo creare un ambiente adatto, anche per i visitatori non troppo esigenti, e in quei momenti se ne raccoglievano i benefici.

Cami sorrise al ricordo della nonna e si spostò ad accogliere un nuovo ospite.

Alcuni erano piacevoli e di poche pretese, altri meno. Ma Cami faceva in modo di dare ascolto a tutti, e raccogliere informazioni che sarebbero state utili più avanti, per migliorare il loro soggiorno alla locanda.

Si attardò a dare un'occhiata a Becca. Con la sua frizzante personalità, trattare con i clienti le riusciva naturalmente facile. Jamison aveva avuto ragione a spingerla a cogliere l'occasione e coinvolgerla maggiormente nelle attività della locanda.

Abby, che gestiva le vendite per il *Granaio* e il resto della proprietà, entrò nella stanza. Cami corse da lei e l'abbracciò. Se Nana era la nonna che ogni ragazzina avrebbe desiderato, Abigail Wilkins era la prozia che tutte avrebbero voluto. Era sempre stata una specie di fata madrina, e in genere si presentava con regali e giocattoli e altre sorprese che provenivano dal negozio. Ormai quasi settantenne, non vedeva l'ora di andare in pensione e sperava che Cami potesse prendere il suo posto.

«Sono felice che tu sia qui» disse Abby. «Ho fissato un incontro con te verso la fine della settimana. Vorrei che tu conoscessi il personale del Granaio e poi potremo parlare del futuro. Sono certa che Rex Chandler non aveva idea di come avrebbe potuto svilupparsi un semplice spazio per degustazioni. Oggi il Granaio rappresenta per noi una delle più importanti fonti di fatturato e di profitto.»

«La fine della settimana mi va bene. E ti ringrazio ancora di rimanere fino a quando non avrò finito di organizzarmi. Ci sono così tante cose cui pensare.»

Abby l'abbracciò. «Non per niente, sei la nipote di Lettie.»

Il sorriso di Cami vacillò. Tutti tranne lei erano convinti che non avrebbe avuto problemi con le nuove responsabilità.

Rafe entrò nella sala, creando una certa agitazione tra le signore più mature. Era ancora un uomo attraente e nella valle era considerato un bel "bocconcino".

Si avvicinò, abbracciò velocemente Abby e baciò Cami sulla guancia. «Direi che al capanno è tutto sistemato. Per ringraziarti, c'è un regalo che ti aspetta a casa.»

Cami gli sorrise. «Davvero? Adoro le sorprese!»

Rafe rise e le strizzò l'occhio. «Lo so, e questa è davvero bella!»

Ansiosa di andare a casa, Cami si guardò intorno. La biblioteca dell'edificio principale si usava per gruppi più piccoli, ma quando la locanda era piena di ospiti come quel giorno, veniva utilizzata la zona di ricevimento dell'ala aggiunta. Osservò i colori del tramonto brillare attraverso le doppie porte scorrevoli di vetro e riflettersi nel lampadario di cristallo, e pensò alla nonna. Così come aveva un palato naturale per i vini, Lettie Chandler aveva la capacità istintiva di creare ambienti di sobria eleganza. La bellezza del lampadario e del soffice tappeto erano enfatizzati dalla vista delle colline all'esterno, rivestite di vigneti.

Cami continuò a fare il giro degli ospiti, dando loro il benvenuto. Ma non smetteva di pensare alla sorpresa del nonno. Appena riuscì cortesemente ad allontanarsi, fece un gesto a Rafe e se ne andarono insieme.

«Vuoi un passaggio?» gli chiese.

«Volentieri. Sono venuto qui a piedi. È piacevole che la disposizione del terreno dia sufficiente privacy alla casa e al capanno, ma che non siano troppo distanti dalla locanda e dal Granaio.»

«Né troppo lontani dal nostro speciale boschetto» aggiunse Cami, sorridendogli con calore mentre si metteva al volante.

Rafe sedette al posto del passeggero e sospirò. «Non avrei mai pensato di sopravvivere a Lettie.»

«È stata una brutta sorpresa per tutti. Era una donna così forte e attiva.»

Lui guardò la nipote. «Tu le assomigli molto più di quello che pensi. Ma, come tutti, non era perfetta. Non permettere che gli altri ti condizionino su questo aspetto. Sii te stessa, vai per la tua strada.»

Le lacrime le bruciavano gli occhi. Erano le parole che voleva sentire. «Grazie» riuscì a dire. C'erano dei momenti in cui il futuro la spaventava a morte.

Quando si fermò davanti a casa, Rafe si voltò verso di lei con occhi scintillanti. «Va bene, andiamo a vedere la tua sorpresa.»

Cami scese dall'auto e insieme andarono verso l'ingresso a passo svelto. Appena Cami aprì la porta sentì un *Bau!*

Ridendo, si rivolse a Rafe. «Un cane? È questa la sorpresa?»

«Vieni a vedere.» La portò in cucina.

Dietro al cancelletto che chiudeva una porzione della stanza, un cucciolino nero e marrone a pelo liscio la guardò.

«Bau!»

«Un bassotto?» domandò, già protesa ad accarezzare il cagnolino dagli occhi vivaci che scodinzolava così forte da ruzzolare a terra.

Tra le sue braccia, quella che si rivelò essere una cucciola si contorse finché non riuscì a darle una leccatina alla guancia.

«Oh, è così dolce!»

«È un esemplare di bassotto di dieci settimane, che proviene da un allevamento molto serio della zona. Mi ricordo che, quando eri piccola, una ragazza dello staff aveva un cagnolino come questo e tu lo adoravi. E, ovviamente, c'era Bi. Ma ho pensato che preferissi qualcosa di più piccolo di un labrador.»

«Una volta Nana mi ha regalato un bassotto di pelouche» disse Cami, ricordandosi quanto gli era affezionata. «Chiamerò anche lei Sophie.» Strinse il cane al petto. «Grazie, Rafe. Per me sarà importante averla accanto, in particolare adesso che hai traslocato.»

«Ho pensato che un po' di compagnia ti avrebbe fatto piacere.» Le fece un sorrisetto scherzoso. «Ma non chiamare me, se fa disastri o peggio...»

Cami rise. «Una cucciola così carina mi ripagherà della fatica di addestrarla. Potrei anche portarmela in ufficio.»

Rafe la abbracciò. «È bello vederti sorridere, *cariño*. Adesso ti devo lasciare. È ora che vada a sistemarmi meglio.»

Con in braccio Sophie, Cami accompagnò Rafe alla porta. Rimase a guardarlo mentre si allontanava: non in direzione del capanno, ma verso il boschetto.

Cami appoggiò il cane sul prato. «Fai la pipì, adesso!» ordinò.

La cucciola piegò la testa, si mise a correre e poi si accucciò nell'erba.

«Sei proprio intelligente, Sophie! Brava bambina!» La

sollevò e la portò in casa. Sapeva che ci sarebbe voluto un bel po' per farle imparare tutti i comandi.

Quando la lasciò in cucina per andare a cambiarsi, Sophie emise un latrato indignato che si trasformò in acuti e forti guaiti di rabbia per essere stata abbandonata.

Alcuni giorni più tardi, mentre si preparava per la riunione del venerdì con il personale del Granaio, Cami sistemò una copertina nell'ampia borsa di tela che usava talvolta per viaggiare e vi mise Sophie. La cagnolina aveva mostrato di voler essere più presente nella sua vita di quanto aveva immaginato. Ma non era un problema. Sophie era simpatica, intelligente e adorabile.

Abby la incontrò all'esterno dell'edificio. «Mi piace vederti con la cucciola, così. Mi ricorda le volte in cui Lettie ti metteva nello zaino porta-bebè e andava a lavorare alla locanda. Sa il cielo quanti chilometri faceva con te in spalla, attraverso i vigneti!»

A quel pensiero, Cami sorrise. «Spero fosse più facile che trasportare questa signorina.» Aprì meglio la sacca per farle vedere Sophie. «Non è bellissima?»

La cagnolina scodinzolò e i colpi ritmati che dava contro la tela fecero fare a entrambe una bella risata.

«È proprio tenera» convenne Abby. «Forza. Entriamo. La squadra ti conosce, naturalmente, ma sono tutti ansiosi di sapere che progetti hai per il futuro.»

«Ho parecchie idee in testa, ma dovremo lavorarci insieme, per capire come realizzarle al meglio.»

«È bello che tu voglia partecipare fin da subito» disse Abby. «Non esitare a farci sapere se c'è qualcosa che non condividi o che vuoi fare in modo diverso. Con la tua formazione artistica, puoi voler fare dei cambiamenti, introdurre nuovi prodotti, o altro.»

Cami fece un sospiro di sollievo. Senza voler offendere Abby, aveva proprio l'intenzione di fare ciò che lei suggeriva.

Quando entrò nella sala riunioni al piano superiore, ventuno persone la accolsero sorridendo. Già sapeva, ovviamente, che sei di loro lavoravano a tempo pieno e otto part-time. Altre due si occupavano di evadere gli ordini per corrispondenza, tre erano assegnate al bar per la degustazione e due seguivano fatturazione, spedizioni, buste paga e altre attività amministrative. Avevano età differenti e sembravano tutte molto amichevoli.

Abby chiese a ognuno di parlare brevemente delle proprie esperienze e interessi, e del proprio ruolo al Granaio. Cami fu contenta che nella squadra ci fossero sia uomini sia donne e che tutti conoscessero i vini che venivano serviti alle degustazioni.

Dopo che tutti ebbero parlato, Abby disse: «Farò fare a Cami un giro completo del Granaio e, la prossima settimana, affiancherà ciascuno di voi per approfondire il funzionamento di ogni area di attività. Vi chiedo la massima collaborazione.»

A quelle parole seguì un certo brusio tra i presenti e Cami disse: «Non preoccupatevi. Intendo lavorare, non farvi perdere tempo.» Tutti risero.

Una donna sulla quarantina, che lavorava nella sezione libri del Granaio sorrise. «Sarà un piacere averti qui.»

«Questo vale per tutti» aggiunse un uomo. «Voglio sapere tutto sui vini che produciamo. Non hai idea di quante domande ci fanno i visitatori.»

«Perché non chiediamo a Scott Kurey di venire a parlarci?» suggerì Cami. «È il nostro vignaiolo. È il massimo esperto dei vini di Chandler Hill che io conosca.» Non si finiva mai di imparare cose sulla produzione del vino. Ogni vigneto, ogni uva aveva le sue particolarità. L'aveva imparato anche in

Francia.

«Chiedere a Scott di fare un incontro con noi è un'ottima idea» disse Abby. «Ci penso io.»

Sophie si svegliò dal sonnellino e guardò Cami dal suo trasportino.

«Scusate» disse lei, e corse fuori con la cagnolina.

Mentre aspettava che la cucciola facesse quello che doveva, pensò a tutto il lavoro che svolgeva Abby al Granaio. Erano passati i tempi in cui si vendevano solo magliette, gadget e cappellini. Quelli c'erano ancora, ovvio, ma l'offerta si era enormemente ampliata, e includeva ora la degustazione dei vini, l'assaggio di prodotti alimentari, dimostrazioni di cucina e la vendita di ogni articolo immaginabile collegato al cibo e al vino. Poiché apprezzava e conosceva l'arte, Cami era interessata a inserirla tra le attività del Granaio. Sapeva che gli artisti della valle erano sempre alla ricerca di occasioni per esporre le loro opere. E quale posto migliore del Granaio di Chandler Hill? Forse, ci sarebbe anche stata la possibilità di arredare con le riproduzioni dei loro dipinti quelle camere della locanda che andavano un po' rimodernate.

Da lontano, osservò alcuni ospiti entrare incuriositi nello spazio di vendita, altri uscire con pacchetti e brochure. Un uomo aveva una cassa di vino: senza dubbio, si era iscritto al club della cantina di Chandler Hill, per ricevere offerte speciali e inviti a eventi riservati.

Più tardi, quel giorno, Cami e Becca ebbero un colloquio con Imani Patel. Era piccola e minuta e il suo volto dalla carnagione ambrata si illuminava spesso di sorrisi vivaci. Gli occhi scuri e brillanti seguivano con interesse ogni dettaglio della conversazione mentre, sedute nell'ufficio di Cami, discutevano del ruolo da ricoprire e delle qualifiche richieste.

Parlando con lei, Cami fu colpita dalla competenza e sicurezza di Imani nelle pratiche amministrative e segretariali. Inoltre, era una persona piacevole e simpatica, con una personalità interessante e tanta voglia di crescere professionalmente. Dal sorriso sul volto di Becca, Cami capì che Imani le piaceva quanto a lei. Le chiesero di unirsi alla squadra, felici di avere ad aiutarle qualcuno di così capace. Ne avevano bisogno. La locanda era in continua attività e fermento.

Mentre si avvicinava il periodo delle vacanze, Cami era intenzionata a mantenere le tradizioni di Nana.

Il pranzo del Ringraziamento alla locanda di Chandler Hill era diventato uno degli eventi più rinomati della valle. Darren Bullard, sua moglie Liz e l'intera brigata di cucina lavoravano per giorni, allo scopo di creare un pasto all'altezza della reputazione dell'hotel.

Darren, un ex-alunno di lunga data del Culinary Institute, era uno chef straordinario e punta di diamante della locanda. Sua moglie Liz lo aiutava in cucina e si occupava del turno del pranzo, mentre lui sovrintendeva alle cene. Sulla cinquantina, si erano trasferiti nella Willamette Valley per condurre una vita più tranquilla, rispetto alla giungla competitiva del mondo della ristorazione che avevano sperimentato nelle zone metropolitane.

Come sua nonna aveva sempre fatto, Cami era all'ingresso della sala da pranzo per accogliere gli ospiti. Quell'anno erano previsti tre turni: alle undici e trenta, alle tre e alle sei.

Quando l'ultimo dei clienti ebbe terminato di mangiare, era sfinita dallo stare in piedi a salutare l'arrivo degli ospiti, scambiare convenevoli e sovrintendere al personale di sala. Per molte persone, un buon servizio era importante quanto il cibo, e non voleva deludere nessuno.

Darren le sorrise dalla cucina, e le fece un gesto con la

mano per invitarla a entrare.

Cami raggiunse volentieri lui e gli altri componenti dello staff per celebrare con un bicchiere di buon vino. Il giorno seguente, lo sapeva bene, sarebbe stato altrettanto movimentato, perché lei e il personale avrebbero trasformato la locanda e il Granaio in un parco giochi invernale.

All'esterno, le piccole luci bianche brillavano sugli alberi e sulle siepi. All'interno, candele al profumo di cannella, decorazioni di rami di pino freschi e nastri di velluto color vinaccia rallegravano ogni angolo delle stanze.

Cami era nell'area della reception e studiava l'imponente albero di Natale che vi era stato sistemato. Risplendeva e brillava di palline di vetro dai colori assortiti e addobbi lucenti che provenivano dal negozio di regali natalizi del Granaio e ben si addicevano alla tinta bordeaux del tappeto orientale.

Era di ottimo umore. Natale era il solo giorno dell'anno in cui la locanda era chiusa, così che i membri del personale potessero stare con le loro famiglie. Fin da piccola aveva sempre amato quella festività, perché voleva dire stare a casa con Nana e Rafe e averli tutti per sé.

«Molto bello» disse Becca, raggiungendola davanti all'albero.

«È un periodo dell'anno meraviglioso. Il Granaio è fantastico e le vendite sono a mille.»

«Sicura che non sia un problema, se mi prendo qualche giorno di vacanza, dopo Natale?» domandò Becca.

«Sono sicura. Se sei di ritorno per l'ultimo dell'anno, non dovrebbe esserci nessun problema.» Le mise un braccio sulle spalle. «È un bene avere un lavoro a tempo pieno. Non così bene che ci occupi ventiquattr'ore al giorno, sette giorni alla settimana.»

Becca rise. «Essendo cresciuta nel New England, non avrei mai pensato di lavorare come una matta in una locanda in Oregon. Ma mi piace davvero.»

«Anche a me» rispose Cami in automatico, cercando di non pensare al fatto di essere legata per sempre a quella proprietà, di non potersene mai più andare via. In quel momento capiva perché Nana aveva voluto che viaggiasse e stesse lontano da casa finché poteva.

Il giorno di Natale sorse luminoso e soleggiato. Cami era in cucina e versava champagne in due bicchieri di succo d'arancia. La nonna aveva dato il via alla tradizione di servire cocktail mimosa e uova alla Benedict la mattina di Natale e, anche se lei e Rafe sarebbero stati soli, voleva mantenere quell'abitudine. Le dava la sensazione che Nana fosse lì con lei. Sophie abbaiò al suono del campanello e Cami corse alla porta. Aprì e fu sorpresa di vedere Rafe e Drew in piedi davanti a lei.

«Spero non ti dispiaccia se ho invitato Drew a unirsi a noi» disse Rafe. «A quanto pare, non aveva un altro posto dove andare.»

«Va benissimo. Entrate. Più siamo e meglio è, direbbe Nana.» Un impeto di eccitazione le accelerò il battito. Si era dimenticata quanto fossero magnetici gli occhi color ambra di Drew.

«Grazie» disse lui, con un ampio e luminoso sorriso. «Rafe ha insistito che mi unissi a voi.»

«Felice che l'abbia fatto» rispose Cami con sincerità. Aveva preparato un bel po' di salsa olandese e fare un paio di uova in camicia in più non sarebbe stato un problema. Il pasticciere della locanda le aveva regalato una torta adatta alla prima colazione, perfetta per l'occasione.

Mentre gli uomini coccolavano Sophie, Cami mise i loro cappotti su una poltrona in una delle stanze nell'ala degli ospiti. Quando tornò in salotto, Rafe e Drew ammiravano uno dei dipinti alla parete.

«Io e Lettie siamo così orgogliosi delle opere di Cami. Questo è uno degli studi che ha fatto quando era all'università» stava spiegando Rafe.

«Molto bello» disse Drew. «Mi piacciono i colori.»

Rafe si voltò verso di lei. «Ho trovato un altro tuo ammiratore.»

Cami sentì le guance scottare. Imbarazzata di essere descritta come un'artista vera, spiegò: «In realtà, era solo un compito a casa.»

Drew si strinse nelle spalle. «A me piace. Come ti avevo detto, ho fatto un corso di Storia dell'arte, e qui c'è del talento.»

Cami ripensò alla risata crudele di Bernard e qualche lacrima inaspettata le fece bruciare gli occhi. Batté le palpebre violentemente e cambiò subito argomento. «Che ne dite di venire in cucina con me?»

Gli uomini la seguirono e si avvicinarono al bancone. Diede loro i due cocktail mimosa e se ne preparò un altro. Sollevando i calici disse: «A noi! Salute e felicità.»

«Udite! Udite!» disse Rafe a voce alta, accostando il bicchiere a quello di Cami e voltandosi verso Drew. «Brindiamo al successo della nostra nuova collaborazione.»

«Collaborazione?» domandò Cami.

Il nonno e Drew fecero un brindisi tra loro e si rivolsero a lei.

Rafe si schiarì la gola. «Intendevo dirtelo più avanti, ma è giusto che anche tu sappia che io e Drew faremo alcuni cambiamenti alla nostra produzione. Intendo rinominare un appezzamento della mia terra e produrremo dei vini con l'etichetta di *Lettie's Creek Wines*. Drew sarà responsabile dei vigneti e del prodotto finale. Siamo entrambi entusiasti.»

Piacevolmente sorpresa, Cami sorrise. «Ma che bello!» Non vedeva Rafe così felice da settimane. Era per lui un ottimo modo di andare avanti e guardare al futuro.

Portarono i drink in salotto e sedettero davanti al fuoco. Sophie si raggomitolò tra lei e Rafe sul divano e un'atmosfera di quiete riempì la stanza.

«Di norma avrebbero dovuto essere con noi anche Abby e la sua compagna, Lisa Robbins, ma sono andate in Arizona ad assicurarsi che tutto sia pronto per il trasloco» spiegò Cami a Drew.

«Sì, lo so» rispose lui. «Dopo che se ne saranno andate, prenderò in affitto la loro casa.»

«Oh, è un bel posto, proprio a metà delle due proprietà, e comodo da raggiungere.»

«E questo è importante, perché continuerò ad aiutare Sam con i tuoi vigneti e quelli di Rafe.»

Cami non riuscì a trattenere la curiosità. «So che è tuo zio Sam ad averti cresciuto.»

«Sì. Mia madre se n'è andata quando ero piccolo, e chissà chi è mio padre. Così, Sam mi ha preso con sé. È una persona eccezionale.»

«E non si è mai sposato?» continuò a chiedere Cami, anche se Rafe aveva cominciato a lanciarle delle occhiate.

«È stato sposato per un breve periodo e non ha intenzione di farlo di nuovo. Penso che vivere con lui e capire che si può essere felici anche senza una donna in casa sia una delle ragioni per cui non ho intenzione di sistemarmi.»

«Interessante. Nessuno di noi due sa chi sia il proprio padre.»

«Credo che non saremmo mai riusciti a far confessare a tua madre l'intera storia» le disse Rafe. «Autumn era un tipo piuttosto determinato e non aveva nessuna intenzione di dirci chi fosse tuo padre.» Poi si rivolse a Drew. «Autumn è stata uccisa da un'auto mentre faceva jogging, quando Cami aveva solo sei anni.»

Drew le lanciò un'occhiata. «Mi spiace. Dev'essere stata dura. Quando mia madre se n'è andata, io ero troppo piccolo per ricordarmela.»

«È il momento di bere un altro cocktail» suggerì Rafe, alzandosi. «Li preparo io.»

«Benissimo» disse Cami, guardandolo uscire dalla stanza. Guardò le fiamme nel camino con un senso di perdita. Suo padre, un uomo che non conosceva, era da qualche parte.

«Ecco qui» annunciò Rafe, portando una caraffa di mimosa. «Prendiamocela comoda, anche se ho un regalo per te, Cami.»

«Non un altro bassotto» lo prese in giro lei. «Non credo di potermi occupare di un'altra Sophie.»

Quando la cucciola sentì il proprio nome, scodinzolò e abbaiò.

Rafe rise. «No, è qualcosa di più facile da gestire. Te lo do più tardi.»

Dopo che ebbero mangiato le uova alla Benedict e si furono goduti un ultimo sorso di caffè, Drew si alzò in piedi. «Ottima colazione. Prima che io vada, posso dare una mano con i piatti?»

Cami scosse il capo e si sollevò dalla poltrona. «Grazie, ma me ne occupo io.»

Lo accompagnò alla porta. «Sono contenta che ti sia unito a noi, Drew. È stata una bella mattinata.»

«Anche a me è piaciuta davvero.» Le rivolse un sorriso che le fece brillare gli occhi e le diede una sensazione di vicinanza.

Poi si piegò in avanti e le diede un veloce bacio sulla guancia. «Ci si vede.»

Mentre lo guardava dirigersi verso il camioncino, Cami sollevò una mano sulla zona del volto che ancora formicolava.

CAPITOLO CINQUE

Cami lavò i piatti e sedette in soggiorno con Rafe, davanti al fuoco. Sulla mensola del camino erano allineati i pezzi della collezione di Babbi Natale iniziata da Nana. In un angolo della stanza c'era un abete nano dentro a un vaso, che Cami aveva decorato con addobbi di famiglia e dietro al quale aveva nascosto alcuni doni per Rafe. Dopo le feste, l'avrebbe piantato nel prato oltre la terrazza.

Rafe le sorrise e le strinse la mano. «Prima di scambiarci i regali, devo dirti che non ero del tutto sincero quando ho accennato alla mia idea di dedicare quell'appezzamento alla nuova linea di vini Lettie's Creek. Voglio anche lasciare quella terra a Drew dopo la mia morte. Lui non ne sa niente, e non intendo fargliene parola. Ma devo essere sicuro che tu sia d'accordo. Erediterai la maggior parte dei terreni, delle vigne e la cantina.»

Cami sapeva che tutto ciò che intendeva lasciarle era un dono che proveniva dal cuore anche se, al momento, il pensiero di prendersi ulteriori responsabilità l'atterriva. «A me va bene, Rafe. Abbiamo già parlato di unire le due proprietà, un giorno, e ne avrò più che a sufficienza.»

«Se non ti dispiace, evita di riferire questa nostra conversazione a Drew. Ho delle buone ragioni per desiderare che metta in piedi un'attività tutta sua. Mi ricorda com'ero io alla sua età, ansioso di avere successo e impaziente di lavorare a questi terreni. È stato proprio l'amore per la terra che ha unito tua nonna a Rex Chandler e poi a Kenton. In questi luoghi, si è sempre sentita a suo agio.»

«È vero. Quello, e la paura di volare, l'hanno trattenuta qui» disse Cami.

Rafe guardò fuori dalla finestra. «Non avrei mai lasciato la valle, se Maria non avesse insistito per vivere in California. Non riusciva a comprendere il mio legame con questi posti.» Si rivolse a lei con un sorriso: «Ma Lettie l'ha sempre capito.»

Anche Cami sorrise. «È bello che voi due abbiate potuto trascorrere tutti quegli anni felici insieme.» Si alzò dal divano e andò a prendere i regali dietro all'albero di Natale.

Rafe spalancò gli occhi quando vide il numero dei pacchetti. «Tutti per me?»

Lei fece una risata. Al nonno piacevano le sorprese quanto a lei. «Sì, sono per te, da parte mia e di Sophie.»

«Io ti ho preso solo due regali» disse lui, alzandosi. «Ce li ho nel giubbotto. Vado a prenderli e torno subito.»

Cami si sedette sul divano ad aspettare impaziente che tornasse. Uno dei doni per Rafe era qualcosa che Nana le aveva chiesto di fare al posto suo, e non vedeva l'ora di darglielo.

Il nonno entrò nella stanza e sedette di fianco a lei. Le diede una scatolina e ne appoggiò un'altra sul tavolino.

«Io e Lettie ne abbiamo parlato prima che morisse. Voleva che l'avessi tu.»

Con dita tremanti, Cami scartò la scatolina dalla confezione argentata, l'aprì e vide il contenitore di velluto all'interno. Lo riconobbe, e il suo cuore accelerò. Mentre lo apriva respirò profondamente e si girò verso Rafe con la vista annebbiata. «È la collana con i grappoli d'uva. Oh, ti ringrazio tanto! So quanto fosse importante per lei e per te, Rafe.»

Sollevò la collana e osservò il pendente. Numerosi diamanti, che rappresentavano piccoli grappoli, erano disposti sopra una foglia di vite in oro. Anche se il motivo era appariscente, il gioiello era abbastanza piccolo da poter essere portato in ogni occasione. Nana lo indossava quasi ogni giorno.

A Rafe luccicavano gli occhi di lacrime. «Entrambi volevamo che l'avessi tu. E credo che ti piaceranno anche questi. Li ho scelti io.»

Cami aprì il secondo dono e vide un paio di orecchini che risaltavano nella scatolina di velluto nero. Semplici, ma eleganti, i diamanti a forma di goccia luccicavano come lacrime appena versate. Pensò che fossero perfetti per quel momento. A lei e al nonno mancava così tanto Nana, da non riuscire nemmeno a esprimerlo.

Appoggiò il regalo e gli diede un abbraccio cui non avrebbe voluto mettere mai fine. Era stata una gran fortuna essere cresciuta da due persone così meravigliose.

Quando si allontanò, prese il regalo che la nonna aveva scelto per lui. «Questo è per te, da parte di Nana.»

Rafe sollevò le sopracciglia, stupito. «Quando ha avuto il tempo di occuparsene?»

«Mi ha lasciato un elenco di cose che voleva facessi. Una era questa. Coraggio, aprila.»

Lui strappò la carta rossa che avvolgeva la scatola e l'aprì. C'era dentro una barca giocattolo. Con aria stupita domandò: «E questa cosa sarebbe?»

«Leggi il biglietto allegato» suggerì Cami.

Lui prese il cartoncino e si mise a leggere ad alta voce:

"Questo biglietto dà diritto a una crociera fluviale a scelta, comprensiva di volo andata e ritorno per la destinazione. Ce l'avevamo quasi fatta, vero? Con amore, Lettie."

Sulle ultime parole, la voce di Rafe vacillò. Con le spalle tremanti si prese la testa tra le mani.

Cami gli accarezzò la schiena. «Mi spiace tanto. Nana stava lavorando sulla sua paura di volare con un nuovo terapista e sperava di comprare dei biglietti aerei e farti una sorpresa. Poi si è ammalata. Ma ha pensato che ti potesse far piacere andarci da solo, visto che era qualcosa che desideravi da tempo.»

Rafe sollevò il volto rigato di lacrime. «Senza di lei? Impossibile.»

«Pensaci su. Magari più avanti» disse Cami con dolcezza. Gli diede un altro regalo.

Il nonno scoppiò a ridere nel trovare il dispositivo elettronico che rispondeva ai comandi. «L'aiuto di Alexa mi potrebbe essere davvero utile. Ho la cattiva abitudine di tornare a dormire dopo avere spento la sveglia.»

La tensione e la tristezza che avevano aleggiato nella stanza si dissolsero man mano che Rafe apriva gli altri doni, oggetti utili che Cami sapeva avrebbe gradito.

«Grazie di tutto, tesoro» le disse, dopo avere aperto l'ultimo regalo. «Se non ti dispiace, adesso vado a fare un sonnellino.»

«Ma certo» rispose lei. «Porterò Sophie a fare una passeggiata.»

Aveva capito che serviva a entrambi un po' di tempo da soli, dopo l'esperienza di aprire i regali che, risvegliando ricordi preziosi, li aveva coinvolti emotivamente fin nel profondo.

Poco più tardi uscì con Sophie e si diresse al boschetto.

Anche se di solito i due giorni prima e dopo Natale erano fiacchi, le giornate successive furono frenetiche, perché molti ospiti arrivarono per le festività dell'anno nuovo. Era tradizione che, per tale occasione, la locanda Chandler Hill organizzasse una festa, che col tempo era diventata l'argomento di conversazione della costa nord-occidentale. Cibo favoloso, champagne, fuochi d'artificio, balli e un brunch della mattina di Capodanno che mandava in visibilio la gente: tutto quanto costituiva un festeggiamento molto speciale per gli ospiti, che prenotavano con settimane di anticipo, e a volte mesi.

Mentre si occupava di rivedere tutti gli aspetti dell'evento insieme al personale, Cami sperava di riuscire a superare le sfide dell'anno a venire. Prima le cose importanti, si disse, mentre andava a parlare con lo staff che lavorava al Granaio. La festa per il nuovo anno includeva offerte speciali per i clienti: uno stratagemma molto utile per liberarsi della merce più datata e introdurre nuovi articoli nell'assortimento.

Come faceva sempre quando entrava nell'edificio, Cami si prese un momento per guardarsi in giro. Finché la responsabile era stata Abby, Cami non aveva fatto parola dei cambiamenti che voleva introdurre. Ma assaporava già l'idea di aggiungere un piccolo angolo per la lettura vicino alla sezione libri, di collaborare con gli artigiani locali per ampliarne l'offerta e cambiare posto agli espositori. Si trattava del momento ideale per fare tutto ciò.

Pensò ai recenti cambiamenti nel personale. La vice di Abby, Gwen Chapman, aveva accettato di assumersi la responsabilità di direttrice. Sulla quarantina, Gwen era arrivata nella valle per concedersi una vacanza dopo un divorzio complicato e aveva deciso che quello stile di vita le piaceva, al punto da spingerla a trasferirsi in modo permanente. Ma dopo qualche mese stava molto meglio, e aveva chiesto di poter lavorare alla locanda. Da allora era stata assunta al Granaio, e si era occupata in modo eccellente dell'oggettistica. Gwen aveva un buon occhio per i prodotti di qualità e un istinto sviluppato nel capire cosa avrebbe potuto vendere bene. Cami era felice di averla con sé.

La compagna di Abby, Lisa Robbins, si era occupata della coltivazione di verdure ed erbe aromatiche per i piatti della locanda e per le lezioni di cucina al Granaio, e produceva numerose specialità quali condimenti per insalate, saponi e altri prodotti regalo. All'ultimo momento, Cami e Abby erano riuscite a convincere un'amica di Gwen, Laurel Newson, a prendere il posto di Lisa, con l'accordo che potesse godersi un paio di mesi di vacanza in inverno, per andare a Palm Spring. Cami aveva colto al volo l'opportunità di assumerla. I prodotti di Chandler Hill andavano molto bene sia con le vendite sul posto che online, e aveva bisogno di Laurel per guidare la squadra che si occupava degli orti. Ancora più importante, Laurel proveniva da un ambiente benestante, ed era quindi perfetta per sovrintendere all'organizzazione dei matrimoni.

Molti membri del personale le rivolsero gesti e parole di saluto, mentre saliva le scale che conducevano alla sala riunioni per unirsi a loro. Era una brigata davvero straordinaria, pensava Cami, e si domandava come avrebbe reagito alle sue proposte.

Aspettò che tutti prendessero una bottiglietta d'acqua o un caffè e fossero seduti, poi si mise di fronte a loro. «Buon Anno a tutti! Abbiamo davanti a noi quello che spero sarà un altro anno di successo per la locanda di Chandler Hill. Nell'ultimo paio di mesi, vi ho osservato e ho lavorato con voi, e ho sviluppato alcune idee che credo potranno rendere il Granaio ancora più interessante.» Cami sorrise e sollevò una mano. «Sento i vostri silenziosi sospiri di sconforto, ma cercheremo di rendere la cosa divertente e istruttiva. Pensiamo per esempio a una diversa disposizione del negozio. Ebbene, niente di trascendentale: modificheremo gli spazi per avere un angolo lettura nella zona libri, una zona più ampia al piano di sopra per la degustazione, rinnoveremo o sostituiremo alcuni espositori e cose del genere.»

La tensione nella sala si allentò.

«E, comunque, prima di mettere in atto qualsiasi cambiamento, chiederò a ciascuno di voi di lavorare in un'area diversa del negozio, in modo da ricevere da ciascuno uno sguardo più fresco sulle varie attività che si svolgono nel Granaio. Sarà solo per pochi giorni, ma alla fine guarderemo ai compiti altrui con maggior comprensione e rispetto. Non potrei avere una squadra migliore per far funzionare queste proposte.»

Cami smise di parlare e aspettò la raffica di domande che sicuramente sarebbe seguita.

Uno degli uomini che si occupava del bar disse: «Io non so molto di libri.»

Cami sorrise. «Ottimo spunto. Vediamo se ti verrà qualche idea per attrarre in quella zona i clienti che non amano leggere.»

A quel punto, tutti i presenti cominciarono a parlare tra loro. Ci fu una risata quando una persona si mise a contrattare con un'altra per scambiarsi il lavoro. Cami sorrideva. Era esattamente quello che aveva sperato. Lasciò la riunione piacevolmente soddisfatta dello scambio di opinioni che aveva avuto luogo.

Decisero che Gwen si sarebbe occupata dello staff e dei tuttofare che avrebbero spostato gli espositori, i tavoli e il resto del materiale.

In quel periodo tranquillo per la locanda, Cami e Becca si dedicarono all'inventario delle trenta camere. Senza dubbio la moquette di ventiquattro stanze andava sostituita e le pareti ridipinte. Stranamente e per fortuna, tutta la biancheria – copriletti, lenzuola, piumoni e asciugamani – era in ottimo stato. E persino migliore era la situazione dell'arredamento: poltrone, cassettoni, letti, scrivanie e sedie.

Mentre ci ragionava, Cami si mordicchiò un labbro. Perché

mai Jonathan aveva insistito per un rinnovo completo? Le stanze andavano di sicuro rinfrescate, ma non richiedevano la completa trasformazione che lui pretendeva. Forse aveva un altro di quegli accordi con i fornitori. Grazie al cielo, Jamison aveva messo fine a quei comportamenti inappropriati e dannosi.

Cami tornò in ufficio immersa nei pensieri. Russell Berman, il suo nuovo consulente finanziario, le aveva subito detto di evitare esborsi rilevanti e in seguito, dopo avere analizzato i numeri in modo approfondito, aveva lavorato con Cami e sviluppato un budget di spesa così piccolo che qualsiasi progetto sembrava impossibile da realizzare. Ma, come aveva detto Jonathan, era il periodo perfetto per fare le migliorie alle camere.

La moquette sarebbe stata la spesa più importante. Cami cercò nell'antiquato schedario rotante che usava Nana e, alla M di moquette, trovò i contatti di Donovan, Tappeti e Pavimenti. D'impeto, li chiamò. Quando spiegò chi era e perché chiamava, gli passarono Gene Donovan.

Dopo i convenevoli, Cami descrisse le sue necessità.

Gene la ascoltò con attenzione e poi disse: «Sa cosa le dico? Stavo comunque per venire dalle sue parti. Potrei fermarmi alla locanda, così possiamo parlarci di persona.»

«Sarebbe fantastico» esclamò Cami. Piena di entusiasmo, chiuse la telefonata. Se riusciva a fare un buon accordo per la moquette e trovava degli imbianchini in cerca di lavoro, forse ce l'avrebbe fatta a rinfrescare tutte le camere. Le aree comuni, per il momento, potevano aspettare.

Cami era al lavoro nel suo ufficio quando Imani la chiamò all'interfono. «Il signor Donovan è arrivato per te.»

«Grazie. Per favore, fallo entrare» rispose e si alzò.

La porta si aprì e un signore di una certa età entrò, portando con sé una valigetta.

Cami corse ad accoglierlo e gli sorrise. «Signor Donovan, grazie di essere venuto. Lo apprezzo molto. Perché non si siede? Posso farle portare un caffè o qualcosa da bere?»

«Grazie, sto bene così.» Si accomodò in una delle poltroncine di pelle davanti alla scrivania di Cami e appoggiò la valigetta con un sospiro.

Lei si sedette e lo guardò, preoccupata per come avrebbe potuto rispondere alla sua richiesta. «Sarò onesta con lei. Siamo in una situazione difficile. Avrà sentito le recenti notizie relative ai Fondi Montague.»

«Sì, ho seguito tutta la vicenda. Molti investitori hanno perso un mucchio di soldi nello schema Ponzi. È una vergogna.»

«Purtroppo, i beni di mia nonna sono stati decimati. Per cui, ho bisogno di sapere se c'è un modo perché lei ci fornisca la moquette più conveniente per il rifacimento di ventiquattro camere degli ospiti e se possibile anche della zona reception, con la possibilità di un piano di pagamento dilazionato nei mesi a venire.»

«Diamo un'occhiata agli spazi coinvolti e poi ne possiamo parlare» disse Gene, con un'espressione che non lasciava trapelare nulla.

Cami uscì con lui dall'ufficio e lo accompagnò nell'ala della locanda dove c'erano le camere. «Immagino che sarà più economico usare la stessa moquette in tutte le stanze. E comunque, non ho nulla in contrario.»

Gene annuì. «Mi sembra sensato.»

Dopo avere esaminato svariate camere e preso le misure, notando che erano tutte delle stesse dimensioni e disposizione, l'uomo disse: «Penso di aver visto abbastanza.»

Scesero nell'area della reception. Anche se la moquette era

in buone condizioni, il sole che entrava dalle alte finestre rivolte a ovest aveva scolorito alcune zone.

«Che cosa ne dice?» domandò Cami.

Lui studiò il tessuto, si mise carponi per far scorrere le mani sulla superfice e si rialzò. Guardò le finestre e scosse la testa. «Abbiamo dei materiali che resistono alla perdita di colore meglio di questo. Però penso che, in questo caso, dobbiamo essere un po' più creativi. Suggerisco di utilizzare una moquette per esercizi commerciali e con un disegno fantasia. Mostrerà meno lo sporco e l'usura.»

Tornarono nell'ufficio. Nuovamente seduti l'una di fronte all'altro, Gene continuava a mantenere un'espressione neutrale che la innervosiva.

L'uomo aprì la valigetta e prese una calcolatrice. Cominciò a compilare un modulo per l'ordine. «Vediamo un po'. Mi dia un minuto per raccogliere tutte le informazioni. Mi ha detto che l'area della reception è sei metri per nove? Controllerò, ma usiamo queste misure.»

Cami si morse l'angolo interno del labbro, certa che la cifra complessiva sarebbe stata troppo alta per potersela permettere.

«Penso di avere la superficie totale. Mi lasci andare a prendere alcuni campioni che ho nell'auto e poi possiamo parlarne.»

«Va bene» rispose Cami con garbo, ma non vedeva l'ora che le dicesse quei benedetti numeri.

Mentre guardava i campioni dei materiali che Gene riteneva i migliori in termini di qualità e resistenza nel tempo, cominciò a respirare meglio. Il bel color tortora che suggerì per le camere era esattamente quello che cercava: sobrio, ma carico a sufficienza per adattarsi alle tinte che aveva in mente per le pareti.

«Ottima scelta» disse lui, strofinando la superficie con le

dita.

«E per la reception?»

Gene sorrise. «Mi è avanzato un rotolo da un altro lavoro che ho appena fatto in un centro commerciale a Seattle. Penso che sarà perfetto per quell'area.» Prese il cellulare, cercò tra le foto e le passò il telefono. «Che ne dice?»

Guardò l'immagine con interesse crescente. Era diversa da qualsiasi cosa avrebbe potuto scegliere lei, ma più la studiava e più le sembrava la soluzione perfetta. La moquette era di un bel verde, con un motivo tenue di rose centifolia, piacevole senza essere chiassoso e che si adattava bene allo stile retrò dell'hotel.

«Penso che nella sua reception farà una bellissima figura» osservò Gene.

«Lo credo anch'io» convenne Cami, congiungendo le mani con entusiasmo crescente.

Gene sorrise ancora e si appoggiò allo schienale della poltroncina. La guardò e disse: «Lei assomiglia molto a sua nonna, sa? E noi dell'azienda Donovan le siamo tuttora grati per averci salvato dal fallimento.»

«Davvero?» disse Cami, stupita nel vedere il volto di Gene arrossire per l'emozione.

«Negli anni '90, quando l'economia si è trovata in piena crisi, i nostri affari andavano male. Ho chiamato tutte le aziende commerciali, i negozi, le persone che conoscevo, chiedendo loro di aiutare e farmi un ordine. Lettie Chandler mi ha chiesto di venire alla locanda per capire cosa potevo fare per lei. Nel momento esatto in cui sono entrato e ho visto le condizioni delle moquette nelle aree comuni, ho capito che non avevano alcun bisogno di essere rifatte. Ma ho accettato la sua offerta di sedermi a prendere un caffè con lei. Abbiamo parlato di molte cose, di quanto fosse difficile fare affari e così via. Terminata la conversazione, mi disse che voleva sostituire la moquette in tutta la locanda, e donare quella usata al progetto di una scuola parrocchiale della zona. Mi guardò dritto negli occhi e mi chiese se ero in grado di farlo. Ovviamente, risposi di sì. Ma non dimenticherò mai quello che ha fatto per me. E non sono il solo, mi creda.»

Cami sentì gli occhi bruciare per le lacrime. Era la tipica cosa che avrebbe fatto Nana.

«Perché glielo dico?» continuò Gene. «Perché ho una proposta per lei. Le darò la moquette per le camere al cinquanta per cento di sconto, zero costi di manodopera e materiali. Per quanto riguarda la zona reception, la mia intenzione è regalarle la moquette, ma devo farle pagare la posa, perché servirà del tempo aggiuntivo per fare combaciare bene il disegno. E, se vuole, posso dilazionare il pagamento.»

Le diede il preventivo, il cui totale era decisamente basso.

Cami batté le palpebre perché le lacrime rimanessero dov'erano. «Farebbe questo per me?»

Gene sorrise e annuì timidamente. «Sì, certo. Per lei e per sua nonna.»

Cami prese un fazzoletto di carta da una scatola sulla scrivania e si soffiò il naso. «La ringrazio davvero tanto! Come potrò mai ripagarla? Un soggiorno alla locanda? Lezioni di cucina? Quello che vuole.»

Lui rise. «Cosa ne dice di un weekend all'hotel per me e per mia moglie? Ne sarebbe davvero entusiasta.»

«Affare fatto» rispose Cami, lieta che le permettesse di fare qualcosa per lui in cambio della sua generosità.

«Ordino subito la moquette. Definiamo una data per la spedizione e la posa» suggerì Gene, guardando l'agenda sul telefonino.

Si accordarono per la fine di gennaio, così che la locanda fosse pronta per gli ospiti, la settimana prima degli arrivi per San Valentino.

Gene si alzò e disse con gentilezza: «Grazie per l'acquisto.»
Cami gli si avvicinò e l'abbracciò. «Io e mia nonna ringraziamo lei.»

Lo accompagnò all'uscita della locanda e rimase un momento a guardare il paesaggio delle colline intorno. Erano grigie per la pioggia e la nebbia che incombeva sulla zona. Anche in quel grigiore, le sembrò che un raggio di sole scendesse su di lei a illuminarla. E, nella mente, sentiva Nana che le diceva: «Sii gentile, Cami. Ti servirà in molti modi.» A quel tempo aveva a che fare con il bullismo di un compagno di scuola. E quelle stesse parole provavano di nuovo la loro validità, per la gentilezza che la nonna aveva dimostrato in passato.

CAPITOLO SEI

«Com'è andata? Possiamo permetterci una nuova moquette?» chiese Becca quando Gene se ne fu andato.

«Puoi scommetterci che possiamo!» esclamò Cami, facendo un balletto. «Ascolta un po'...»

Le raccontò dell'accordo e rise quando Becca le diede il cinque e cominciò un balletto pure lei.

La abbracciò brevemente e disse: «La nuova moquette non era l'unico problema. Ho chiamato un paio di imbianchini della zona per capire se potevano ridipingere le stanze degli ospiti, ma erano già impegnati. Uno di loro ha detto che proverà a passare da noi verso fine mese. Non siamo gli unici a voler approfittare del periodo di bassa stagione.»

«Va bene. Proverò anch'io a contattare qualcuno» rispose Becca, di nuovo seria.

«D'accordo; nel frattempo, sceglierò qualche colore per le camere» continuò Cami. «Voglio lavorare su una certa idea. Pensavo di andare a Salem da *Home Depot*. Puoi rimanere qui tu?»

«Certo» disse Becca. «Andrò avanti a cercare un imbianchino.»

Più tardi quel pomeriggio, Cami prese i campioni di vernice dalla tasca e li sollevò verso la luce che entrava dalla finestra dell'ufficio. I colori, eccentrici e diversi tra loro, avrebbero donato alle stanze un carattere davvero unico, ma si sarebbero ugualmente ben accordati al mobilio e ai tessuti più tradizionali delle camere.

Becca si avvicinò. «Tutto a posto?»

«Sì, molto bene» rispose Cami. «Voglio confrontare un po' di questi colori con le stoffe di alcune stanze. Se uso sei tinte differenti, ci saranno solo quattro stanze con le pareti dello stesso colore, ma vorrei modificarne un po' l'aspetto spostando da una camera all'altra poltrone e divanetti, tende e copriletti.»

Cami e Becca provarono l'effetto delle diverse tinte in parecchie delle stanze degli ospiti, valutando le tonalità in varie condizioni di illuminazione e l'abbinamento dei colori ai tessuti delle camere.

«Mi piace!» disse Becca. «Rifatta la moquette e dipinte le pareti, più qualche spostamento dei letti e del mobilio, sembrerà tutto nuovo di zecca.»

Cami fece un sospiro soddisfatto. Potevano cavarsela spendendo poco e ottenere ugualmente quello che desideravano. Capì che nulla di tutto ciò sarebbe potuto accadere se Nana non fosse stata la persona che era. Che aveva anche scelto arredi di prima qualità, come i cassettoni e le poltrone.

La mattina seguente, mentre Cami lavorava alla scrivania, Drew entrò nel suo ufficio accompagnato da altri tre uomini.

«Cosa succede?» domandò, guardandoli con sorpresa.

«Abbiamo sentito che ti servono degli imbianchini, e siamo qui a offrire i nostri servizi» rispose, sorridendo.

Uno degli uomini fece un passo avanti. «Ciao, Cami, mi chiamo Dan Thurston, della Thurston Costruzioni. La mia famiglia ha avuto a che fare con Lettie Chandler per anni. Io e la mia squadra siamo qui per aiutare. Becca e Drew mi hanno parlato della tua situazione, e ci farebbe piacere occuparci dell'imbiancatura a titolo gratuito. Tua nonna e la mia erano grandi amiche, e lei ha insistito che dimostrassimo il nostro supporto. Inoltre, se non lo facessi, Becca non me lo perdonerebbe mai.»

Cami rise insieme agli altri. Becca le aveva parlato molto bene del suo ragazzo. E in quel momento capì perché. Non solo Dan era decisamente bello, con quei capelli ricci e castani e i luminosi occhi azzurri, ma era anche gentile.

Si avvicinò al gruppetto. «Grazie davvero per l'aiuto. Conosco Drew, naturalmente, e adesso anche Dan, ma voi come vi chiamate?» domandò agli altri due.

Matt Lincoln e Juan Molina sorrisero e si presentarono stringendole la mano.

Cami fece un passo indietro per guardarli. «Che splendida squadra. Grazie davvero per l'offerta. Mi occuperò subito di ordinare la pittura.»

«Noi possiamo cominciare a preparare le camere» disse Dan.

«Meraviglioso. La moquette la stanno togliendo adesso, per darla in beneficenza, e quindi non dovete preoccuparvene, ma bisognerà mettere del nastro per proteggere i battiscopa, le finestre e le cornici del soffitto. I soffitti vanno bene come sono.»

Arrivò anche Becca. Dopo aver dato un rapido bacio a Dan, si rivolse a Cami con un sorriso. «Sono dei bravi ragazzi. Vedrai che faranno un buon lavoro.»

«Sì, ne sono convinta» rispose Cami, cui veniva voglia di piangere dalla gioia. Aveva sempre amato quelle terre, le vigne e la locanda. Ma aveva cominciato anche ad apprezzare la gente della valle, in un modo mai provato prima.

Drew fece un passo verso di lei. «Vuoi che venga con te da Home Depot? Posso aiutarti a prendere il materiale che ci serve e possiamo caricare tutto quanto nel mio pick-up.»

«Sarebbe fantastico» rispose Cami, che si rendeva conto solo in quel momento di quante latte di vernice e chissà quante altre cose sarebbero servite.

«Abbiamo un bel po' di teli protettivi, ma credo che ne serviranno altri, se vogliamo lavorare in parallelo» osservò Dan. «Direi che, con ventiquattro stanze, dovremmo farcela in una settimana, più o meno, a seconda di quanto tempo ci dedichiamo. Mentre voi siete via, io e i ragazzi cominceremo a spostare i mobili.»

«E io gli spiegherò in quale magazzino mettere specchi, lampade e quadri, e in quale i mobili» propose Becca.

Di nuovo, Cami si sentì prossima alle lacrime, ma non intendeva mostrare alcuna debolezza davanti agli uomini. Era lei la responsabile. «Benissimo, andiamo!» Prese il portafoglio, seguì Drew al suo pick-up e vi salì.

Drew si sistemò al volante e mise in moto.

Cami osservò i suoi movimenti precisi, che le ricordavano Rafe. Da parecchi punti di vista i due si assomigliavano, sobri nel parlare e nel comportarsi, ma ben consapevoli di quello che accadeva intorno a loro.

«Hai già scelto i colori?» domandò Drew.

«Sì. Sono molto diversi da quelli che ci sono adesso sulle pareti, ma penso che staranno bene.»

«Il tocco dell'artista, immagino, eh?»

Cami gli sorrise. «Ci sono così tante meravigliose tinte al mondo, perché non usarne un po'?» Prese i campioni dalla borsetta. «Selezionerò varie sfumature tra queste: Fiore di pesco, Giallo kombucha, Ostrica affumicata, Fungo, Crema alla fragola, Verde menta.»

Drew le sorrise. «Dovevi essere affamata quando li hai scelti!»

Lei scoppiò a ridere. «Non ci avevo pensato, ma hai ragione. Quando sono stata al negozio avevo saltato il pranzo.»

«Non posso pensare ai nomi che avresti scelto se avessi saltato la cena» la prese in giro Drew. «Rosso bistecca, Bianco purè...»

Ridacchiarono insieme e poi seguì un amichevole silenzio.

«Grazie ancora per la colazione di Natale a casa tua» disse lui, rompendo la quiete. «È stato importante, per me.»

«Sono felice che tu sia venuto. Quando Nana era in vita, ci piaceva avere la casa piena di ospiti, il giorno di Natale. Sto provando a imitarla, e mi ha fatto piacere averti con noi. L'anno prossimo inviterò più gente.»

Drew fermò il pick-up nel parcheggio di Home Depot e si voltò verso di lei. «Non voglio che la cosa ti imbarazzi troppo, ma mi farebbe piacere conoscerti meglio.» I suoi occhi marrone chiaro si fissarono in quelli di lei, chiedendo una risposta sincera.

Cami disse solamente: «Mi piacerebbe.» Il rapido bacio che le aveva dato a Natale prometteva qualcosa in più. Poi, ricordando la disastrosa esperienza con Bernard, aggiunse: «Potremmo cominciare con l'essere amici.»

«Va bene» concordò subito Drew. «Come ti ho detto in precedenza, non sono pronto per qualcosa di più impegnativo.»

«Allora siamo d'accordo» disse lei e gli rivolse un caloroso sorriso. L'amicizia era una buona idea.

Nel negozio, mentre Cami si accordava con un commesso per le corrette quantità di pittura nelle tinte che aveva scelto, Drew riempì un carrello di teli protettivi, pennelli, vaschette per la vernice, nastro adesivo da pittore, rulli e altri attrezzi di cui avrebbero avuto bisogno.

Un'ora più tardi erano pronti. Drew mise le latte di pittura nel cassone del pick-up e le borse con l'altro materiale e gli attrezzi sui sedili posteriori.

«Sembra una slitta natalizia» osservò Cami, arrampicandosi sul sedile del passeggero.

Drew rise. «Sono contento che Dan e la sua squadra possano essere d'aiuto. Il lavoro sarà completato in men che non si dica.»

«Ottimo. Abbiamo in programma un paio di matrimoni primaverili. Una ragazza californiana viene a sposarsi qui. Hanno prenotato quasi un anno fa. Gli sposi saranno qui per il weekend di San Valentino per mettere a punto gli ultimi dettagli.»

«Dev'essere esaltante essere proprietari di un hotel» osservò Drew.

Cami non sapeva bene come rispondergli. «Lo è, da molti punti di vista, ma la cosa che a me interessa di più è la coltivazione della vite e la produzione del vino. Sono rassegnata all'idea di non potervi dedicare molto tempo, finché tutto il resto non andrà avanti senza problemi. Mia nonna è stata chiara, al riguardo. »

«Dev'essere bello avere una famiglia come la tua» osservò Drew, con voce malinconica. «Sam è stato straordinario con me, ma mi chiedo come sarebbe andata se avessi avuto una famiglia tradizionale.»

«Beh, la mia famiglia non è esattamente tradizionale, ma è più comune della tua. E comunque, mi piacerebbe sapere chi è mio padre. Riempirebbe un vuoto che ho da sempre.»

Drew le rivolse uno sguardo pieno di comprensione. «Ti capisco.»

La mattina successiva, Cami indossò un vecchio paio di jeans, una felpa e scarpe da ginnastica e si diresse alla locanda. Era disposta ad accettare un aiuto gratuito, ma fino a un certo punto. E, poiché sapeva dipingere con precisione e pazienza, le faceva piacere dare una mano agli imbianchini.

Quando salì al primo piano dell'hotel, trovò quattro uomini all'opera in due delle camere, e musica rock a tutto volume. Si avvicinò a Dan. «Ciao! Sono venuta ad aiutarvi.»

Lui sembrò sorpreso. «Va bene, puoi occuparti dell'interno e dei contorni degli scaffali nelle nicchie. È necessario essere precisi.»

Cami sorrise e gli fece il saluto militare. «Passami un pennello e un piccolo rullo, che me ne occupo io.»

Due ore più tardi e con la schiena dolorante, si mise a sedere nel corridoio con i ragazzi, per bere una tazza di caffè caldo, che veniva fornito da Becca con generosità, oltre a delle bibite fresche assortite.

Drew andò a sedersi vicino a lei. Le sorrise e le sfiorò la punta del naso con un dito. «Hai un po' di pittura.»

«Fungo» rispose Cami e prese uno straccio per strofinarla via.

Lui rise. «Stai peggiorando la situazione. Faccio io.»

Rimase ferma mentre Drew la osservava, per poi toglierle gli sbaffi di vernice dal naso e dalle guance. A quel tocco, una vampata di calore la percorse fin nel profondo.

«Ecco fatto. A posto» disse lui, scostandosi.

«Grazie. Adesso è meglio che mi rimetta al lavoro.» Lasciò gli uomini nel corridoio, ma dalla stanza che stava dipingendo sentì Dan chiedere: «E quello cos'era, Drew?»

«Niente» rispose lui, con una tale convinzione che, per un momento, si sentì ferita. *Amici*, si disse. *Siamo solo amici.*

Alla fine della settimana, il corpo di Cami era tutto indolenzito e dolorante, ma era esaltata dall'essere stata in grado di contribuire all'imbiancatura fino al suo completamento. Era venuto il momento di posare la nuova moquette. L'odore del tessuto nuovo, sia piacevole che molto penetrante, le faceva pizzicare il naso.

«Scott, Drew e Dan verranno dopodomani per aiutare a risistemare le stanze» le disse Becca. «Gliel'ho appena confermato.»

«Ottimo. La moquette sarà già tutta posata, per allora, e l'aspirapolvere passato in tutte le camere.» Cami mise un braccio intorno alle spalle di Becca. «Ti sono grata per l'aiuto. Mia nonna aveva un'amica come te. Spero che anche noi due potremo sviluppare un simile legame.»

«Non sai quanto è importante per me avere l'opportunità di contribuire al successo della locanda.»

«Se le cose andranno bene, anche tu ne beneficerai, attraverso bonus, condivisione dei profitti e altre ricompense.»

«Per quanto mi riguarda, sappi che mi darò da fare al massimo.»

Cami ridacchiò. Era esattamente quello che aveva in mente quando aveva incluso quel genere di accordo nel contratto di Becca. Era un po' più giovane di lei, ma aveva un approccio molto concreto e pragmatico, che immaginava provenisse dall'essere cresciuta nel New England. Qualsiasi fosse il motivo, funzionavano alla grande sia come amiche sia come colleghe di lavoro.

Quattro giorni più tardi. Becca e Cami esaminarono ognuna delle camere che erano state rinfrescate. «Caspita! Che spettacolo!» disse Becca. «Non so come tu abbia fatto, ma nonostante le stanze siano diverse l'una dall'altra, sembra che siano state progettate proprio in questo modo.»

Cami valutò l'effetto del lavoro fatto. La pittura più scura alle pareti metteva in risalto i disegni dei copriletti e i colori di poltrone e divanetti. Ma, invece di avere stanze troppo uniformi, Cami aveva eliminato quella monotonia e donato un aspetto più audace, scambiando alcuni dei mobili tra le stanze e aggiungendo nuove tinte. Aveva spostato anche i dipinti e aggiunto nuove opere di artisti locali. L'effetto era sbalorditivo.

«Jonathan dovrebbe vedere le camere come sono adesso. Non ci crederebbe» disse Becca. «Ho sentito che lavora in un albergo a Portland. Potremmo invitarlo a dare un'occhiata.»

«Non sprecare il tuo tempo» rispose Cami. «Mi ricorda il mio vecchio fidanzato. Se si disturbasse a venire, sarebbe solo per criticare.»

Becca la guardò, stupita. «E quindi, perché stavate insieme?»

Cami fece spallucce, cercando di combattere l'antico dolore. «Alla fine si è capito che non ricambiava quello che provavo per lui. E comunque, Bernard è in Francia e io sono qui.»

«Un francese, eh?» sottolineò Becca, muovendo su e giù le sopracciglia.

«Mi auguro di non vederlo mai più» disse Cami, ed era sincera. Odiava essere scoppiata in lacrime davanti a lui quando si era rifiutato di venire in America con lei, proprio nel momento in cui ne aveva un assoluto bisogno.

«Bene, adesso non guardare, ma Drew viene verso di noi.» Becca la guardò maliziosa. «Di sicuro è meglio dell'altro tizio.»

Becca scomparve mentre Drew arrivava. Lui fece un gesto di saluto a Cami. «Ciao! In effetti, mi aspettavo di trovarti qui. Ti piace com'è venuto?»

Cami sorrise. «Ancor meglio di come speravo.»

Drew la affiancò e guardò nella stanza che lei stava esaminando. «Mi sembra stupenda. Bel lavoro, mia cara

Artista. Senti, mi chiedevo se avessi voglia di cenare con me stasera. Avrei voglia di una buona pasta da *Nick's.*»

«Curioso che parli proprio di pasta. Perché invece non vieni da me? Ho dei tagliolini pronti da cuocere e Darren ha preparato del sugo al granchio da leccarsi i baffi.»

«Ottima idea» rispose Drew. «Io porto una bottiglia di vino. Serve altro?»

«No, sarà una semplice e rilassante serata. Ci sono degli ospiti in arrivo alla locanda più avanti, ma per ora c'è poca gente.»

«Siamo d'accordo, allora. A che ora devo arrivare?»

Cami guardò l'orologio, perché voleva avere il tempo per una doccia e per mettersi addosso qualcosa di meglio dei jeans. «Facciamo alle sette.»

Drew annuì. «Ci vediamo più tardi, allora.»

Cami lo guardò andarsene. La sua figura alta e dritta si muoveva con sicurezza, ma non c'era traccia dell'insolenza che a volte aveva notato in Bernard.

CAPITOLO SETTE

Appena possibile, Cami lasciò la locanda portando con sé il sugo al granchio che Darren le aveva preparato, fece un salto al Granaio e andò a casa. Erano solo amici, ma voleva essere carina e in ordine per Drew. Era un bel po' che non aveva un appuntamento e le faceva piacere che un uomo fosse interessato a lei, anche se tra loro non c'era nulla di più.

Sophie la accolse con latrati di indignazione per non averla potuta accompagnare al lavoro. Ma Cami aveva preferito così, immaginando che la vivace curiosità della cagnetta rappresentasse un pericolo per la nuova moquette e la pittura appena rinfrescata.

Prese la cucciola in braccio e le canticchiò con dolcezza. Sophie le rivolse uno sguardo intenerito e la gratificò con delle umide leccatine sulle guance.

«Ok. È il momento, per noi ragazze, di essere in forma perfetta. Per prima cosa, ti porto fuori.»

Anche se un membro del personale aveva fatto fare un giro a Sophie a mezzogiorno, Cami portò subito la cagnolina in giardino. Aveva pensato di installare una porticina per cani, ma non era entusiasta che Sophie stesse fuori da sola, alle mercé di uccelli predatori o altre creature che potevano considerare quella bassottina un succulento boccone.

Una volta rientrata, Cami le preparò la pappa e si diresse nella propria camera. In piedi davanti all'armadio, esaminò il guardaroba e optò per un paio di pantaloni color crema e un pullover nero a collo alto. Il nero metteva in risalto la sfumatura rossiccia dei suoi capelli.

Stese i vestiti sul letto e andò in bagno per far scendere l'acqua nella vasca ampia e profonda. Un bel bagno avrebbe fatto miracoli per il suo corpo, ancora indolenzito dalle sessioni di imbiancatura.

Sophie arrivò nella stanza, appoggiò le zampine sul bordo della vasca e guardò dentro. «No, tu no» la avvertì Cami. «Sdraiati qui, sul tappetino.»

Mentre si immergeva, fece un sospiro soddisfatto. Era una meraviglia. Si appoggiò alla vasca con la schiena e fece ondeggiare l'acqua calda intorno a sé, muovendo le mani e i piedi. Lasciò vagare i pensieri. Lei e Bernard spesso condividevano momenti come quello, nella grande vasca dell'appartamento che Cami aveva preso in affitto. Doveva ammetterlo, Bernard era un bravo amante. Quella era una cosa che al momento mancava, nella sua vita. Anche se non vedeva l'ora di passare la serata con Drew, sapeva che non si trattava di un vero appuntamento. Come poteva esserlo? Si erano promessi che sarebbero stati solo amici. E, comunque, mettersi con qualcuno in quel momento l'avrebbe distratta dall'importante lavoro di cui si doveva occupare.

Sospirò dispiaciuta e diresse i pensieri all'imminente arrivo della coppia che aveva fissato il matrimonio a inizio maggio. Era sicura che sarebbe andato tutto bene e la rassicurava sapere che le stanze della locanda erano in condizioni perfette. La festa di nozze avrebbe impegnato tutte e trenta le camere. Le sei dell'edificio principale sarebbero state riservate per gli sposi e le loro famiglie, mentre le altre ventiquattro, nell'ala aggiunta, per gli ospiti.

La sveglia che aveva attivato sul cellulare la sottrasse a quelle divagazioni. Aprì lo scarico della vasca, si alzò e uscì, fermandosi sul tappetino. Sophie balzò in piedi e cominciò a leccarle le dita dei piedi. Scoppiò a ridere e la fece spostare. «Coraggio, piccolina. Non c'è tempo da perdere. Devo preparare un po' di cose per il nostro ospite.»

Come al solito, si mise la crema idratante, spruzzò del profumo dietro alle orecchie, si lavò i denti e truccò gli occhi.

Dopo essersi vestita, si guardò allo specchio. Aveva preso in considerazione l'idea di indossare la collana che Rafe le aveva dato a Natale, ma optò invece per gli orecchini di diamanti. Semplici, ma eleganti, pensò.

In cucina, tirò fuori i bicchieri per il vino, le posate, i piatti di porcellana, tovaglioli e tovagliette all'americana. Le era stato insegnato fin da piccola quanto fosse importante ogni elemento. Nana le aveva raccontato che, quando era appena arrivata alla locanda, sapeva a grandi linee come apparecchiare una tavola, ma non era certa di dove andassero certe posate, come le forchette da pesce e i cucchiai per la vellutata di verdure.

«Non voglio che succeda la stessa cosa anche a te» aveva detto a Cami.

A quel ricordo sorrise, e sistemò per bene ognuno dei coperti. Avrebbero preso l'aperitivo in salotto, davanti al fuoco, e poi cenato in cucina. In una fredda sera invernale come quella, era la soluzione migliore. Quando la temperatura era più calda, preferiva mangiare sul terrazzo della cucina, uno dei posti preferiti di Nana, che offriva lo splendido panorama sulle colline, e che l'aveva affascinata fin dall'inizio.

Restò a osservare per un momento la brulla terra invernale. L'aveva sempre colpita il fatto che quello squallido paesaggio si potesse trasformare, nei mesi più caldi, in filari e filari di splendide viti. Anche la trasformazione dei grappoli in sensuale vino rosso le sembrava un altro miracolo.

Suonarono alla porta. Impaziente per l'attesa, si precipitò ad aprire.

Drew era sul portico. In mano aveva una bottiglia di vino e un mazzo di rose.

«Entra» gli disse. «Come sapevi che quelle rosa sono le mie preferite?»

«Indicano grazia e bellezza. Ho pensato che fossero perfette per te.» Sorrise. «E Rafe mi ha detto che ti piacciono. In effetti, mi ha suggerito lui di portartele.»

«Ah, ecco chi è stato...»

Si sorrisero.

Con un gesto lo invitò a entrare, e Drew la seguì in cucina.

«Mentre cerco un vaso per queste meravigliose rose, ti spiace aprire il vino per farlo respirare?»

«Certo» acconsentì lui, con garbo.

«Perfetto.» Gli passò un cavatappi.

Cami accorciò la parte finale degli steli e sistemò i fiori in un vaso di vetro che aveva preso dalla credenza. Le rose rosa erano i fiori che Kenton aveva scelto per il matrimonio con sua nonna. Da allora, Nana le aveva sempre amate. A Cami piacque l'idea che anche Drew le avesse prese per lei.

«Verso il vino?» le domandò, indicando i bicchieri appoggiati sul bancone.

«Buona idea. Ho proprio voglia di un po' di relax» rispose lei, compiaciuta. Drew era un uomo davvero affascinante e uno dei ragazzi più gentili che avesse incontrato da molto tempo.

Lui versò il vino e le diede uno dei bicchieri.

«Andiamo a sederci davanti al fuoco. Lì fa più caldo.»

Andarono in salotto e sedettero ai due estremi del divano che era di fronte al camino.

Cami diede un colpetto con la mano alla zona vuota tra loro, e Sophie saltò su. «Spero non ti dispiaccia condividere lo spazio con lei.»

Drew sorrise e le fece un grattino dietro alle orecchie. La cagnolina gli leccò la mano e si girò sulla schiena per farsi accarezzare la pancia.

Cami sollevò il bicchiere e gli sorrise. «Alla nostra amicizia!»

«Certamente» rispose Drew. «I veri amici sono difficili da trovare.»

«Dove vivevi, prima di venire qui?» gli domandò, desiderosa di sapere qualcosa in più su di lui.

«A Napa. Dividevo un appartamento con due amici. Ma quando si è presentata un'occasione a Chandler Hill, sono subito partito. A quel tempo, non avevo capito che avrei potuto lavorare con Rafe. Adesso sono strafelice di avere fatto la scelta di venire qui.»

«Mio nonno non ti avrebbe mai proposto di affiancarlo, se non avesse creduto nelle tue capacità» disse Cami. «Devo ammettere di essere un po' gelosa. I vini di Nana e i suoi sono sempre stati considerati tra i migliori. Tu hai la possibilità di continuare con i progetti di Rafe, mentre io devo aspettare fino alla prossima vendemmia per lavorare con le nostre uve.»

«Hai detto che vivevi in Francia quando hai dovuto tornare a casa. Ti occupavi già delle vigne?»

«Sì» rispose Cami. «Ero nella zona meridionale della regione della Côtes du Rhône. Un posto bellissimo, con dei vini straordinari. La maggior parte delle uve è coltivata dalla parte orientale del Rodano, tra la riva del fiume presso la città di Orange e la catena montuosa del Vaucluse-Luberon. È un'area bellissima.»

«Parlami del vino.»

«In prevalenza si tratta di Grenache Noir, ma ci sono anche altre uve, tipo il Syrah e il Mourvedre.»

«Come ti sei trovata a lavorare con uve differenti e produrre vino bianco?» le domandò.

«C'è voluto un po' per abituarmi» rispose Cami. «Direi che i vitigni sono come i bambini o i cani. Impari a conoscere le loro particolarità e cerchi di tirarne fuori il meglio. Ognuno ha le sue esigenze. E credo che sia quello il divertimento.»

«Sei felice di essere a casa?» Drew prese un sorso di vino e aspettò che rispondesse.

«Sì e no, a dire il vero. So che mi è stata data un'opportunità che non capita a tutti, ma la responsabilità di portare avanti l'eredità di mia nonna a volte mi sembra insopportabile. Era una persona così straordinaria. E la locanda richiede molte attenzioni. Jonathan Knight non aveva davvero capito il fascino di questo hotel. Voleva che fosse qualcosa che non è. Il mondo dell'ospitalità turistica vive anche di sfarzo e ostentazione, ma è qualcosa che non ci appartiene. Mi piace pensare alla locanda di Chandler Hill come a un luogo tranquillo, elegante e tradizionale, senza essere noioso. Ha senso, secondo te?»

«Credo che abbia molto senso. L'ultima cosa che uno vuole è diventare qualcosa che non è. Io lo apprezzo molto anche nelle persone.»

«Hai avuto qualche brutta esperienza?»

Drew fece un sospiro e appoggiò il bicchiere. Guardò il fuoco nel camino e rimase un attimo in silenzio, prima di rivolgersi di nuovo a lei. «La mia ex ragazza proveniva da una famiglia ricca ed era abituata a ottenere quello che voleva. Desiderava molto che ci sposassimo, ma nel corso della nostra relazione ho capito che non sarei mai stato all'altezza di ciò che pretendeva da un marito. Per prima cosa, non avevo viaggiato abbastanza. E poi, non guadagnavo a sufficienza.» Il tono di Drew era amaro. «Hai capito il soggetto.»

«A quanto pare, neanch'io ero all'altezza. Quando ho deciso di tornare a casa di corsa, perché la nonna era malata terminale, il mio ragazzo mi ha lasciata all'istante.»

Drew versò dell'altro vino in entrambi i bicchieri. «Beh, è una cosa che mi sono lasciato alle spalle. Non intendo ritrovarmi in una situazione simile. Io e mio zio abbiamo sempre vissuto bene, senza avere una donna in casa che ci dicesse cosa fare. Credimi, è molto più facile così, o comunque è quello che ho imparato.»

«Un giorno forse cambierai idea.»

Drew sbuffò, e Sophie si svegliò dal sonnellino. «Ne dubito.»

Cami sollevò il bicchiere e lo fece tintinnare contro il suo. «Brindiamo a futuri giorni migliori. E ricorda che noi due saremo rivali, quando comincerà la produzione.»

«Va bene, allora brindo ai vini Lettie's Creek!»

«E ai vini Chandler Hill» aggiunse subito Cami, facendo ridere Drew.

«È il caso che mi metta a cucinare» osservò lei alzandosi. «Puoi rimanere qui a rilassarti o venire con me in cucina.»

«Vengo con te.» I suoi occhi brillavano di malizia. «Mi piace guardare una donna che prepara da mangiare, come è giusto che sia.»

«Cosaaa?» Cami gli tirò un cuscino.

Ridacchiando, Drew la seguì in cucina.

Cami si muoveva con sicurezza tra i fornelli, mentre scaldava il sugo, faceva cuocere la pasta e preparava l'insalata. Rafe era un ottimo cuoco e le aveva insegnato volentieri molte delle sue ricette preferite. Era stato un bel modo per costruire il legame tra loro, quando era venuta a vivere con lui e Nana. Amavano ancora cucinare insieme.

Più tardi, quando si mise a tavola con Drew, Cami provò una sensazione di pace. Era bello avere un uomo in casa, un uomo che non aveva l'obbligo di compiacere. Un amico che la accettava per come era.

Mentre mangiavano e, più tardi, si godevano una tazza di caffè dopo cena, parlarono dei loro film preferiti e poi passarono ad altri argomenti. Era sorprendente quanto i loro gusti combaciassero. Cami guardò per caso l'orologio del microonde e fu sorpresa di vedere che erano le undici.

«Caspita! Non mi ero accorta di averti trattenuto fino a tardi» disse, alzandosi. «So che tu e Rafe cominciate la giornata molto presto.»

Drew alzò gli occhi al cielo e sorrise. «Rafe è mattiniero, su questo non c'è dubbio.» Mise la tazza del caffè nel lavello. «Cena deliziosa. Grazie mille.»

«Questa volta è stato facile. Ti mostrerò meglio le mie doti culinarie in futuro.»

Il volto di Drew si illuminò. «Mi piacerebbe. È stata una splendida serata.»

Cami lo accompagnò alla porta. «Anche a me è piaciuto passare del tempo con te.» Gli diede il giubbotto.

Lui se lo mise e si voltò verso di lei. «Grazie ancora.» Gli occhi color ambra la contemplarono per un attimo e poi si chinò per baciarla.

Cami gli porse la guancia, come avrebbe fatto in Francia, ma girò il viso giusto in tempo per sentire le labbra morbide e calde di Drew sulle sue. Assaporando il momento, chiuse gli occhi. Quando li riaprì, lui fece un passo indietro.

Sembrava stupito e disse: «Devo andare.»

CAPITOLO OTTO

Durante la settimana, Cami parlò varie volte con Laurel Newson. Alla fine Laurel concordò che, appena terminate le vacanze a Palm Springs, si sarebbe occupata dei matrimoni e degli eventi speciali alla locanda, quando non era troppo impegnata nella gestione degli orti. Mancavano solo cinque giorni a San Valentino, e Cami voleva essere sicura che fosse tutto a posto, prima di incontrare gli sposi e parlare del loro matrimonio a maggio. Justine Devon era stata molto misurata al telefono, ma era chiaro che si aspettava che tutto fosse impeccabile. Il fidanzato George Dickinson, a quanto sembrava, era del tutto allineato ai programmi e desideri della futura moglie.

Cami si incontrò con Becca a Chandler Hall, un edificio separato e adiacente alla locanda, progettato proprio per ospitare eventi particolari, come matrimoni, banchetti e altro. Si piazzarono in mezzo al salone a guardarsi attorno con occhio critico. Ampie finestre a ribalta in vetro costituivano la maggior parte delle pareti perimetrali, e si potevano sollevare, in caso di ricevimenti all'aperto, se il tempo lo permetteva. In occasione dei matrimoni, spesso il cibo era servito all'interno e poi le porte scomparivano, unendo lo spazio interno e il patio esterno in un'unica zona, perfetta per ballare. Era una soluzione di grande effetto, specialmente alla sera quando le stelle del cielo si moltiplicavano nelle file di lucine, distribuite tra i rigogliosi rododendri verdi e le altre chiome degli alberi che circondavano l'edificio.

Le sezioni di parete che non erano a vetri avevano un

rivestimento interno in noce pregiato che dava un tocco di classe, adatto sia a situazioni informali come i barbecue, sia a quelle più eleganti come le cerimonie e i ricevimenti di nozze. Nel salone principale c'era un imponente camino, che dominava un lato della stanza, perfetto per ospitare matrimoni più semplici. Dall'altro lato, una grande e moderna cucina costituiva lo spazio ideale per preparare il cibo e servire pranzi informali o a buffet.

I bagni e i locali di servizio, dove spose e damigelle potevano cambiarsi, completavano la disposizione. Era una concezione degli spazi semplice, ma funzionale.

«Quando verrà il giorno, voglio sposarmi qui» osservò Becca. «Con la vista sull'esterno, è semplicemente perfetto.»

«È uno dei miei posti preferiti. Spesso venivo qui con Nana a guardare le cerimonie di nozze.» Cami sorrise. «Se facevo la brava, di solito potevo avere una fetta della torta nuziale.»

«Dev'essere stato unico, crescere in un posto come questo» disse Becca. «E adesso, è tutto tuo.»

Anche se Cami restituì il sorriso che le rivolse l'amica, le si annodò lo stomaco. L'hotel non era solo un pezzo della proprietà. Era diventato una destinazione di vacanza da cui le persone si aspettavano l'eccellenza assoluta. Il Granaio, la piscina, il centro benessere e il cibo straordinario ne facevano ben più della locanda di un tempo. Nana aveva colto al volo l'opportunità che le era stata data e l'aveva portata a livelli di eccellenza. Cami temeva di non riuscire a mantenere ciò che era stato realizzato, figuriamoci farlo crescere come ci si aspettava da lei.

«Credo che si possa fare di meglio, con i ricevimenti di nozze» commentò. «Voglio dare a un membro dello staff l'incarico di seguire i gruppi da vicino. Dovrà essere ovunque, pronto a rispondere a qualsiasi necessità. Ti viene in mente qualcuno per questo tipo di lavoro?»

«Non volevo dire niente, per ora, ma visto che me lo chiedi c'è una mia vecchia amica dell'università, Vanessa Duncan, che sarebbe interessata a venire a vivere sulla costa occidentale. Sa quanto mi trovo bene qui, e mi ha chiesto di darle una mano a trovare un lavoro in zona.»

«Ha già fatto qualcosa del genere?» domandò Cami. «Le attività nel settore alberghiero non sono facili come molti immaginano. Possono essere molto impegnative.»

«Ha lavorato in un'agenzia di pubblicità a New York, in cui si occupava delle relazioni con i clienti, ma si è stancata. È una persona molto estroversa, e le piace anche il vino.»

Cami rise. «Riconosco che si tratta di qualità ammirevoli. Ma vivere nella Willamette Valley è una bella differenza rispetto all'attività frenetica di New York. Potrebbe annoiarsi.»

«Non credo. Di solito, trova il modo per tenersi occupata. Non la vedo da un paio d'anni, ma me la ricordo come una persona molto divertente.»

«D'accordo» rispose Cami, stringendosi nelle spalle. «Dille di mandarmi un curriculum, e gli darò un'occhiata.»

Il sole al tramonto rifletteva i suoi raggi sui pannelli di vetro delle finestre dell'edificio, creando meravigliose ombre rosse e arancioni. Mentre osservavano quel prodigio naturale, il sospiro soddisfatto di Cami si unì a quello di Becca. In momenti come quelli, poteva quasi sentire la presenza di Nana vicino a lei, ad ammirare la vista delle colline dipinte dai colori che arrivavano dal cielo.

«Io e Dan ceniamo in centro, stasera. Vuoi venire con noi?» propose Becca, mentre aspettava che Cami chiudesse a chiave l'edificio deserto.

«No, grazie. Penso che rimarrò a casa.»

«Tu e Drew siete davvero due pantofolai. Non riusciamo a convincere nemmeno lui a uscire» si lamentò Becca.

Cami sorrise tra sé. Lei e Drew avrebbero cenato a casa sua quella sera, per la terza volta. Le prime due serate insieme erano state perfette: due amici che si rilassano insieme, e basta. Anche se avevano finito per sfidarsi nella degustazione, era stato piacevole parlare di vini e di quello che accadeva nel settore.

Si avviò con Becca verso la locanda. Cami aveva lasciato Sophie che dormiva sotto la sua scrivania. In quelle fredde giornate invernali, la cagnolina era contenta di restare all'interno.

C'erano parecchi ospiti nell'hotel, che avevano approfittato delle offerte del mese di febbraio. Quando Cami entrò nell'edificio principale, vide che molte persone erano in biblioteca per l'aperitivo. Sorrise ed entrò nella stanza per parlare ai clienti, dar loro il benvenuto e scoprire qualche piccola cosa su ciascuno, come era solita fare in quelle occasioni.

Poco dopo, tornò in ufficio a prendere Sophie. Fece qualche complimento alla cucciola, accarezzandola sulla testa, poi prese il cappotto e la borsa.

«Dove vai, così di corsa?» la prese in giro Becca.

«A casa. Arrivederci» rispose Cami, e corse via, evitando ulteriori conversazioni. Sophie abbaiò e si mise a correrle dietro come se fosse una gara, muovendo le corte zampette più veloce che poteva.

Giunta a casa, Cami si sdraiò nella vasca a godersi la piacevole sensazione dell'acqua calda che le sciabordava attorno. Così rilassata, poteva pensare alla serata che l'attendeva. Le piaceva stare con Drew. Anche se non ci provava con lei, la faceva comunque sentire desiderabile. E lei stessa, pur senza avere intenzione di impegnarsi con nessuno, gradiva la sua compagnia.

La testolina di Sophie faceva capolino per poi scomparire, mentre provava inutilmente a saltare dentro alla vasca. Cami rideva. «No, tesoro. Sto meglio da sola.» Dopo essersi asciugata e vestita, si spazzolò davanti allo specchio, per domare i ricciuti capelli biondo fragola. A volte poteva essere una lotta, ma non le importava: erano gli stessi di Nana, mentre gli occhi scuri erano della madre e di Rafe.

Quando alla fine si sentì a posto, andò in cucina. Per quella fredda serata, aveva programmato una fonduta di formaggio. Era uno dei suoi piatti preferiti nel periodo festivo invernale. La ricetta, che proveniva dall'ambasciata svizzera a Washington, era facile da preparare. Quella mattina aveva tagliato a cubetti una pagnotta di pane francese e, dopo aver fatto dorare i pezzi in forno, li aveva messi su un vassoio. Continuò con la preparazione e grattugiò emmenthal e gruviera. Poi avrebbe aggiunto vino, aglio, un goccio di kirsch e della noce moscata per ottenere un composto cremoso. Mise vicino ai fornelli l'apposito pentolino di terracotta che aveva comprato in Svizzera. Era uno dei suoi beni più preziosi.

Aveva appena finito di preparare un semplice condimento per l'insalata a base di olio d'oliva, aceto balsamico e spezie, quando il suono del campanello la fece correre all'ingresso.

Sorridendo, aprì la porta con un gesto teatrale ma, sbigottita per lo shock, fece subito un passo indietro. «Bernard! E tu, cosa ci fai qui?»

Lui la gratificò di un sorriso che avrebbe un tempo considerato affascinante. «Sono qui, come desideravi. Ho solo dovuto abituarmi all'idea. E, quando ho capito quanto fosse gravosa la responsabilità che dovevi gestire, mi è risultato chiaro che il mio posto era qui, con te.»

«Ti sei preparato un bel discorsetto» commentò Cami, con le mani sui fianchi. Aveva un chiaro ricordo del modo insensibile in cui Bernard aveva messo fine alla loro relazione. L'aveva chiamata "una divertente avventura estiva". E aveva chiuso con lei mandandole una email. Nemmeno una telefonata. Bene, era arrivato l'inverno.

«Suvvia, *ma chère*, non vuoi neppure darmi il benvenuto?» Fece un passo avanti e la prese tra le braccia. Il suo bacio, quelle labbra morbide, le riportarono alla mente il ricordo di giorni e notti appassionate in Francia. Per un attimo, cedette al suo tocco. Poi ricordò come l'aveva trattata e si raddrizzò di colpo.

«Bernard, perché sei qui? Come puoi pensare di dare per scontato che tutto ritorni com'era, dopo che ho scoperto la tua vera natura?»

«Per questo.» La attirò a sé e la baciò di nuovo.

Al rumore del pick-up di Drew che entrava nel vialetto, Cami si divincolò. «No, Bernard. Non intendo farlo. E, inoltre, aspetto qualcuno a cena.»

Si voltarono a guardare Drew che parcheggiava e scendeva dal veicolo.

«Quindi, è così che ti sono mancato?» Bernard la guardò con addolorato stupore.

Cami fece un gesto di saluto a Drew, così felice di vederlo che voleva corrergli incontro. Era scossa dalle emozioni e le serviva la sua solida amicizia per fronteggiarle.

«Ciao, Cami.» Drew aggrottò preoccupato la fronte e guardò lei e Bernard. «Ho interrotto qualcosa?»

«No» rispose Cami con decisione. «Bernard è un vecchio amico francese. È solo passato a salutare.»

«*Chérie, ce n'est pas vrai.*»

«E invece è vero» insisté lei. «Non abbiamo parlato, né avuto alcun tipo di comunicazione onesta e sincera da prima che mia nonna morisse. Prima di venire a casa mia, avresti dovuto chiamare. Dove alloggi?»

Bernard guardò in basso e strisciò i piedi per terra. Poi sollevò il viso attraente e le fece l'occhiolino. «Pensavo di alloggiare da te.»

Cami sospirò. Non avrebbe lasciato che accadesse. Anche se, un tempo, l'aveva desiderato. «Chiedo che ti preparino una stanza alla locanda.»

«Ascolta,» disse Drew «posso lasciarvi soli, e tornare un'altra volta.»

«No!» La risposta di Cami le uscì più acuta di come desiderava.

Il messaggio non sfuggì a nessuno dei due uomini. Si guardarono. Bernard, alto e magro, sembrava quasi gracile in confronto alle ampie spalle e al fisico solido di Drew, che era della stessa statura.

«Fa freddo. Perché non venite dentro tutti e due, mentre chiamo l'hotel per la sistemazione di Bernard?»

Indietreggiò e con un gesto li invitò a entrare.

«*Très beau*» disse Bernard a bassa voce, mentre si guardava in giro e accennava un sorriso. «Non avevo idea che la proprietà Chandler Hill fosse così spaziosa e affascinante.»

«Da quello che ho sentito raccontare, si tratta di un'operazione di successo, che ha avuto origine dall'amore» commentò Drew, la cui comprensione si meritò un sorriso da parte di Cami.

«Sì, Nana ha fatto in modo che trasmettesse quella sensazione. Però io so quanto duro lavoro abbia richiesto renderla quello che è.»

«Con la mia esperienza, possiamo renderla ancora migliore, *non*?» Bernard le sorrise.

Lo sconcerto le tolse per un attimo il respiro. Era per quel motivo che Bernard l'aveva raggiunta? «Non hai una tua attività vinicola in Francia? Perché dovresti venire qui a lavorare?»

L'alzata di spalle di Bernard le chiarì ogni cosa. «Non ne faccio più parte. Lo sai quanto può essere irragionevole Jacques. Non era ciò che volevo.»

Ah, pensò Cami. *Bernard e Jacques non sono riusciti a risolvere le loro divergenze su come gestire i vigneti.* I due fratelli erano come il giorno e la notte. Jacques era serio e gran lavoratore. Bernard l'uomo di relazione, il venditore.

Osservò l'ex-fidanzato. Si rese conto di quanto fosse stato sciocco il suo innamoramento per Bernard e capì che le serviva un esame di coscienza, prima di farsi coinvolgere da qualcun altro. La sua capacità di valutare gli uomini era decisamente carente. Era un'ottima cosa che lei e Drew fossero solo amici.

Drew le diede una bottiglia di vino. «Hai detto che sarebbe andato bene un bianco, per la cena. Ho pensato che questo Pinot Grigio ti potesse piacere. Viene da una cantina californiana che mi piace molto.»

«Ma dovresti bere un vino francese» protestò Bernard.

«Grazie, Drew» disse Cami, e prese la bottiglia che le aveva offerto. «Dammi un momento per chiamare la locanda.»

Fece una breve telefonata e poi si rivolse a Bernard. «Tutto sistemato. C'è una stanza già pagata a tuo nome, che include la cena di stasera. Spero che apprezzerai il cibo. Darren fa un ottimo lavoro.» Cami andò alla porta per indicargli l'uscita. Sapeva di essere parecchio sgarbata, ma era esattamente quello che voleva fare. Bernard aveva messo fine alla loro relazione con un messaggio.

Sulla porta, Bernard la baciò su entrambe le guance, alla maniera francese, e disse: «Ti farò cambiare opinione su di me. Te lo prometto. *À bientôt!*»

In silenzio, Cami lo guardò andarsene. C'era stato un momento in cui gli aveva dato il cuore. Ma il suo arrivo l'aveva lasciata di stucco: come poteva pensare che potesse succedere di nuovo?

Chiuse la porta e si girò verso Drew. «Mi spiace per quanto è successo.»

«Non c'è problema. Come ti ho detto, potevo lasciarvi soli e tornare un'altra volta.»

«Sono felice che tu non l'abbia fatto. Non so cosa ne pensi, ma io sono pronta per un bicchiere di vino» disse Cami. «È stata una giornata impegnativa.» Si disse che il termine "impegnativa" non rappresentava del tutto la situazione. Era stata infernale.

Aprì la bottiglia e la passò a Drew. «Perché non versi il vino, mentre io servo le tartine che ho portato dalla locanda? Andiamo a rilassarci in soggiorno.»

«Buona idea.» Prese il Pinot Grigio e due bicchieri e portò tutto in salotto. Cami lo seguì con gli stuzzichini. Si sedettero sul divano davanti al camino. Il fuoco mandava riflessi arancioni che le rasserenarono l'umore.

Drew versò il vino e le diede un bicchiere. Sollevò il proprio e disse: «Brindiamo a... qualsiasi cosa ti renda felice.»

Cami sorrise e fece tintinnare il bicchiere contro il suo. «E alla tua salute!»

Si guardarono con tranquilla confidenza, presero un sorso di vino e si appoggiarono ai cuscini dello schienale, a guardare il fuoco.

Nel silenzio, Drew domandò: «E quindi, quello è il tizio francese di cui mi hai parlato? Quello che ha rotto con te?»

Lei lo guardò. «Il solo e unico.»

«Sembrava davvero sicuro di sé.» Sollevò un sopracciglio con fare dubbioso.

Le guance di Cami si infuocarono al ricordo del breve momento in cui aveva pensato di accoglierlo di nuovo nella sua vita. Dallo sguardo preoccupato di Drew, sembrava che l'avesse capito anche lui.

Allungò una mano e la confortò con una pacca sul braccio. «Io e la mia impegnativa ragazza abbiamo rotto così tante volte che ho perso il conto. Quello che ho imparato è che non si può tornare indietro. Non vuol dire che non si possa andare avanti, ma bisogna volerlo entrambi.»

«Mi spiace. Non sembra divertente.»

Cami si ripromise di non farsi più coinvolgere in una relazione sbagliata. Bernard poteva pensare di farle cambiare idea, ma anche se lo conosceva abbastanza bene da sapere che non avrebbe smesso di provarci, ciò non sarebbe accaduto.

«Adesso, la mia priorità dev'essere Rafe» disse Drew. «Sta passando molto tempo a insegnarmi come vuole che vengano fatte le cose ai Taunton Estates.»

«Ti piace lavorare con lui?» domandò Cami.

Lui sorrise. «Sì, è il migliore. Un giorno, mi piacerebbe avere una cantina tutta mia, e devo imparare come si fa a gestirla. I corsi a scuola sono importanti, ma è l'esperienza che fa la differenza.»

Cami non poté fare a meno di sorridere. Drew non sapeva niente del progetto di Rafe di cedergli parte della terra.

Mentre mangiavano la fonduta e sgranocchiavano l'insalata, la conversazione tra loro proseguì tranquilla. Dopo che Drew ebbe parlato in dettaglio di come la madre se ne fosse andata quando lui era ancora piccolo, Cami riuscì a capire meglio la sua devozione per lo zio e per lo stesso Rafe. Aveva seguito sufficienti lezioni di psicologia per sapere che, per lui, avere fiducia nelle donne poteva essere un problema. Raccontò a Drew di come Rafe fosse andato a prenderla in Africa dopo la morte della madre e che Nana era stata sempre un modello di riferimento per lei.

«Penso che questo ci insegni che esistono diversi modelli

di famiglia» concluse. «La sola cosa che mi manca è non sapere chi sia mio padre. Non mi interessa interferire nella sua vita, vorrei solo sapere chi è.»

«Sì, lo capisco. A volte mi sono chiesto cos'avrei fatto se avessi incontrato mia madre. Non ricordo niente di lei, a essere onesti.»

«Io avevo sei anni quando la mia è stata uccisa, ma ricordo quant'era bella e quante persone le volevano bene. A volte mi sembrava di esserle d'intralcio, ma avevo anche Karabo, che era molto più che una domestica. Per me era una seconda madre, quella che mi raccontava le storie, e cantava per farmi addormentare.» Le vennero le lacrime agli occhi. «Karabo è rimasta giù, ma sono tornata in Africa a salutarla, dopo la laurea. È stato così emozionante rivederla.»

«Bello.» Il sorriso di Drew era un po' triste, e le ricordò quanto era stata fortunata ad avere così tante brave persone nella sua vita.»

Cami si alzò da tavola. «Ti va di finire il vino in salotto?»

«Certo.» Drew la seguì in soggiorno e sedette nella poltrona di pelle marrone che era a fianco del camino. «La cena è stata deliziosa. Grazie di avermi invitato. Non posso fare tardi, purtroppo, perché domattina io e Rafe dobbiamo rivedere i piani per le pubbliche relazioni.» Fece una pausa. «E lo sai quant'è mattiniero.»

Cami rise, per come Drew alzò gli occhi al cielo. «Lo so bene. E, vivendo insieme, l'ho imparato alla svelta. Più invecchia, e meno dorme. Dice che è perché non c'è più Nana a dividere il letto con lui.» Sospirò. «Quando sarà il momento, è quello il tipo di amore che vorrei.»

«La loro relazione è stata davvero speciale.» Drew bevve un sorso di vino.

«Lo so, ma con la persona giusta, spero che possa succedere anche a me.» Ridacchiò. «Credo che il mio sia un sogno romantico.»

Drew la guardò, ma cambiò discorso. «Mi ha detto Rafe che ha in programma di portarti con sé alle fiere enologiche. Corretto?»

«Sì. Adesso che ho sistemato le cose alla locanda, è venuto il momento di farlo. Vuole che impari come funzionano questi eventi e anche che mi faccia carico delle vendite online sia per Chandler Hill che per i Taunton Estates. Anche tu stai facendo qualcosa del genere per lui, se non sbaglio.»

«Sì, si fa prima a farlo che a cercare di spiegarglielo.»

Si guardarono e risero. Le cose moderne, come le chiamava Rafe, per lui rimanevano un mistero.

CAPITOLO NOVE

La mattina seguente, Cami si svegliò e stiracchiò nel letto, tornando con la mente alla serata con Drew. Le era piaciuto molto riuscire a parlargli come a un amico, e raccogliere l'opinione maschile su tanti argomenti. Crescendo, era stata circondata da una moltitudine di amiche e collaboratrici di Nana. Ma, con l'eccezione di Rafe, che era molto più grande di lei, non aveva mai avuto l'opportunità di apprendere le cose da un padre, fratello o zio, come succedeva alle altre ragazzine.

Il suo pensiero andò a Bernard. Com'era arrogante! Cami odiava le discussioni, ma era determinata a mettere in chiaro che la loro relazione era finita per sempre. E gli avrebbe anche detto che non c'era nessun lavoro per lui a Chandler Hill. Era certa che anche Rafe avrebbe avuto la stessa opinione riguardo al non assumerlo ma, per sicurezza, decise che l'avrebbe chiamato.

Fece scendere Sophie dal letto. «Coraggio, piccola. Oggi sarà una giornata impegnativa, e devi fare il tuo giretto.»

La cucciola le rivolse un'occhiata infastidita, per essere stata disturbata nel sonno.

Ridendo, Cami le diede una grattatina alle orecchie. «Andiamo!»

Più tardi, mentre beveva il caffè e guardava dalla finestra i filari ancora privi di grappoli, decise di telefonare a Rafe.

«Ciao, tesoro. Tutto bene?» rispose lui, allegro.

Gli spiegò la situazione con Bernard: «Vorrei dirgli che non c'è lavoro per lui, a Chandler Hill.»

«Certo che dovresti. È un cretino. Nemmeno io lo voglio qui.»

Cami fece un sospiro. «Speravo che lo dicessi. Sarei in estremo disagio all'idea che fosse coinvolto nei miei affari, a qualunque titolo. È un abile venditore, ma era il fratello a gestire il vigneto in Francia.»

«Una ragione in più per non assumerlo. Cambiando discorso, ho pensato di fare quella crociera fluviale che Lettie mi aveva organizzato per il prossimo autunno. Cosa ne pensi?»

«Nana ne sarebbe felice. Mi ha detto quanto era dispiaciuta di non potere viaggiare con te, e che voleva dare a te le ali che non aveva mai trovato per se stessa.»

«Mi sarebbe piaciuto farla con lei.»

«Anch'io l'avrei voluto, per voi due. Ma è il genere di vacanza che è adatta anche per una sola persona, perché ci sono escursioni di gruppo.»

«Oltre a questo, credo che sia una buona occasione per verificare come si comporterà Drew nel gestire la cantina quando sarò via» aggiunse Rafe. «Devo rallentare un po' il ritmo.»

«È tutto a posto?» domandò Cami, con le pulsazioni che acceleravano, all'idea che fosse ammalato.

«Sto bene. Sono solo più vecchio e stanco. Non preoccuparti. Non ho in programma di andarmene ancora per un bel po'.»

«Ne sono felice. Non sopporterei di perderti.»

«Devo andare» disse Rafe. «È arrivato Drew. Sai quant'è mattiniero.»

Cami rise. «Ci sentiamo.»

Dopo quella conversazione, era più a suo agio su come gestire Bernard. Finì di prepararsi per la giornata e si diresse alla locanda.

Quando arrivò, Imani e Becca la salutarono con calore e la seguirono nell'ufficio.

«Ci spieghi cosa sta succedendo?» domandò Becca. «Pensavo che noi due ci saremmo occupate insieme della locanda. E adesso, è arrivato Bernard Arnaud e mi ha detto come intende aiutarci.»

«Mi ha spiegato che devo vestirmi in un modo diverso, indossare una specie di uniforme» continuò Imani. Si passò una mano sui pantaloni marroni e sistemò la maglia fantasia.

Cami sollevò una mano. «Fermiamoci un momento! Bernard è arrivato all'improvviso ieri sera, con la folle idea che ci saremmo rimessi insieme. Il che non accadrà mai, né lui lavorerà qui alla locanda o ai Taunton Estates. Non ho ancora avuto questa conversazione con lui, ma intendo farlo.»

«Che sollievo!» Becca fece un lungo respiro. «Temevo di dover avere a che fare con lui ogni giorno. Per quanto mi piaccia Chandler Hill, non intendo lavorare per quel presuntuoso coglione.» Guardò Cami dispiaciuta. «Ma comincio a capire perché tu abbia preso una sbandata per lui. È molto attraente, e sono sicura che quell'accento francese possa essere seducente, soprattutto quando sfodera il suo fascino.»

Cami strinse le labbra. «Beh, quel fascino se n'è andato da tempo. In Francia non si è mai comportato così, tranne che col fratello maggiore. Avrei dovuto prestare più attenzione a quel tratto del suo carattere.» Si rivolse a Imani. «Puoi cercarlo e dirgli che lo voglio vedere?»

«Certo» rispose subito Imani.

«Grazie. A proposito, vestita così sei perfetta.»

Il sorriso di Imani le illuminò il volto mentre usciva dall'ufficio.

Cami si voltò verso Becca. «Bernard ha creato qualche problema con gli ospiti?»

«Non saprei, ma posso informarmi.»

Dopo che l'amica fu uscita, Cami sedette alla scrivania per fare l'elenco degli impegni della giornata. Justine Devon e il marito, George Dickinson, erano attesi nel pomeriggio, e voleva che venisse preparato un pacchetto di benvenuto per loro. Tutti gli ospiti ne ricevevano uno, ma per gli sposi c'erano dei prodotti aggiuntivi, come saponi, profumi e un libro con le ricette di Chandler Hill.

Cami era al telefono con una persona dello staff del Granaio quando Bernard si precipitò nell'ufficio.

«Volevi vedermi?»

Cami sollevò un dito per fermarlo e continuò la conversazione al telefono. Quando ebbe finito, si rivolse a Bernard che guardava il giardino dalla finestra.

«Bernard. Dobbiamo parlare. Siediti, per favore.»

Lui sorrise. «Hai già cambiato idea?»

Cami si sforzò di rimanere calma. «A dire la verità, sì. Dopo che te ne sei andato, ho avuto modo di riordinare i pensieri. Non sei il benvenuto qui, né come amico, né come membro del personale, né come ospite. Ti ho concesso un pernottamento gratuito come gesto di cortesia, ma è tutto.»

«Cosa? Ma lo sai che ho una grande competenza sulla vinificazione. Posso aiutarti.» Lo sguardo sconvolto sul suo viso convinse ancor di più Cami della sua decisione. Non capiva proprio il concetto.

«La mia squadra è come una famiglia, per me. Un'altra valida ragione perché tu te ne vada. Ti sei reso conto che non hai pronunciato la parola "scusa" da quando sei arrivato? E comunque, anche se mi chiedessi sinceramente scusa, nulla potrebbe sanare il male che mi hai fatto. Mia nonna, la persona che amavo di più al mondo, stava morendo e a te non importava.» Al ricordo di quel dolore, a Cami si rivoltò lo stomaco.

«*Mais, Chérie...*»

Cami alzò una mano per fermarlo. «Adesso basta. Voglio che tu ne vada, subito.» Si alzò dalla scrivania e gli indicò la porta con un gesto.

Il disappunto attraversò il volto di Bernard, trasformandolo da bello a sgradevole. «Te ne pentirai.»

«L'ho già fatto, credimi. Credevo che il nostro rapporto fosse speciale. *Adieu*, Bernard.»

Lui uscì, sbattendo la porta.

Con le ginocchia che le tremavano, Cami si sedette e nascose il volto tra le mani. Era stata così sciocca a non capire quanto fosse superficiale. Forse erano stati il vino, il formaggio, il pane e la felicità di essere in Francia, a tenerle nascosta la sua vera natura? Sollevò la testa con la rinnovata determinazione di stare alla larga da qualsiasi relazione seria, fino a quando non avesse ritrovato una migliore comprensione di chi era e che cosa cercava.

Quel pomeriggio Cami stava esaminando gli inventari del Granaio, quando Imani la chiamò all'interfono. «Justine Devon e George Dickinson sono all'accettazione.»

«Grazie.» Cami lasciò l'ufficio e corse alla reception.

«Buongiorno e benvenuti alla locanda Chandler Hill» disse, avvicinandosi a loro. «Sono Cami Chandler.»

Justine era una brunetta alta e attraente, con luminosi occhi verdi, che la guardò con aria quasi scioccata. «Oh, santo cielo! Per un attimo ho creduto che lei fosse la mia amica Lulu, ma con una pettinatura diversa.» Allungò la mano e strinse quella di Cami. «Sono Justine Devon e lui è il mio fidanzato, George Dickinson.»

Mentre salutava George, Cami sorrise a entrambi. «Siamo davvero felici di avervi qui. Credo che scoprirete che è il posto perfetto per un matrimonio nel mese di maggio.» Cami ricordò a se stessa che, se l'evento non fosse andato bene, avrebbe potuto rovinare l'intera stagione dei matrimoni.

George sorrise. «Sono solo qui ad accompagnare. È Justine a sapere esattamente quello che desidera venga fatto. L'unica cosa che farò io sarà presentarmi alla cerimonia e dire *Lo voglio*.»

Risero tutti e tre insieme.

Justine diede un colpetto con il gomito al fidanzato. «Non ti sembra che Cami assomigli tantissimo a Lulu?»

George la osservò e annuì, con lo sguardo dei suoi occhi azzurri puntati su di lei. «Già. Sbalorditivo. Ma non c'è quel vecchio adagio, che dice che ognuno di noi ha un gemello da qualche parte?»

«Lulu è la mia damigella d'onore» spiegò Justine. «Aspetti solo di incontrarla! È uno spasso.»

I due futuri sposi si sorrisero. Erano una coppia davvero carina. George, con i capelli biondi, gli occhi azzurri e la corporatura robusta, in confronto a Justine sembrava un giocatore di football dell'università.

«Lasciate che vi mostri la vostra stanza, e poi, quando sarete pronti, faremo un giro della proprietà.»

«Va bene» rispose Justine. «Vorrei vedere l'effetto che fa tutto quanto alla luce del giorno.»

«Il paesaggio sarà molto differente in maggio, e anche l'illuminazione. Ma possiamo parlare delle vostre preferenze. E, mentre siete qui, non dimenticate di provare il cibo e il centro benessere.»

«Non vedo l'ora!» disse Justine.

George le strizzò l'occhio. «E io aspetto solo il momento dell'assaggio della torta.»

«Vi piacerà tutto quanto» li rassicurò Cami, tranquilla. «Il nostro chef per la pasticceria è arrivato di recente da San

Francisco, e le sue creazioni sono spettacolari.»

Becca si avvicinò. «Mi scuso per il ritardo. Sono stata bloccata in una riunione.»

Cami indicò Becca con un sorriso affettuoso. «Questa è Becca Withers, la mia vice.»

Justin e George si presentarono e Becca disse che era a loro disposizione per qualsiasi necessità.

«Vuoi per favore accompagnare i signori nella loro camera?» disse Cami appena notò che Bernard stava arrivando dalla porta d'ingresso.

«Certamente.» Mentre Becca li portava via, Cami corse a intercettare Bernard. Il cipiglio sul suo volto era minaccioso.

La assalì. «Che cosa credi di fare?»

«Non so cosa intendi» rispose Cami, a voce bassa, in modo che gli altri ospiti non sentissero. «Vieni nel mio ufficio. Possiamo parlare lì.»

Bernard rimase dov'era e la guardò negli occhi.

«Per favore» continuò lei, e si avviò. Quando si accorse che la seguiva, fece un sospiro di sollievo. L'ultima cosa che voleva era che gli ospiti la vedessero litigare con lui. Si sarebbe infuriato e avrebbe gridato ancora di più.

Una volta in ufficio, chiuse la porta, si girò verso Bernard, e rimase lì in piedi. «Cos'è successo?»

«Sono andato ai Taunton Estates per vedere se trovavo lavoro lì, e quel vecchio mi ha praticamente buttato fuori dalla sua proprietà. So abbastanza bene lo spagnolo da capire come mi ha chiamato. Cos'hai fatto? Hai detto a tutti di non assumermi?»

«Quel "vecchio" è mio nonno e, come puoi bene immaginare, non c'è alcuna possibilità che ti dia un lavoro, dopo il modo in cui mi hai trattato. E, no, non ho parlato di te a nessun altro.»

«Sarà meglio che tu mi dica la verità» la minacciò lui,

guardandola fissa.

«È quello che ho fatto. Devi arrangiarti. E non capisco perché non te ne torni in Francia.»

«È colpa di Jacques...» rispose lui, con la voce che si spegneva.

In passato, Bernard l'aveva fatta ridere con i racconti delle schermaglie tra lui e il fratello. «Voi due vi azzuffate sempre. Torna a casa, digli che ti dispiace e fai tesoro di ciò che possiedi là.»

Bernard scosse la testa tristemente. «Non posso. Non dopo quello che gli ho detto. Mi ha cacciato dalla proprietà.»

«Mi spiace. Non intendo aiutarti, ma nemmeno metterti i bastoni tra le ruote. Noi due abbiamo chiuso, ed è così che deve rimanere.»

Lui la guardò. «Sei convinta di quello che dici?»

Cami gli lanciò un'occhiata severa e annuì.

Con l'espressione mortificata, Bernard aprì la porta dell'ufficio e si voltò. «Non so chi sia il più sciocco tra noi. Tu o io. E, comunque, ti dimostrerò che non ho bisogno di te. Posso avere successo da solo.»

La porta si chiuse piano dietro di lui.

Cami andò alla finestra e guardò fuori, con i pensieri in subbuglio. *In Francia, Bernard era stato così premuroso e affascinante. Le cose sarebbero state diverse, se lei non fosse stata richiamata a casa? Oppure, avrebbe comunque scoperto quel lato in lui?*

Il telefono suonò e, mentre Cami andava a rispondere, si disse che quella domanda non avrebbe mai avuto risposta.

CAPITOLO DIECI

Cami se ne rese conto coi suoi occhi, mentre faceva vedere la proprietà a Justine e George: la locanda Chandler Hill offriva una notevole varietà di opzioni agli sposi che desideravano un matrimonio semplice, ma personalizzato. Notò che la nonna aveva sistemato dei pergolati e aggiunto cespugli dai fiori variopinti in diverse zone, che erano la perfetta ambientazione per splendide foto di nozze. Anche in pieno inverno era facile capire quanto gradevoli sarebbero state in primavera.

Dentro Chandler Hall, il personale disponeva gli addobbi per il ballo di San Valentino. Luci scintillanti pendevano dalle travi a vista del soffitto, come fiocchi di neve sospesi nel cielo.

Dalle labbra di Justine uscì un'esclamazione deliziata. Si voltò verso Cami con un sorriso. «Per il mio matrimonio vorrei qualcosa come questo.»

«Prendo nota» rispose Cami, e lo aggiunse a una lista preparata in precedenza. «Qualcos'altro?»

«Cesti di fiori dappertutto. Le damigelle saranno vestite di rosa, e vorrei che il colore dei fiori fosse abbinato.»

Cami era felice che, prima di andarsene, Lisa avesse ampliato il giardino, proprio per quel genere di utilizzo. «Faremo delle foto per darvi un'idea di come potrebbe essere l'ambientazione e ve le manderemo in anticipo, per avere l'approvazione per tempo. Annoto quanto mi ha detto.»

Quando il giro fu terminato, Cami si era fatta un'idea più precisa del lavoro che andava fatto. Parlò con Becca. «Quanto ci vuole perché arrivi Vanessa? Ci serve prima di quanto pensassi. Il matrimonio di Justine è il primo della stagione, ma ne abbiamo in programma molti altri fino a tutta l'estate e l'inizio dell'autunno. Voglio che sia perfettamente istruita prima di allora.»

«Le ho parlato ieri sera. Dovrebbe essere qui il primo di marzo. Condividerà il mio appartamento, anche se sarà più o meno solo suo.» Le guance di Becca si tinsero di rosa acceso. «Mi trasferisco da Dan questo weekend.»

«Oh, che bello. Sono felice che le cose procedano bene tra voi. Dan mi piace.»

Becca le sorrise raggiante. «Non ne sono sicura, ma penso che a San Valentino mi darà l'anello.»

«Caspita! Voi ragazzi fate le cose in fretta.»

«Può sembrare che sia così, ma l'ho sentito fin dal primo momento, che eravamo fatti per stare insieme.»

Cami si accorse di sollevare le sopracciglia, incuriosita. «Davvero? E come l'hai capito?»

Becca si strinse nelle spalle. «Lo capisci e basta. Non ti preoccupare. Capiterà anche a te.»

Cami non era convinta che per lei sarebbe mai stato così. Non aveva intenzione di buttarsi in nessuna relazione.

I due giorni successivi furono ancora più frenetici, mentre completavano i preparativi finali per il ballo di San Valentino.

Tutti gli ospiti della locanda avrebbero ricevuto un invito per l'occasione, che includeva una cena a buffet di ottima qualità. Ci sarebbero stati anche gli altri viticultori della valle, che avrebbero esposto bottiglie delle loro cantine, così che gli ospiti potessero assaggiare le etichette che non erano riusciti a infilare nei loro fitti programmi di degustazione. Era l'evento della locanda che Cami preferiva.

«Che cosa ti metti stasera per il ballo? Non so decidermi»

disse Becca, sedendosi nell'ufficio di Cami.

«Qualcosa di divertente e magari anche un po' ricercato. Per me è una rara opportunità per vestirmi elegante» rispose Cami. «Io avrò un abito lungo, rosso, ma ci sarà un po' di tutto. Alcuni degli uomini saranno in smoking, altri con giacche sportive.»

«Grazie di avermi invitato» continuò Becca. «Jonathan non permetteva a nessuno di noi di partecipare con lui a questo evento.»

Cami strizzò le labbra. «Senza di te e Imani, non potrei gestire le locanda. È giusto che veniate alla festa, vi divertiate con i nostri ospiti e incontriate gli altri produttori di vino nella valle. È il nostro modo di ringraziarli per il loro sostegno.»

Becca si alzò e la guardò. «Farò sapere a Imani quanto mi hai detto. Non riesco a credere alla mia fortuna di poter lavorare qui. Credimi, sotto la direzione di Jonathan ho spesso pensato di andarmene.»

«Siamo fortunate tutt'e due. Coraggio, abbiamo ancora un bel po' di lavoro davanti a noi.»

«Agli ordini, mio capitano!» rispose Becca, con un finto saluto impertinente che fece ridere Cami.

Prima di andare a casa a cambiarsi per la festa, Cami parlò con Darren delle tempistiche, verificò che a Chandler Hall fosse tutto a posto, e chiamò Rafe per assicurarsi che fosse in orario per aiutarla a condurre l'evento. In passato, erano stati lui e Nana ad accogliere gli ospiti.

«Nessun problema. Noi ci saremo» la rassicurò lui.

«Noi?»

«Io e Drew. Deve vedere come funziona, se in futuro prenderà il mio posto.»

«Ma...»

«Non ci sarò per sempre, mia cara» disse, piano.

A Cami si strinse lo stomaco. «Non dire così.» Anche

mentre pronunciava quelle parole, le bruciavano gli occhi per le lacrime.

«Non preoccuparti, *cariño*, non ti lascerò ancora per molto tempo, ma sto invecchiando, e a volte mi serve un po' d'aiuto.»

«Certo. Lo capisco. A più tardi, allora.»

Cami chiuse la telefonata. Le era ormai chiaro che Drew avrebbe giocato un ruolo nella sua vita, che lei fosse pronta o no. L'idea la preoccupava ed entusiasmava allo stesso tempo. Era sincera, quando gli aveva detto di volergli essere solo amica, ma era anche attratta da lui.

A casa, Sophie sedette ai suoi piedi, con le orecchie tese, in ascolto di quanto le diceva. Vedendo la sua espressione attenta, Cami smise di parlarle delle sue preoccupazioni e si piegò in avanti per grattarle le orecchie. «Sai una cosa? Accada quel che accada. È così che avrebbe detto Nana.»

Più tardi si guardò allo specchio, cercò di sistemarsi i riccioli il meglio che poteva e si infilò gli orecchini di diamanti. Poi mise la collana con i grappoli d'uva e studiò il proprio riflesso. Le pietre preziose appese ai lobi e il pendente appoggiato nella scollatura a V dell'abito rilucevano come il sorriso di Nana, e le donavano il presagio di una incantevole serata.

Si raddrizzò e ricordò a se stessa che c'erano degli affari di cui occuparsi. Era per lei il primo evento pubblico della locanda, in qualità di proprietaria e direttrice.

Lasciò la casa, guidò fino all'hotel, parcheggiò e si diresse a Chandler Hall. Le lampadine che brillavano tra i cespugli fuori dall'edificio sembravano stelle cadute sulla terra. Alcune piccole luci rosse scintillavano tra la moltitudine di quelle bianche.

Cami entrò e restò un momento a guardare quello che la circondava. Un accogliente falò risplendeva nel grande camino di pietra, altoparlanti piazzati in posti strategici diffondevano musica soffusa e il tavolo del buffet sembrava davvero invitante, con le tovaglie bianche inamidate, le file di scaldavivande e una quantità di piatti da portata. La scultura di ghiaccio di un cuore, retro-illuminata da una luce rossa e molti graziosi bouquet floreali, aggiungevano un ulteriore tocco di colore ed eleganza. Lungo tutto il perimetro della sala, tavoli rotondi per sei persone con la tovaglia nera attendevano gli ospiti. Il bar, all'estremità opposta della stanza rispetto al camino, metteva in mostra numerose bottiglie di vino. Champagne e spumanti riposavano nei secchielli con il ghiaccio, pronti per essere serviti. Alcuni faretti nascosti alla vista illuminavano le zone chiave dell'ambiente. Il gruppetto del personale di sala, che indossava maglie rosse con il logo di Chandler Hill, chiacchierava a voce bassa, aspettando l'arrivo degli ospiti.

Un giovane componente dello staff arrivò da Cami di corsa. «Posso prenderle il cappotto?»

Lei sorrise e si fece aiutare a toglierlo. Era importante che ci fosse attenzione a ogni livello.

Becca e Dan arrivarono pochi istanti più tardi.

«Caspita!» esclamò Becca. «Sei davvero splendida! Mi piace il tuo vestito.»

«Grazie.» L'abito senza maniche che aveva scelto seguiva le linee del corpo e poi scendeva fino alle caviglie in morbidi drappeggi. Il modello era semplice e il setoso tessuto rosso scuro era lo sfondo perfetto per far risaltare la collana con i grappoli d'uva e la sua pelle vellutata.

Dopo essersi tolta il cappotto, Becca le piroettò davanti. «Ho comprato questo vestito per il matrimonio di un'amica. Che cosa ne pensi?»

«È perfetto!» L'abito nero corto le stava benissimo. Becca si lamentava di essere un po' formosa, ma secondo lei stava bene così. E, a quanto sembrava, Dan la pensava allo stesso modo, visto come la avvolgeva con il braccio per tenerla stretta a sé.

Cami si voltò, vedendo arrivare Imani con il suo accompagnatore.

La ragazza era splendida, nel suo vestito verde a manica lunga, che arrivava alle caviglie. Era una donna affascinante dalla pelle color caramello, lineamenti marcati e luminosi occhi scuri. L'uomo al suo fianco, che le fu presentato come Hank Danvers, le era simile nell'aspetto e nel modo di fare pacato. Che bella coppia, pensò Cami. E, per di più, Imani era una assistente brillante e capace che stava diventando anche un'amica, come Becca. «Le tre moschettiere» le aveva chiamate una volta Darren.

Rafe e Drew arrivarono poco dopo.

Cami si affrettò ad andare a salutarli. Abbracciò Rafe e sorrise a Drew. «Sono contenta che tu sia riuscito a venire. Sarà una bella festa.»

«Grazie.» Si allargò il colletto della camicia bianca da smoking. «Non sono abituato a indossarlo, ma Rafe ha insistito. Fa tutto parte dell'accordo.» Gli occhi color ambra gli si illuminarono, divertiti.

Cami e Rafe si scambiarono sguardi compiaciuti. Se il nonno stava bene in smoking, Drew era proprio affascinante.

«Ciao a tutti.» Rafe si presentò a Hank e sorrise al gruppo dello staff. «È una serata di allegria, ma ricordate che rappresentate Chandler Hill, così come Drew rappresenta i Taunton Estates. Divertitevi!»

Mentre Rafe continuava a parlare alla squadra, Cami andò in cucina a controllare che fosse tutto a posto. Gran parte del cibo era stato preparato alla locanda, ma parecchie pietanze sarebbero state cucinate sul posto. Soddisfatta di aver visto che ogni cosa era in ordine, Cami raggiunse di nuovo Rafe per accogliere gli ospiti.

Un quarto d'ora dopo, le persone iniziarono ad arrivare numerose. Per gli altri cominciava il divertimento, ma Cami e Rafe avrebbero passato gran parte della serata a parlare con gli invitati e presentare i viticultori alle sue assistenti. Era importante che Becca e Imani li conoscessero. Il successo di molte cantine della valle dipendeva dalla cooperazione tra i proprietari. Non era insolito per un trattorista lavorare per più di un vigneto. E, a volte, i collaboratori dell'uno andavano presso un altro ad aiutare, nel caso di una vendemmia sovrabbondante.

Cami aveva appena presentato Imani a Mark e Jean Pierce, altri colleghi viticultori, quando Mark borbottò: «Eccolo che arriva. Proprio non lo sopporto.»

Sentendo un trambusto all'ingresso, Cami si voltò e vide Rod Mitchell entrare nell'edificio, in compagnia di un'appariscente giovane donna. Cami raggelò quando si accorse che l'uomo dietro di loro era Bernard.

Fece un lungo sospiro, si ricompose e andò ad accoglierli. Rod Mitchell non era mai piaciuto né a Nana né a Rafe. Sulla settantina, come il nonno, era un uomo con un certo fascino, che era riuscito a irritare quasi tutti i viticultori della zona con la sua maleducazione o peggio.

La giovane e vistosa donna che lo accompagnava aveva più o meno l'età di Cami, ed era decisamente troppo giovane per lui.

«Ciao, Rod» disse Cami con freddezza. «Buona sera. E lei sarebbe?»

«Cookie McDonald.» Rod sorrise alla donna e fece segno a Bernard di avvicinarsi. «E lui è Bernard Arnaud, un viticultore francese che mi aiuterà a sviluppare delle nuove etichette.»

«Capisco» rispose Cami in tono piatto, e si sforzò di non ridere per il modo in cui Cookie sbatteva le ciglia verso Rod e di non reagire allo sguardo trionfante che le rivolgeva

Bernard. Attinse agli anni trascorsi a fianco di Nana in situazioni come quella, e riuscì a dire: «Benvenuti. Prego, entrate. Abbiamo riservato parecchi tavoli ai produttori di vino. Sono quelli lungo la parete, e vi troverete un segnaposto col vostro nome.»

Mentre osservava il terzetto dirigersi verso le postazioni che aveva indicato, Rafe le si avvicinò. «Chi sarebbe quell'oca giuliva con Rod? E che c'entra Bernard?»

«Bernard adesso lavora per Rod. Fanno proprio una bella coppia.»

«Li terrò d'occhio. Non voglio che rovinino la serata a te o ai nostri ospiti.»

Mentre il vino scorreva e le persone facevano conoscenza tra loro, il livello del rumore aumentava. Cami non sentì le parole di Bernard finché non le fu proprio alle spalle.

«Pensavi di poterti liberare di me, eh? Ti dimostrerò che sono un eccellente produttore di vino. Rod Mitchell ha le risorse per creare un vigneto di prim'ordine, e io lo aiuterò.»

«Buon per te» rispose Cami, cercando di liberarsene.

Si diresse verso Rafe, ma Bernard la prese per un braccio, e le impedì di allontanarsi.

«Cosa fai?» chiese Cami, mentre cercava di liberarsi dalla stretta.

«Voglio solo parlarti, tutto qui.» La guardò con aria implorante. «Lasciarti andare è stato un errore. Devi darmi una seconda occasione. Non te ne pentirai.»

Cami scosse la testa. «Non succederà mai. E adesso lasciami in pace.»

Sentì qualcuno dietro di lei e si voltò: era Drew.

«Pensavo che potessimo fare un salto sulla pista da ballo. Qualche coppia ha già cominciato.»

«Grazie.» Il sorriso di Cami non esprimeva abbastanza il sollievo per la sua presenza. Bernard doveva avere già bevuto qualche drink prima di arrivare alla festa. Erano passati mesi da quando l'aveva lasciata. Non era possibile che la volesse di nuovo. Si trattava solo del suo ego ferito.

Drew la prese per un braccio e la portò sulla pista. Un gruppo jazz che era arrivato in precedenza aveva appena cominciato a suonare dei ballabili. Erano previsti dei lenti durante la cena, e poi qualcosa di più scatenato.

Tra le sue braccia, col viso rivolto verso di lui, Cami sentì che la tensione si allentava. «Grazie per avermi salvato.»

Drew sorrise. «Sono sempre pronto ad aiutare una damigella in pericolo.» Ridacchiò e la tirò a sé.

Quando la musica si fermò, Cami fece un passo indietro e sorrise. «Grazie. Sei un ottimo ballerino.» Ciò che intendeva era semplicemente: *Che bello!* Si era sentita così bene tra le sue braccia. Protetta dalle pretese di Bernard.

Becca la raggiunse. «Rafe mi ha chiesto di dirti che è il momento dei tradizionali discorsi.»

Cami salutò Drew e si fece strada tra la folla che gironzolava sorseggiando vino e chiacchierando, nell'attesa che aprisse il buffet.

Su una piccola pedana l'attendeva Rafe. Salì al suo fianco e prese il microfono che le porgeva.

Le strizzò l'occhio. «Pronta?»

«Tutto a posto. Comincia tu.»

Rafe scosse il capo. «No, era sempre Nana a cominciare. Adesso tocca a te.»

Cami accese il microfono e disse. «Buonasera! Benvenuti al decimo ballo annuale con cena di San Valentino, alla locanda Chandler Hill. Speriamo che vi stiate divertendo. Tra poco sarà disponibile il buffet, ma prima facciamo un po' di festa. Quali coppie tra voi sono sposate da più di venticinque anni? Fate un passo avanti, per favore.»

Due coppie vennero avanti, passando tra la gente.

«E, ditemi, chi di voi è sposato da più di trent'anni?»

Tutti applaudirono quando Mark e Jean salirono sul palco e annunciarono che erano sposati da quarantaquattro anni.»

L'altra coppia applaudì insieme ai presenti: se Cami ricordava bene, venivano dal Canada e sembravano molto più giovani. «Solo ventisei anni per noi» disse l'uomo, e baciò la moglie.

Becca passò a Cami un biglietto con i nomi dei due che non conosceva.

«Ogni San Valentino, ci piace dare un riconoscimento alle persone che stanno insieme da molti anni. E quindi, Mark e Jean Pierce, ecco il vostro premio!» Cami diede loro una busta. «E facciamo un augurio speciale per San Valentino anche a Randy e Susie Bennett.»

«Grazie mille» disse Mark. Poi, come faceva ogni anno, passò la busta a Jean.

Jean sorrise e diede il premio a Susie Bennett. «Ci farebbe piacere che aveste voi questo riconoscimento, per incoraggiarvi a rimanere insieme ed essere felici come noi.»

L'applauso fu ancora più forte.

«Ma che cos'è?» chiese qualcuno.

Susie aprì la busta e fece un urletto di gioia. «Buoni per due biglietti aerei di prima classe, per qualsiasi destinazione negli Stati Uniti.»

Rafe e Cami si scambiarono sorrisi allegri. Nana aveva deciso anni prima di fare quel genere di regalo per il ballo di San Valentino. Diceva che la rendeva felice donare le ali alle altre persone, visto che lei non aveva il coraggio di volare.

Cami passò la parola a Rafe, che raccontò la storia dell'amore che c'era stato tra lui a Nana, e di come quella festa fosse la loro preferita. «Quando amore e gentilezza spesso sembrano mancare, speriamo che possiate condividere con noi la gioia di questa serata speciale.» Sollevò il bicchiere.

«Brindo a voi! A tutti voi!»

Quando gli applausi si placarono annunciò: «Il buffet è disponibile. Andate a provare i deliziosi piatti del nostro chef.»

Mentre la gente tornava di corsa ai tavoli e si metteva in coda, Cami andò da Mark e Jean. «Grazie per avere ceduto il vostro premio anche quest'anno.»

Jean ridacchiò. «Io e Lettie abbiamo fatto un patto, un po' di anni fa. Sono un po' com'era lei, ho una paura matta di volare. E così, ci divertivamo all'idea che avremmo vinto, perché sapevamo che il premio sarebbe andato alla coppia successiva.»

«Che cosa carina.» Cami le diede un veloce bacio sulla guancia.

Salutò i Pierce e andò al buffet, per assicurarsi che gli scaldavivande e i piatti da portata venissero adeguatamente riforniti di cibo. Tutto sembrava andare come previsto.

«Bella festa» le disse Rod, venendole incontro. «Non avevo capito che conoscessi già il nuovo tizio che ho assunto. Spero non ti dispiaccia che lavori per me.»

Cami ignorò il tono beffardo nella voce e gli rivolse il suo miglior sorriso: «Per niente. La concorrenza è un vantaggio per tutti.» La cantina di Rod Mitchell, Lone Creek, non aveva un gran successo. Anche se i loro vini fossero migliorati, non ci sarebbe stato il minimo danno per Chandler Hill.

Prima che Rod potesse proseguire nella conversazione, Cami si voltò altrove. Individuati Imani e Hank in coda al buffet, andò da loro.

«Come va la serata?»

«Splendida. Io e Hank abbiamo anche ballato.»

Hank rise. «Di norma, non ballo questo genere di musica, ma per lei ho fatto un'eccezione.»

Cami decise che lui le piaceva un sacco.

Dopo aver verificato che tutti si fossero serviti, raggiunse Rafe, in fondo alla linea del buffet, che con un cenno del capo le indicò la folla di persone. «A quanto pare abbiamo fatto centro anche quest'anno. Tutti si divertono e Darren, Liz e la loro squadra hanno fatto un meraviglioso lavoro con il cibo.»

«Nana sarebbe orgogliosa» concordò Cami, godendosi il momento. Il brusio allegro della conversazione riempiva la sala, mentre le persone chiacchieravano tra loro, e ciò la rendeva felice. A parte quelli che avevano riservato un intero tavolo, gli ospiti sceglievano a caso dove sedersi. Musica, cibo e vini eccellenti favorivano il buon funzionamento della serata.

«Rod Mitchell punta molto su Bernard. Sono entrambi intenzionati a dimostrare di essere i migliori.»

«Combinazione male assortita» osservò Rafe, scuotendo la testa. «Ma dobbiamo stare attenti, e tenerli d'occhio. Di loro non mi fido.»

«Penso che tu abbia ragione.» Anche se si stava servendo al buffet, aveva lo stomaco in rivolta all'idea che Bernard vivesse lì accanto. Sembrava piuttosto deciso a voler tornare con lei e, anche se ciò la feriva, sapeva bene che aveva molto a che fare con Chandler Hill e l'eredità.

Più tardi, quando gli ospiti se ne furono andati, Rafe e Darren distribuirono bicchieri di champagne ai membri dello staff che avevano l'età per bere. Offrirono a tutti anche ulteriori porzioni di dessert.

«Brindiamo a un altro evento di successo per San Valentino. Grazie a tutti.»

«Buon San Valentino!» fu il grido di risposta, e ognuno alzò il calice.

Continuarono a parlare, con i membri del personale che raccontavano episodi relativi alla festa. Cami li osservava. Erano un bel gruppo di persone. Pensò ai cambiamenti che voleva realizzare al Granaio e si domandò come migliorare le condizioni di lavoro della squadra. C'erano cose più importanti del denaro, per sostenere la lealtà dei collaboratori.

Lasciò perdere quei ragionamenti e rivolse l'attenzione a Rafe, che stava parlando.

«Buona notte a tutti, allora! Ci vediamo domani.»

Lo salutò con affetto e rimase lì in piedi un po' imbarazzata, davanti a Drew che si preparava ad andarsene con il nonno.

«Grazie per il ballo» gli disse.

Lui sorrise. «Buona notte, Cami.» Si sporse e la baciò velocemente sulla guancia.

I presenti scoppiarono in fischi e schiamazzi.

«Siamo solo amici» precisò Cami, arrossendo fino alla radice dei capelli mentre si voltava verso il gruppetto.

«A presto!» disse Drew a tutti quanti, prima di correre a raggiungere Rafe.

Becca prese Cami da parte. «E quindi vi definite "amici"? Ragazza, hai parecchio da imparare.»

«Lo sai che non può essere più di così. Non ora, che ho tutto questo daffare con la locanda. Più avanti, quando sarò più a mio agio nel gestire questo posto, e forse dopo il germogliamento a fine marzo, o la fioritura di maggio dopo il matrimonio, forse potrò pensarci. Lui vuole che restiamo amici e io lascerò le cose come sono.»

«Va bene, va bene. È solo che voi due sembrate fare scintille insieme. Tra me e Drew non era scattato niente, ma voi... Capisci quello che intendo?»

A disagio, Cami cambiò discorso. «Parlando di scintille, Dan ti ha fatto la proposta?»

Le labbra di Becca si curvarono all'ingiù. Scosse la testa.

Dan le raggiunse. «Pronta per andare, Becca? Sono stanco morto.»

«Ci vediamo domani» la salutò l'amica.

Dispiaciuta per la sua delusione, Cami l'abbracciò. «A domani.»

Cami era sdraiata sul letto e pensava alla serata appena trascorsa. Aveva mentito a Becca. Desiderava che tra lei e Drew ci fosse qualcosa di più. Con lui, voleva provare ciò che i suoi nonni avevano condiviso. Quando aveva ballato tra le sue braccia, le era sembrato di essere nel posto giusto, proprio come aveva sempre sognato. Le era più che mai evidente che con Bernard si era trattato solo di un'infatuazione. Ma rimanevano degli ostacoli. Drew aveva problemi a fidarsi, e lei stessa non mentiva quando aveva detto a Becca che le serviva tempo per padroneggiare l'attività di gestione dell'hotel, il Granaio, i vigneti e la cantina. Aveva persone che l'aiutavano, ovviamente, ma aveva bisogno di essere sicura di potere portare avanti tutto quanto. Il pensiero di dovere un giorno aggiungere la proprietà di Rafe alla sua la spaventava a morte.

Si girò nel letto e abbracciò il cuscino. La vita era molto più semplice quando era solo una laureata che lavorava per qualcun altro.

CAPITOLO UNDICI

La mattina successiva, Cami e Becca erano in ufficio per salutare Justine e George, che avevano firmato il contratto definitivo per il loro matrimonio a maggio.

«Grazie ancora di tutto» disse Justine. «Il nostro soggiorno durante il weekend è stato perfetto. La festa per San Valentino ci è piaciuta molto e il personale è stato fantastico. Sono felice di sapere che le mie nozze si faranno qui da voi.»

«Sì, e anche il cibo... delizioso.» George si diede una pacca sullo stomaco. «Il filetto alla Wellington era stratosferico. E anche la torta che abbiamo scelto.»

«Dirò a Lulu che l'ho incontrata. Voi due sembrate gemelle.»

Cami sollevò il taccuino, incuriosita all'idea di quella specie di sosia. «Come ha detto che si chiama?»

«Louise, Lulu Kingsley. Siamo andate a scuola insieme e siamo amiche da allora. È molto simpatica.»

«Bello! E vi ringrazio ancora per avere scelto Chandler Hill per il vostro matrimonio. Un'ultima domanda: sarebbe un problema se, con discrezione, facessimo qualche foto delle nozze, da usare nelle attività promozionali? Con il vostro permesso, s'intende.»

«Oh, sarebbe carino» rispose Justine, guardando George. «Non ci dispiace condividere il nostro giorno di felicità. Vero, tesoro?»

Lui fece spallucce. «Per me va bene.»

«Grazie. Sarà un matrimonio favoloso. Speriamo che il tempo sia bello. Altrimenti, non sarà un problema allestire l'evento a Chandler Hall.» Cami intendeva sviluppare delle offerte speciali per i matrimoni, ed era importante avere delle testimonianze fotografiche degli eventi di successo. Specialmente dopo aver investito in modifiche e migliorie, alcune già realizzate e altre in programma.

Justine abbracciò Cami e Becca. «Ci vediamo a maggio. Nel frattempo, se ci fosse qualche novità, ho i vostri indirizzi email.»

«Qualche novità ci sarà, ve lo assicuro» intervenne George, ridendo, e Justine gli diede una pacca scherzosa.

Dopo che se ne furono andati, Cami e Becca si sorrisero. «Vorrei che tutti i nostri futuri sposi fossero come loro.»

«Purtroppo, non sarà così» rispose Cami, e ricordò tutte le volte in cui Nana aveva brontolato al riguardo. Osservò la mano sinistra di Becca. «Niente anello?»

«No. Mia mamma mi ha detto di non preoccuparmi, ma lo desidero così tanto. E sono certa che lo voglia anche lui.» Gli occhi le si riempirono di lacrime.

Cami le mise un braccio sulle spalle. «È evidente che Dan ti ama. Forse ha in mente qualcosa di speciale, un po' diverso dalla solita promessa fatta il giorno di San Valentino.»

«Lo spero. Anche perché ho spostato quasi tutta la mia roba nel suo appartamento. A proposito, Vanessa arriva la settimana prossima, un po' prima di quello che pensavo.»

«Fantastico. Stiamo ancora facendo le modifiche al Granaio, e intendo sviluppare un pacchetto per le nozze completamente nuovo. È necessario che Vanessa partecipi al progetto, in modo da saper gestire tutti i dettagli del ricevimento.»

I giorni volarono mentre al Granaio si completava la riorganizzazione. Cami lavorò con Gwen Chapman, la nuova direttrice, perché non ci fossero problemi. Voleva rinnovare un po' l'assortimento, cogliendo alcune idee che aveva visto in Europa, e offrire una gamma di oggetti di alto livello. Era un po' rischioso, ma se la qualità fosse stata davvero eccellente, era convinta che avrebbe funzionato. Quei cambiamenti, in aggiunta alle opere degli artisti locali, avrebbero arricchito l'offerta dei prodotti in modo significativo.

Guardando le fatture d'acquisto della nuova merce, Cami si augurò di avere ragione, e che i soldi spesi avessero il ritorno sperato. Sarebbe stato meglio se il patrimonio di Nana non fosse andato in fumo.

Cami era alla scrivania del suo ufficio a cercare nuove idee per il questionario rivolto ai futuri sposi. Dopo aver parlato con Justine e George, aveva capito che i moduli che utilizzavano non erano adeguati. Mentre riguardava gli appunti delle conversazioni con loro, trovò il nome di quella ragazza, Lulu, che sembrava le assomigliasse tantissimo. Pensando al padre che non aveva mai conosciuto, si domandò se ci fosse un collegamento.

Con le pulsazioni accelerate, cercò in Google il nome di Louise Kingsley e le apparvero tutte le informazioni. Ventunenne, Louise era la figlia di Edward Kingsley, un deputato della California. Faceva la supplente in una scuola privata, in una zona svantaggiata di Los Angeles. Incuriosita, guardò la sua pagina Facebook e osservò, scioccata, i lineamenti della giovane donna che avrebbe potuto essere lei stessa. In realtà, analizzando meglio la fotografia, notò che alcune delle caratteristiche di Lulu non erano per niente le sue. Di sicuro, i colori non erano i suoi. Lulu aveva capelli castani e luminosi occhi azzurri. E, in tutte le immagini, sorrideva in modo diverso da Cami.

Pronta ad abbandonare quella folle idea, cercò le informazioni su Edward Kingsley. Aveva cinquantotto anni ed era un bel tipo, con capelli scuri che si ingrigivano sulle tempie, in quel modo affascinante che capita a certi uomini di mezza età. C'era scritto che era sposato da ventitré anni ed era un fermo sostenitore della destra religiosa. Il linguaggio del corpo nelle fotografie indicava un certa sicurezza di sé. Studiò la foto di famiglia. Era vicino a una bella biondina, appoggiava una mano sulla spalla di Lulu e l'altra su quella di un ragazzino che sembrava un bel po' più giovane di Lulu.

Studiò i lineamenti dell'uomo, alla ricerca di somiglianze. Non ne era sicura, ma le sembrava di avere la stessa forma del volto e forse delle orecchie, e di sicuro la bocca identica. Guardò un'altra immagine e sussultò. Il lobo sinistro era esattamente come il suo: più corto e meno carnoso del destro. Il cuore le batteva così forte che si sentiva svenire. Cercò in altre foto. Entrambi i lobi dell'uomo erano fatti in quel modo, non solo il sinistro come nel suo caso.

Tutti le avevano sempre detto che non c'era alcun dubbio che Nana fosse sua nonna. Anzi, molti pensavano che fosse sua madre. Quell'idea le piaceva. Ma, dopo tutti quegli anni, poteva avere scoperto chi fosse suo padre.

Guardò il giardino fuori dalla finestra dell'ufficio. E se fosse stata la figlia del deputato? Era qualcosa che avrebbe messo fine alla carriera di quell'uomo? O sarebbe stato un tradimento dell'intenzione di sua madre di mantenere il segreto?

Cami si alzò e andò alla finestra. Il sole le riscaldava il viso mentre guardava il cielo azzurro. Inspirò profondamente. Se il deputato e la sua famiglia fossero venuti al matrimonio, avrebbe provato a parlargli in privato. Se era suo padre, lei aveva il diritto di saperlo, no?

###

Due giorni dopo arrivò Vanessa Duncan. Una ragazza bionda con gli occhi blu che Rafe definì "una sventola". Era così frizzante e piena di personalità, che Cami ne fu un po' sopraffatta, ma si disse di non essere sciocca. Vanessa era perfetta per il lavoro che aveva in mente di assegnarle, anche se l'istinto le diceva che in lei c'era qualcosa di inquietante.

Un pomeriggio di parecchi giorni più avanti, mentre Cami era a lavorare alla scrivania, Becca venne a parlarle. «Faccio una festicciola di benvenuto per Vanessa, sabato sera. Vorrei che ci fossi anche tu.»

«Sarà divertente. Come hai detto, è una cui piace godersi la vita.»

Becca fece per andarsene, e poi tornò indietro. «Stasera io e Dan facciamo un'uscita a quattro con Drew e Vanessa. Lo so che hai detto che per te è solo un amico, ma mi sembrava giusto che lo sapessi.»

«Grazie» rispose Cami, riuscendo a camuffare il disappunto. Se Vanessa fosse stata solo una bella ragazza, non sarebbe stata preoccupata del suo appuntamento con Drew. Ma lei era molto più espansiva, molto più divertente di lei. *Rilassati*, si disse. *Hai ottenuto da Drew ciò che desideravi. L'amicizia.* Ma quel pensiero non la fece sentire affatto meglio.

Il sabato sera, Cami salì le scale dell'appartamento di Dan. La sua unità faceva parte di un bel condominio, ed era più grande di altre: aveva due camere da letto e un'ampia cucina, che Becca le aveva confessato di non avere quasi mai utilizzato.

La festa era già in pieno svolgimento quando Cami entrò nella casa. La musica era a tutto volume e una piccola folla si era raccolta in cucina, dove c'erano birra, vino e bibite. Nella zona giorno, chips di mais e salsa, noccioline e pretzel erano distribuiti su ogni superficie disponibile.

Mentre si faceva strada verso la cucina, Cami valutò che ci fossero una ventina di persone in tutto.

Drew la fermò. «Sono felice che tu sia venuta.»

«Sì, anch'io.» Raggiunse la zona dove c'era da bere. Un bicchiere di vino corposo avrebbe aiutato a rilassarle i nervi. In precedenza, in ufficio, Vanessa aveva magnificato le due serate con Drew. Aveva perfino annunciato che le sarebbe piaciuto organizzare il proprio matrimonio alla locanda. In quel momento era in cucina, circondata da numerosi uomini, e li intratteneva con racconti del suo lavoro a New York.

«Ed ecco il mio capo» esclamò, con il volto arrossato dall'alcool. Mise un braccio sulle spalle di Cami. «Lei è la migliore!»

Cami sorrise al gruppetto, e si rese conto di non conoscere molti di loro. Troppo lavoro alla locanda, si disse. Si versò il vino e si unì alla piccola folla intorno a Vanessa. Quella donna era una disinvolta intrattenitrice, pensò. E, in breve, già rideva per le sue spiritosaggini e le straordinarie imitazioni.

Drew si avvicinò a Cami. «La potatura delle vigne è quasi terminata. Presto cominceremo a controllare gli ancoraggi delle viti ai graticci. Sembra proprio che avremo una stagione straordinaria.»

Lei gli sorrise. «Lo credo anch'io. Non vedo l'ora di partecipare. Quando ci sarà la fioritura in maggio, il matrimonio dovrebbe essere già stato fatto e potrò dedicare un po' più di tempo alla coltivazione delle viti.»

Vanessa arrivò di soppiatto vicino a loro. «Di cosa parlate, voi due?»

«Delle tempistiche relative all'uva» spiegò Drew. «È una cosa che potrebbe interessarti.»

Vanessa gli rivolse un luminoso sorriso e gli diede una pacca scherzosa sul braccio. «A me interessa solo bere il prodotto finale. O passare del tempo con te.»

Lui rise. «Una cosa non esclude l'altra. Potremmo farlo assieme.»

Cami si allontanò e andò a raggiungere gli altri in soggiorno. Vedere Drew e Vanessa insieme la feriva.

Aveva appena bevuto un sorso quando vide entrare Bernard. A fatica buttò giù il vino senza strozzarsi.

«Ho sentito che c'era una festa» disse lui, sorridendo al gruppo.

Una delle ragazze seduta vicino a Cami sul divano esclamò: «Caspita! Alle mie feste, uno così può venire quando gli pare.»

Becca si affrettò a raggiungerlo. «Ciao, Bernard, cosa succede?»

Lui sorrise. «Abito nel palazzo a fianco. Ho pensato che fosse una buona idea venire a dare un'occhiata.»

Cami notò la faccia seccata di Becca prima di invitarlo a entrare.

Mentre lui andava in cucina, l'amica le si avvicinò. «Mi spiace per Bernard. Ma cosa potevo fare?»

Cami fece un gesto noncurante. «Non preoccuparti. È ora che me ne vada. Domani faccio colazione con Rafe, e sai quant'è mattiniero.»

Becca rise. «Tutti lo sappiamo.»

Cami l'abbracciò. «Ci vediamo lunedì. Goditi la tua giornata libera.»

In silenzio, senza essere notata, scivolò fuori dalla porta. Le serviva un po' di tempo per mettere ordine nei suoi sentimenti per Drew. Le aveva detto che non voleva una relazione seria, ma sembrava che lui e Vanessa si stessero dando da fare per costruirne una.

###

Cami sedeva con Rafe al *Sunny Up*, un nuovo ristorante in città, rinomato per le gustose prime colazioni. Mentre sorseggiava soddisfatta il caffè, sentì che quella bevanda calda la aiutava a prepararsi per la giornata. Le domeniche alla locanda erano frenetiche, perché gli ospiti saldavano il conto e le camere dovevano essere rifatte per la successiva ondata di clienti.

«Ho sentito che Becca e Dan hanno dato una bella festa ieri sera. Drew mi ha chiamato per avvertire che non sarebbe venuto alla cantina, perché era stato fuori fino a tardi. Non è un problema, chiaramente, in questo periodo dell'anno. Tu sei andata?»

Cami appoggiò la tazza. «Sono andata, ma appena è arrivato Bernard me ne sono venuta via. Non ce l'avrei fatta ad affrontare un'altra discussione con lui.» Non intendeva dire al nonno che non sopportava il comportamento di Drew e Vanessa, dopo solo un paio di appuntamenti.

Rafe la guardò. «Non puoi permettere a Bernard di interferire nelle tue amicizie, così come non lasci che interferisca nei tuoi affari.»

«Lo so, lo so. Hai ragione. È solo che sembra essere ovunque.»

Le omelette che avevano ordinato furono servite a entrambi e Rafe, dopo aver preso un boccone della sua, disse: «Ho definito le date per la crociera fluviale. Visto che Drew si occupa dei vigneti, ho pensato di cogliere l'occasione per andare. Ho scelto l'inizio di settembre, prima della vendemmia e della pigiatura. Che ne dici?»

Cami sorrise e gli prese una mano. «Mi sembra perfetto. Nana voleva davvero che tu lo facessi.» Fece una pausa, prese fiato e disse, senza riflettere: «Devo parlarti di una cosa. Come reagiresti se ti dicessi che penso di avere trovato mio padre?»

D'un colpo, Rafe sollevò entrambe le sopracciglia. «Cosa stai dicendo?»

Cami gli raccontò che sia Justine che George sostenevano che lei assomigliasse moltissimo alla loro amica Lulu Kingsley. «Non ci ho pensato più di tanto, mentre lavoravamo alla pianificazione del loro matrimonio. Ma più tardi, quando ho ritrovato un appunto con il nome di Lulu, ho fatto una piccola indagine per conto mio. Ho cercato online sia lei sia il padre, un deputato della California.» Cami si toccò il lobo sinistro. «Tu sai quanto abbia sempre odiato l'aspetto di questo orecchio. Edward Kingsley ce l'ha esattamente uguale. Entrambi, a dire il vero. E, Rafe, io assomiglio davvero tanto a Lulu, sua figlia.»

Il nonno appoggiò la forchetta e si appoggiò allo schienale, osservandola.

«So quant'è importante per te sapere chi siano i tuoi genitori. Per tua nonna, è sempre stato un grande dolore non conoscere nessuno dei due. Ma fai attenzione, *cariño*. Mettere il naso negli affari degli altri può finire per fare del male a te. Tua madre non ha mai voluto che noi sapessimo. Credo che ci abbia tenuto all'oscuro per un buon motivo.»

«Forse pensava di dirmelo quando fossi stata più grande, ma non ne ha mai avuto la possibilità.»

Rafe scosse la testa. «È morta troppo giovane, proprio quando avevo appena cominciato a costruire un rapporto con lei come figlia.»

«Ma io ho il diritto di sapere, non è così?» insistette Cami.

«Sì, ma il diritto di una persona può essere un danno per un'altra. Cerca solo di essere cauta. È la sola cosa che ti dico.»

Continuarono a mangiare in assoluto silenzio.

Cami pensava che Rafe fosse troppo protettivo verso di lei. Era diventata grande, poteva gestire la situazione da sola. Quando gli invitati al ricevimento di nozze fossero arrivati a

Chandler Hill, avrebbe trovato il modo di parlare con Lulu o con suo padre.

CAPITOLO DODICI

A inizio aprile ci fu il germogliamento e fu esaltante, come tutte le altre volte. Le foglie che spuntavano, e trasformavano le viti spoglie in una fantasia di getti verdi, le erano sempre sembrate un evento miracoloso. Ogni anno, in quel periodo, Rafe invitava nella sua proprietà i colleghi viticultori, per una serata di festeggiamenti. In gran parte, i proprietari formavano un gruppo ben assortito. Per Rafe era molto importante andare d'accordo con tutti, e proprio per quel motivo aveva invitato Rod Mitchell, anche se né lui né Cami gradivano la sua presenza.

La cantina di Rafe aveva una struttura abbastanza semplice. Una grande stanza dalle pareti fatte di tronchi e pavimento in legno, che ricordava lo stile di un capanno, con il bancone per la degustazione da un lato, tavolini dove fare accomodare gli ospiti, e una piccola cucina nascosta. Nel seminterrato trovavano posto tre enormi serbatoi d'acciaio inossidabile che contenevano il mosto, prima che il vino venisse trasferito nelle vicine botti di rovere per l'invecchiamento.

Cami era all'ingresso della cantina, insieme a Drew e al nonno, per accogliere gli ospiti. All'interno, due camerieri passeggiavano tra i convenuti e offrivano antipasti, forniti dalla locanda Chandler Hill. Lungo il bancone erano disposte molte bottiglie di vino, birra e bibite, oltre a numerosi bicchieri e altri stuzzichini.

I produttori commentavano le eccellenti attese per l'annata in arrivo.

Drew si rivolse a Cami. «Un bel po' di gente.»

«Sì, di solito è così. Rafe piace a tutti. La sua famiglia vive nella valle da un paio di generazioni.»

Drew la osservò per un attimo, pensieroso. «Le nostre cene mi sono mancate.»

«Anche a me» rispose Cami. «Ma so che sei occupato a lavorare con Rafe e uscire con Vanessa. E anch'io ho il mio daffare, alla locanda e nei vigneti.»

Drew continuò a guardarla. «Non sei arrabbiata con me perché sto con Vanessa, vero?»

«No» disse lei, sforzandosi di essere onesta. Non era colpa di Drew se, dopo avergli detto che voleva essere solo sua amica, aveva cambiato idea. «Vanessa è una persona proprio simpatica. Sono sicura che vi divertiate molto, insieme.»

«È così. E, tra l'altro, le piace davvero molto lavorare per te e per la locanda.»

«Sta facendo un buon lavoro» rispose Cami. Vanessa era creativa e volonterosa.

«Benissimo» concluse Drew, perché gli si era avvicinato un ospite per fargli una domanda.

Con la promessa di un'altra annata di crescita, la valle sembrava prendere vita. Alla locanda, erano tutti eccitati per i mesi impegnativi che li attendevano. Cami apprezzava che il precedente lavoro di Vanessa fosse stato nella pubblicità: lavorarono insieme per migliorare le pagine web con la presentazione dei ricevimenti di nozze e crearono anche un piano per le vendite online.

Al Granaio era stata allestita una nicchia con libri di cucina, vinificazione, giardinaggio e altri temi di interesse, con vicino comode poltrone da lettura. Artisti locali mettevano in vendita i loro dipinti e altre forme espressive, esponendoli per tutto il negozio e nell'area degustazione al primo piano. L'oggettistica che Cami voleva smaltire era in offerta in un angolo dedicato. Cami e Gwen osservavano l'area dal fondo del locale, e sorridevano soddisfatte. Le loro idee erano complementari. E, inoltre, Gwen era un genio nell'analizzare il fatturato e prevedere le esigenze di inventario. Al momento, Cami si occupava delle vendite online, ma sperava di passare l'attività a Rebecca a fine stagione.

Mentre era alla scrivania a preparare le valutazioni di rendimento dei collaboratori, le squillò il telefono.

«Ciao Cami, sono Jamison. Volevo farti sapere che ho prenotato una stanza a Chandler Hill per me e Wynton il prossimo fine settimana. Arriviamo giovedì e ripartiamo la domenica. Una sera di quelle, ci farebbe piacere cenare con te.»

Cami si sentì invasa dall'affetto. Quando Jamison era arrivata alla locanda per gestire le problematiche legali con Jonathan, era stato immediato e facile diventare amiche.

«Non vedo l'ora di riabbracciarti e di conoscere Wynton. Come ti avevo raccontato, ho studiato le sue opere frequentando un corso d'arte. Ho anche usato i suoi dipinti come esempio in una tesina che ho scritto. Posso prenotarti un percorso benessere alla spa? E, se non sono troppo invadente, mi piacerebbe avervi a casa mia, per una cena con degustazione speciale dei vini locali. Sono certa che Rafe si unirà a noi.»

«Che fine ha fatto il tuo principe valoroso dalla scintillante armatura, quello che non era per niente un ranocchio?»

Cami sorrise al ricordo di Drew, quando aveva aiutato a buttare fuori Jonathan dalla proprietà. «Purtroppo è probabile che sia impegnato con la sua ragazza, ma posso chiederglielo. Lavora con Rafe, adesso.»

«Un po' di relax alla spa mi sembra una magnifica idea»

disse Jamison. «Sono entusiasta di poter fare questa breve vacanza. Le ragazze saranno fuori città in gita scolastica.

«Sarò davvero felice di vedervi» rispose Cami.

Appena finita la telefonata, chiamò la reception. «Il signore e la signora Winkler saranno ospiti della locanda da giovedì a domenica. Per cortesia, assicurati che abbiano il trattamento VIP: il soggiorno sarà un omaggio da parte mia.» Non avrebbe mai potuto ripagare Jamison abbastanza, per aver fatto abbassare la cresta a Jonathan e averglielo tolto di torno così in fretta.

Il giovedì, appena arrivò la telefonata dalla reception, Cami corse all'ingresso per accogliere i Wrinkler.

Di fianco all'alto marito dalle spalle ampie, Jamison sembrava ancora più minuta. Con i capelli corti freschi di parrucchiere, il fisico in piena forma, i pantaloni di lana e il blazer, sembrava pronta per entrare in tribunale.

Wynton invece, indossava jeans sportivi e una T-shirt a maniche lunghe, che ben si abbinavano ai capelli castani lunghi e sciolti, e alle guance non rasate.

Incuriosita da quella differenza nell'aspetto, Cami si avvicinò. «Benvenuti alla locanda Chandler Hill. Sono davvero felice che siate qui.»

Jamison la abbracciò forte. «È bello rivederti. Ti presento il mio e tuo eroe.» Indicò Wynton che sorrise timidamente.

Cami gli strinse la mano. «Ho studiato i tuoi lavori quando ho frequentato un corso d'arte. È un onore averti qui. Non so se hai portato i colori e il materiale per lavorare ma, se è così, penso che troverai molti spunti interessanti tra le colline e quanto vi è contenuto.»

Wynton guardò Jamison e sorrise. «In effetti, mentre Jami si fa coccolare al centro benessere, ho intenzione di andarmene un po' in giro.»

«Ci siamo accordati in anticipo» confermò la moglie.

«Mentre sei qui, vorrei discutere con te di una certa cosa» le disse Cami.

Jamison sollevò un sopracciglio, allarmata. «Altri problemi alla locanda?»

«Si tratta di un argomento personale» rispose lei, sperando che l'amica la potesse consigliare su come trattare con il deputato il tema della sua possibile paternità.

Venerdì mattina Jamison bussò alla porta semi-aperta dell'ufficio di Cami. «È permesso?»

Cami balzò in piedi. «Wynton è uscito per conto suo?»

«Sì. Ha preso con sé il blocco per gli schizzi e la macchina fotografica.» Si sedette su una poltroncina che Cami le aveva indicato. «Che succede?»

«Prima di cominciare, ti va un caffè? O del tè?» domandò Cami,

«Del caffè nero sarebbe perfetto. Non so quale sia meglio, se la prima tazza della giornata, o la seconda. A me piacciono molto entrambe.»

Cami chiamò la cucina. Pochi minuti dopo arrivò una cameriera spingendo un carrello con due caffè e un piccolo piatto di biscotti, e glieli servì.

«Questa sì che è accoglienza» commentò l'amica, che prese con piacere un biscotto casalingo al burro e zucchero di canna, e sollevò la tazza per portarsela alle labbra.

«Grazie» disse Cami alla ragazza e la accompagnò alla porta, chiudendola dietro di lei.

Dopo essere tornata alla scrivania, guardò Jamison. «Lascia che, per prima cosa, ti parli brevemente della storia di famiglia.»

L'amica ascoltò con attenzione il racconto della nascita di Cami, di come la madre si fosse sempre rifiutata di rivelare a chiunque chi fosse il padre, e del recente incontro con Justine Devon.

«Dopo avere indagato un po' in rete su Lulu Kingsley e suo padre, mi sono convinta che ci sia una forte probabilità che sia lui mio padre. Abbiamo gli stessi lobi delle orecchie. So che può sembrare assurdo, ma io e Lulu sembriamo davvero gemelle. Per questo, quando saranno qui per le nozze di Justine, vorrei parlare con lui.»

«E cosa vorresti dirgli, esattamente?» domandò Jamison con calma.

«Beh, non ne sono sicura. Speravo che in questo potessi aiutarmi tu. Rafe mi ha detto di lasciare le cose come stanno, ma io vorrei, anzi no, *ho bisogno* di sapere se è mio padre.»

Per un attimo, Jamison guardò fuori dalla finestra. Quando si voltò di nuovo verso Cami, la sua espressione era seria. «Lo so cosa vorrebbe dire per te poterlo scoprire, ma penso che tu debba muoverti con cautela. Non puoi accusare qualcuno di essere tuo padre, in particolare se si tratta di una persona che ha un ruolo pubblico. Se decidesse di rivalersi su di te, potrebbe metterti in una situazione pericolosa e, te lo dico in tutta franchezza, la cosa potrebbe danneggiare la locanda e la cantina.»

«Ma io non accuso nessuno, faccio solo una domanda.»

«Lo capisco, ma ti consiglio di non avere aspettative troppo elevate. Avrai l'occasione di incontrare Lulu e il padre al matrimonio: valuta quanto sono avvicinabili, studia i loro tratti, cerca di capire se è possibile iniziare una conversazione, senza essere esplicita nel tuo interesse verso di loro. Hai già un motivo per parlarci, perché la loro amica ti ha detto che assomigli molto a Lulu.» Jamison la guardò fissa. «Il mio consiglio è di andare piano e con cautela. Qui hai una vita felice, della quale dici di essere riconoscente. Pensa anche a quello.»

A Cami veniva da piangere. I nonni erano stati come genitori per lei, per la maggior parte della sua vita ma, per quanto fossero meravigliosi, lei voleva sapere chi fossero i suoi veri genitori.

«Grazie per l'invito a cena di stasera. Hai detto di arrivare da te per le sei?» domandò Jamison, spostando con destrezza la conversazione su un altro argomento.

Cami si illuminò. «Sì. Non vedo l'ora di cenare con voi. Ci sarà anche Rafe, insieme a Drew, che sta subentrando sempre di più nelle attività dei vigneti Taunton Estates, la proprietà di Rafe.»

«Che cosa ne è stato del ragazzo ranocchio?» domandò scherzosa l'amica.

Cami non riuscì a trattenere un gemito. «Non ci crederai, ma Bernard mi si è presentato alla porta di casa, aspettandosi che mi rimettessi con lui. Adesso vive qui nella valle. Gli ho spiegato chiaramente che non avrebbe mai lavorato né qui né ai Taunton Estates, e lui si è trovato un lavoro da Rod Mitchell, ai vigneti qui a fianco. Rod è il produttore meno amato e meno rispettato di tutta la valle. Non sono un buon assortimento. Io e Rafe siamo d'accordo di tenerli d'occhio.»

«Saggia mossa» commentò Jamison. Aggrottò la fronte, un po' preoccupata. «Hai un bel po' di problemi da gestire, per una della tua età. Fammi sapere in qualsiasi momento se posso esserti d'aiuto.»

«Grazie» rispose Cami, e sperò di non doverla mai chiamare per farsi aiutare in quell'ambito.

Quella sera, Cami indossò un gonna lunga a fiori nei toni del turchese e un top di seta color crema. Si mise la collana con il pendente con i grappoli, che si posava con grazia nella scollatura a V della camicetta. Lasciò i capelli sciolti, perché le piaceva come si disponevano in morbidi riccioli rossi intorno al viso. Si diede una seconda occhiata allo specchio e uscì dal bagno, pensando che avrebbe dovuto farsi un giretto alla spa, nel prossimo futuro.

Rafe e Drew arrivarono un po' prima, come d'accordo, proprio mentre lei terminava di apparecchiare la tavola. Aveva chiesto alla locanda di portare dei fiori e il piatto principale, in modo da doversi occupare solo di antipasti, insalata e dessert.

Baciò Rafe e si rivolse a Drew. «Sono felice che tu sia venuto. Penso che sarà una serata piacevole.»

«Sento già un buon profumino!» disse lui e la seguì in cucina. «Che cosa prepari stasera?»

«Solo gli antipasti. Il piatto principale arriva dalla locanda. Ho sfoderato il mio lato pigro.»

«Questo aroma di formaggio e aglio non sembra affatto pigro. Direi, invece, delizioso.»

«Penso che ti piacerà anche il dolce. Ho preparato una torta paradiso al limone, che è la preferita di Rafe.» Cami sorrise a Drew. Le piaceva quell'entusiasmo per la sua cucina, ma forse era solo affamato. Aveva sentito Vanessa lamentarsi del fatto di non saper cucinare.

Rafe aprì un paio di bottiglie e le mise sul buffet della sala da pranzo. «Un ottimo e generoso Cabernet Sauvignon per la cena.»

«Grazie.» Cami si voltò al suono del campanello dell'ingresso. «Vado io. Voi mettetevi comodi in soggiorno.»

Cami andò ad aprire la porta. Jamison e Wynton erano sul portico. L'amica aveva con sé un mazzo di fiori e il marito una cartella di cuoio marrone.

«Che bello avervi qui» disse Cami, e prese il bouquet di

rose rosa dalle mani di Jamison. «Vi prego, entrate. Rafe e Drew sono già arrivati.»

Wynton seguì la moglie all'interno e lasciò la cartella nell'ingresso.

Cami fece le presentazioni e andò in cucina con le rose, decidendo di non esporre i fiori che si era portata dalla locanda.

Jamison entrò in cucina. «Spero di non averti causato troppo disturbo. Io e Wynton siamo di gusti abbastanza semplici. Posso aiutarti con qualcosa?»

«È tutto pronto. Lasciami solo mettere i fiori in un vaso, e poi possiamo andare a sederci in salotto. Grazie ancora per le rose. Le adoro.»

Jamison le strizzò l'occhio. «Ho saputo che sono il genere preferito in famiglia.»

Cami rise. «Ormai credo che lo sappiano tutti, che Nana le adorava, e anch'io.»

Mentre andavano verso il soggiorno, Cami scambiò i fiori che aveva messo sulla tavola con quelli portati da Jamison.

«E, adesso, raggiungiamo gli altri.»

La conversazione fluiva gradevolmente, mentre tutti e cinque parlavano della propria attività. A Cami fece piacere che Rafe e Drew raccontassero aneddoti sui vini Taunton Estates. Wynton sembrava interessato a quanto dicevano gli altri, e non parlava di se stesso.

«Cami, un'altra ragione per cui io e Wynton abbiamo deciso di venire qui è collegata agli affari» intervenne Jamison. «Ma sarà lui a parlartene.»

Il marito guardò Cami. «Jami mi ha detto che ammiri i miei lavori, e che le hai raccontato di averli usati per una tesina del tuo corso d'arte. Mi è capitato di parlarne con la mia agente, che mi ha spinto a chiederti se potrebbe interessarti organizzare una mostra qui da te. Con lei ho anche deciso di fare delle riproduzioni di alcune delle mie opere. Non tutte, naturalmente, ma abbastanza perché tu possa contare su un buon assortimento.»

Cami restò a bocca aperta e intrecciò le mani tra loro. «Davvero? Sarebbe fantastico! Sto già cercando di portare al Granaio dei prodotti con un contenuto artistico. E sono in contatto con alcuni autori perché vengano a presentare e firmare i loro libri. Nel tuo caso, potremmo fare qualcosa di simile: dare la possibilità alle persone di incontrarti e a te di mostrare i tuoi lavori.»

«Non sono uno che fa promozione come Thomas Kinkade, ma mi piace l'idea che le riproduzioni diano la possibilità, a chi ama le mie opere, di averle a un prezzo accessibile.»

Cami era sorpresa dalla sua modestia. Era famoso. La gente amava i suoi lavori, dallo stile contemporaneo a tecnica mista. «Sarei onorata di lavorare con te. A dirla tutta, sarebbe un sogno che diventa realtà.»

Jamison le sorrise, raggiante. «Gli ho detto che i tuoi ospiti sembrano apprezzare le cose belle della vita, e potrebbe essere un ottimo modo per valutare la reazione del mercato, per così dire.»

«Sono emozionata all'idea di partecipare» confermò Cami, anche se capì subito di dover riorganizzare un'intera area del Granaio solo per quello. Anche quando la conversazione si spostò su altri argomenti, durante la cena, le batteva forte il cuore per l'esaltazione di poter lavorare a quel nuovo progetto.

Quando finirono di mangiare, tornarono in salotto per il caffè e i liquori.

Rafe fu il primo ad alzarsi. «È stato tutto favoloso, *cariño*, ma devo proprio andare. Domani comincio presto.»

Cami e Drew si scambiarono sguardi divertiti. Rafe e le sue sveglie antelucane erano la barzelletta dello staff.

«Anch'io devo andare» disse Drew, raggiungendolo.

Dopo le strette di mano e i saluti, entrambi si diressero verso l'uscita.

«Grazie per essere venuti» disse Cami e li seguì.

Sulla porta, abbracciò Rafe.

Drew la sorprese chinandosi per baciarle una guancia. «Adoro le tue cene. Grazie.»

Quando Cami tornò in soggiorno, Jamison le fece l'occhiolino. «Lui sì che ha la scintillante armatura.»

Cami sapeva esattamente di chi stesse parlando e sentì che un'ondata di calore le raggiungeva le guance.

CAPITOLO TREDICI

Così come era esaltata all'idea di lavorare ai progetti sull'arte e sui libri, Cami era un po' in ansia per il matrimonio in arrivo. Justine le aveva scritto per farle sapere che molte sue amiche stavano valutando la possibilità di celebrare le loro nozze a Chandler Hill. E, con le promozioni disponibili online sul sito, le prenotazioni arrivavano numerose.

Con un po' di incoraggiamento, gran parte delle spose potevano arrivare a riempire tutte le trenta camere. In alcuni casi, chiedevano di trovare stanze aggiuntive in altre strutture. Riuscire a sistemare sia i matrimoni sia i clienti regolari della locanda era ormai quasi un esercizio di equilibrismo. E quando, invece, c'erano camere disponibili in contemporanea alle nozze, si offrivano sconti speciali agli altri ospiti. Comunque fosse, Cami metteva tutto il suo impegno nel rispondere pienamente anche alle esigenze dei clienti storici: erano loro a tenere in piedi gli affari della locanda durante il resto dell'anno.

Becca aveva preparato un pacchetto apposito per le famiglie e gli ospiti degli sposi, che includeva sconti sui futuri soggiorni, e un volantino che illustrava gli articoli da regalo del Granaio, da acquistare come ricordo dell'evento. Erano disponibili cornici in peltro e accappatoi di spugna con il logo di Chandler Hill sobriamente applicato, oltre a oggetti più semplici, come T-shirt per moglie e marito, tazze, tazzine e bicchieri. E, ovviamente, la cantina proponeva cassette di vino a prezzi scontati per gli invitati ai ricevimenti.

###

I genitori di Justine erano attesi due giorni prima delle nozze. Un'ondata di freddo era venuta e già passata, e le previsioni per il weekend del matrimonio erano accettabili, con temperature miti e qualche acquazzone per la domenica, giorno in cui la maggior parte delle persone sarebbe ripartita.

Cami, Becca e Vanessa andarono ad accogliere i genitori di Justine al loro arrivo.

«Benvenuti alla locanda Chandler Hill» disse Cami. «Becca Withers è la mia vice direttrice, e Vanessa Duncan sovrintende a tutti i matrimoni che ospitiamo. Vogliamo che questa permanenza incontri ogni vostro desiderio, per cui non fatevi scrupoli a contattare una di noi per qualsiasi necessità o richiesta.»

«Splendido» rispose Olivia, la madre di Justine. Alta e magra, indossava un elegante tailleur St. John in un delicato azzurro, che si abbinava bene ai suoi capelli biondi e agli occhi celesti. Pietre preziose le scintillavano alle dita e ai lobi delle orecchie. Strinse con gentilezza la mano che Cami le porse, poi la osservò per un attimo. «Justine mi ha accennato che lei assomiglia molto a Lulu Kingsley, e aveva ragione.»

«Salve, sono David.» Il padre della sposa le diede la mano. Era un uomo dal volto piacevole i cui occhi castani, guardandosi attorno da dietro gli occhiali, sembravano assorbire ogni cosa allo stesso tempo, fino a quando non si posarono su di lei con interesse. «Bello, questo posto.»

«Certo che è bello, tesoro. Non avrei voluto niente di meno per la nostra Justine» intervenne Olivia, in una specie di cinguettio.

David guardò Cami con un sorriso imbarazzato. «La nostra principessa è un po' viziata, ma noi la amiamo tanto.»

«È una persona deliziosa» confermò Cami. Justine le era piaciuta da subito. «Come d'accordo, le camere nell'edificio principale sono riservate alla famiglia. Vanessa vi mostrerà la vostra stanza. Ritroviamoci alle cinque nella zona soggiorno per un aperitivo. Il centro benessere e lo spazio degustazione al Granaio sono a vostra disposizione.»

«Non vedo l'ora» disse Olivia. «Mentre sono qui, intendo fare buon uso della spa.»

«Ottimo. E, se ho ben capito, i vostri amici Lillie e Bud Tucker arriveranno in giornata e cenerete con loro in città.»

«Sì. Abbiamo organizzato questo piccolo intermezzo piacevole, prima di entrare nel vivo del matrimonio: anche perché la maggior parte degli invitati sarà qui stasera tardi.»

«E noi ci saremo ad attenderli. Ora Vanessa vi condurrà alla vostra stanza: se lo desidera, può prenotarle un trattamento alla spa. »

Vanessa prese la palla al balzo. «Venite con me. Farò portare i vostri bagagli in camera. Vedrete, vi piacerà: è una delle mie preferite.»

Cami e Becca li guardarono allontanarsi.

«Ecco fatto» disse Becca. «Tutto quello per cui abbiamo lavorato. Speriamo che vada tutto bene.» Le labbra le si atteggiarono in un sorriso. «Queste nozze mi fanno venire voglia di sposarmi.»

«Ancora nessuna idea di quando Dan ti farà la proposta?»

Becca scosse il capo. «No, e ho deciso di non farvi più accenno. Mia madre dice che finirò per terrorizzarlo.»

«Non credo. Ho visto come si comporta con te. Forse prende tempo per un matrimonio in giugno.»

«Forse prende tempo perché non è convinto» replicò Becca, con aria cupa.

Cami rise e le allungò un braccio sulla spalla. «Ma figurati.»

#

Il resto della giornata passò veloce. Cami e Becca lavorarono a un nuovo sistema per la gestione degli acquisti, con l'aiuto del consulente informatico Ben Bachman, un giovane studente della Oregon State University. Dopo tutti i pasticci fatti da Jonathan e gli scambi di mazzette, Cami voleva che l'intero programma venisse aggiornato, con l'inserimento di protezioni aggiuntive.

Ora di sera, quasi intontita da tutti i numeri e la terminologia con cui Ben l'aveva sommersa, Cami prese Sophie a si diresse verso casa per una cena tranquilla. Per un paio di giorni a seguire non avrebbe avuto altre possibilità per rilassarsi.

Era sua intenzione tornare alla locanda più tardi, quando la reception l'avesse avvertita che era arrivata Justine con le sue amiche. Ma, più si faceva tardi e più capiva di essere troppo stanca. A ben pensarci, era uno dei compiti per cui Vanessa veniva pagata. Vanessa era una nottambula; lei, no.

Quando Cami si svegliò, il suo primo pensiero fu per Lulu Kingsley. Forse quel giorno sarebbe riuscita a intavolare una conversazione casuale con lei e fare progressi nello scoprire qualcosa sul padre. Tutti le avevano suggerito di andarci piano, e così avrebbe fatto. Più avanti, avrebbe cercato di sviluppare ulteriori opportunità per parlarle da sola.

Era una giornata luminosa e soleggiata, perfetta vigilia di nozze. Mentre guidava da casa sua alla locanda, Cami si godeva la vista dei vigneti. Entro fine mese, le gemme sarebbero sbocciate. Piccoli grappoli di fiori, simili a bottoni, sarebbero comparsi in cima ai giovani germogli. Poche settimane dopo, i fiorellini sarebbero diventati più grandi e avrebbe avuto luogo l'impollinazione. Era affascinata dal sapere che la natura si faceva carico dei passi necessari per permettere a lei e agli altri produttori di ottenere le migliori uve per vini eccellenti. La natura e gli esseri umani, quando non sono in contrasto, possono creare risultati meravigliosi insieme.

Arrivata alla locanda, Becca le corse incontro per accoglierla. «Posso presentarti la futura signora Thurston?» Raggiante, con gli occhi umidi di lacrime di felicità, allungò la mano sinistra. Un diamante solitario scintillava da un anello di platino.

«Ti sei fidanzata!» strillò Cami e la attirò in un caldo abbraccio. «Sono così felice per te.»

«È stata un'esperienza bellissima» cominciò Becca, inondandola di parole. «Eravamo seduti sul divano e gli raccontavo quanto fossi eccitata per le prime nozze di quest'anno. Mi ha guardato in un modo un po' strano e mi ha detto: "Spero che tu non sia più eccitata per quel matrimonio che per il nostro." Poi si è inginocchiato e mi ha chiesto di sposarlo.» Si tamponò gli occhi con un fazzoletto. «Ha detto che non può vivere senza di me.»

«Ca-spi-ta, che dolcino. Voi due siete una coppia fantastica.»

«Vuoi essere la mia damigella d'onore?» domandò Becca, speranzosa.

«Ne sarei davvero felice» rispose Cami, un po' commossa. Negli ultimi mesi la loro eccellente relazione lavorativa era diventata anche una forte amicizia.

Si incamminarono verso l'ufficio di Cami. «Hai visto Vanessa?»

«No. Ha chiamato per avvertire che sarebbe venuta un po' più tardi. Justine e le sue amiche non sono arrivate che intorno a mezzanotte. Stanno ancora dormendo, ma saranno pronte per il brunch di mezzogiorno. La spa è riservata per loro domattina e Lynn di Hair Styles verrà qui a occuparsi delle acconciature. Lei è la migliore.»

«Fantastico. È meglio che vada a parlare con Darren, per capire se tutto va come previsto. Ha assunto alcuni collaboratori temporanei e voglio essere certa che capiscano quanto è importante fornire un servizio superlativo, ma non invadente.»

Cami lasciò Becca e andò nelle cucine. Darren e la moglie Liz supervisionavano le attività in corso. Erano una coppia interessante. Entrambi diplomati al Culinary Institute, erano due chef eccezionali, ma Liz preferiva che fosse Darren a guidare le operazioni in cucina. Fuori da lì, era un'altra faccenda.

Darren Bullard era un omone alto, forte e tarchiato. Liz, di statura media, era formosa ma snella. In cucina, di norma bisticciavano sottovoce e poi scoppiavano entrambi a ridere. La brigata adorava la loro franchezza. Nessuna paternale, nessun lancio di piatti. A volte volava qualche parola grossa, ma in un attimo era tutto passato. Era molto raro che si alzasse la voce con un collaboratore, ma due chiacchiere in privato per chiarirsi non erano inconsuete. E, soprattutto, gli ospiti adoravano il loro cibo.

Cami osservò un gruppetto che preparava la composta di frutta, guidato da Liz, mentre Darren dava il tocco finale a uno sformato di uova e formaggio. Un aiuto cuoco impastava della salsiccia casalinga per farne delle polpette.

«Ciao, Cami» disse Liz, raggiungendola. «Come stanno andando le cose?»

«Bene. Gli ospiti principali sono qui e saranno pronti per il brunch di mezzogiorno. Altri invitati arriveranno in giornata, e serve quindi che ci siano spuntini in abbondanza, disponibili per loro. Offriremo frutta, biscotti, cracker con formaggio, e tartine. Giusto?»

«Proprio così» rispose Liz.

«La settimana prossima, dopo il matrimonio, vorrei discutere con voi qualche nuova idea, da introdurre per questo genere di eventi. Con tutta la pubblicità che stiamo facendo, cominciano ad arrivare parecchie prenotazioni.»

Soddisfatta che tutto fosse sotto controllo, Cami scivolò fuori dalla cucina. Con un po' di fortuna, forse Lulu Kingsley poteva essere nei paraggi.

Quando arrivò nella zona soggiorno, Cami la cercò con lo sguardo, ma la locanda era silenziosa e non si vedeva nessuno degli invitati.

Andò in ufficio e si mise a guardare i conti. Passato il periodo di bassa stagione, occorreva rivedere alcune voci del budget.

Vanessa arrivò al lavoro a metà mattina. «Come va?»

Cami le sorrise. «Alla grande. So che hai fatto tardi ieri sera. Pronta a ricominciare?»

«Certamente. So che sarà una lunga serata e i festeggiamenti andranno avanti anche dopo cena. Mi è sembrato di capire che vogliano andare in un certo bar giù in città. Sarò qui per assicurarmi che rientrino tutti sani e salvi.»

«Ottimo. Il resto di noi, invece, si alzerà presto per la Colazione della Sposa e le altre attività della giornata.» Il matrimonio era previsto per le sei, in modo da potere fare le foto con la luce naturale e poi cenare; al calar delle tenebre, avrebbero poi ballato sotto le stelle.

Vanessa rivolse un ampio sorriso a Cami. «Hai visto l'anello di Becca? È così bello! Non vedo l'ora di ricevere il mio!»

«Siete già a questo punto con Drew?» domandò Cami, senza riuscire a nascondere la sorpresa. Erano insieme da meno di tre mesi.

Vanessa le fece un sorriso malizioso. «Lui non lo sa ancora, ma io vorrei sposarmi proprio qui, in estate.»

Cami si disse che non erano affari suoi e rimase in silenzio, ma dentro di sé era sconcertata. Non pensava che Drew fosse pronto per impegnarsi.

Becca arrivò nell'ufficio. «Le ospiti sono sveglie e pronte. Mi avevi chiesto di avvertirti.»

Cami balzò in piedi. «Sì. Grazie. Andrò a presentarmi.» Mentre usciva dalla stanza, il cuore le batteva nel petto. Stava per incontrare la sua sorellastra?

Quando entrò nella zona soggiorno, la accolse un coro di chiacchiere e risate. Oltre alla sposa e alla damigella d'onore, il gruppetto includeva altre tre giovani donne. Mentre Cami si avvicinava, notò che si assomigliavano, coi loro lunghi capelli biondi o scuri, e il fisico snello abbigliato in varie sfumature di colore. Il loro atteggiamento sicuro, mentre erano sedute comode, con disinvoltura, sui divani e scherzavano tra di loro, suggeriva uno scenario di benessere e privilegio. Cercò di non fissare Lulu, che sembrava la trascinatrice del gruppo.

Cami si diresse verso Justine. «Buongiorno! Oggi è una splendida giornata, e per il matrimonio di domani dovrebbe essere lo stesso.»

Justin la abbracciò brevemente. «È tutto davvero adorabile. Ho dato un'occhiata a Chandler Hall e credo che ogni cosa sarà proprio come desideravo. Grazie.» Si rivolse alle altre. «Ehi, ragazze, vi presento Cami Chandler, la proprietaria della locanda.»

Le chiacchiere si placarono.

«Benvenute alla locanda Chandler Hill» disse Cami, con disinvoltura e familiarità. «Vogliamo farvi trascorrere un weekend speciale. Qualsiasi cosa vi serva o desideriate, fatecelo sapere. Questa dev'essere un'esperienza memorabile per Justine e tutte voi.»

«Quando apre il centro benessere? Mi serve un trattamento, per riprendermi dalla serata di ieri» disse una bella ragazza bionda. «Troppi margarita.»

Le altre risero.

Cami sorrise. «La spa è già aperta e a voi riservata. Dovete solo chiamare e fissare l'orario che preferite. Justine ha anche prenotato una limousine per portarvi a visitare le cantine della zona e fare le degustazioni, e forse preferirete spostare la spa a più tardi.»

Ci furono altre risate.

Lo sguardo di Cami si spostò su Lulu. La somiglianza tra loro era sconcertante, anche se ne era già consapevole, dalle sue indagini. Le foto non rappresentavano in modo adeguato la realtà. Anche se il colore dei capelli era diverso e Lulu era molto più alta, la forma degli occhi era identica, il naso simile e la linea delle labbra uguale. Cami provò a controllare i lobi delle orecchie, ma erano coperti dai lunghi capelli castani.

Cami le si avvicinò. «Salve! Lei deve essere Lulu. Justine mi aveva detto che ci assomigliamo, quasi come fossimo sorelle.»

Gli occhi di Lulu si fecero glaciali e irrigidì i lineamenti. La guardò con durezza. «Non direi. Avevo un fratello, ma è morto. E non ho nessuna sorella.»

Ferita, Cami sollevò le spalle in un gesto che sperò sembrasse disinvolto. «Mi spiace per la sua perdita. Si dice che ognuno abbia un sosia in giro per il mondo. E forse lei è la mia.»

«E forse no» ribatté Lulu. Si girò verso Justine. «Dopo il brunch, andiamo a visitare le cantine.»

Justine rivolse a Cami uno sguardo di scuse prima di annuire a Lulu. «Bene. Faremo tutte così.»

Mentre andava in cucina, Cami si domandò il perché del comportamento di Lulu. Prima di arrivare alla porta, sentì qualcuna che diceva: «Lulu, qual è il problema? Tu e Cami vi assomigliate tantissimo...»

Cami si fermò, in attesa della risposta.

«Basta! Tutte quante, piantatela! Non ha niente a che fare con me.»

Justine le rispose, con voce accomodante: «Non c'è bisogno di arrabbiarsi, Lulu. Pensavo fosse divertente trovare una ragazza che sembra una tua sosia. Tutto qui.»

«Beh, ne ho abbastanza.»

Il silenzio che seguì era pieno di tensione.

Becca si avvicinò a Cami. «Cavoli, ma è vero! Lulu Kingsley ti assomiglia un sacco.»

«Lo so, ma di sicuro non le fa piacere.»

«Forse voi due siete sorelle segrete, o cose del genere» disse Becca, con un sorriso malizioso, ignara del fatto che potevano esserlo davvero.

Cami non le rispose, incerta su come la situazione la facesse sentire.

CAPITOLO QUATTORDICI

Cami era in piedi, all'ingresso della sala da pranzo. Oltre alle damigelle della sposa, prendevano parte al brunch i genitori di Justine e i loro amici, George e tre testimoni dello sposo. Sembrava un gruppo ben assortito. I genitori di George sarebbero presto arrivati da San Francisco e, se erano gentili come quelli di Justine, sarebbe andato tutto liscio.

«Per ora, tutto bene» sussurrò Vanessa, avvicinandosi.

Cami si voltò e le sorrise. «Ho parlato con il fiorista. Cynthia ha detto che manca ancora qualcosa, ma arriverà tutto nel pomeriggio dal Flower Market di Portland.»

«Quelli di *Fabulous Floral* sono molto bravi. Credo li userò anch'io, per il mio matrimonio.»

Cami sollevò un sopracciglio. «E quando sarebbe?»

«Prima di quanto Drew si aspetti» rispose lei, ridendo. «Mi raccomando, non dirgli una parola!»

Cami fece finta di niente, ma era sbalordita. Drew si era innamorato più in fretta e più seriamente di quanto lei immaginasse. In tutta onestà, Vanessa era davvero molto bella. «Una bomba» l'aveva definita Rafe.

Più tardi, dopo il grande successo ottenuto con il brunch, gli ospiti si diressero alle tre limousine, che li aspettavano per portarli a fare il giro delle cantine.

Mentre li guardava partire, Cami chiese a Becca: «La squadra delle pulizie è pronta a intervenire?»

«Sì. Ho aggiunto altre due persone, come avevamo deciso.»

«Molto bene. Voglio che la camera del deputato Kingsley e

di sua moglie siano immacolate.»

Becca la guardò, sorpresa, e scosse il capo. «Credevo lo sapessi. Hanno cancellato la prenotazione. A quanto pare, la moglie non sta bene.»

Cami fu abbattuta dallo sconforto. Anche se Lulu non voleva discutere di come o perché si assomigliassero, aveva sperato di potersi appartare con il padre e avere un confronto.

Gli altri ospiti stavano rientrando dal giro delle cantine, quando arrivarono i genitori di George. Cami era pronta ad accoglierli. Katherine Dickinson, slanciata e aristocratica, indossava un tailleur blu e tacchi alti. Il marito, Howard, un uomo possente con una chierica di capelli grigi intorno al cranio calvo, aveva pantaloni cachi, una giacca sportiva a quadretti e lo sguardo accigliato.

«Benvenuti a Chandler Hill per il weekend di nozze di vostro figlio» disse Cami, e fece finta di non notare lo sguardo di disprezzo con cui Katherine osservava la zona salotto.

«Sarebbe stato molto più semplice fare qualcosa a San Francisco» brontolò Howard. «Forse dovevamo usare l'aereo privato. Arrivare fin qui da Portland non è molto comodo.»

Cami si morsicò la lingua e continuò: «Bene, adesso che ci siete, perché non vi rilassate un po'? In camera troverete un regalo di benvenuto e tutto lo staff è a vostra disposizione per rispondere a qualsiasi necessità. Se vi fa piacere, posso prenotare un trattamento alla spa per entrambi.»

Prima che potessero rispondere, George entrò nella locanda e corse loro incontro. «Ah, siete arrivati. Avete visto che posto magnifico?»

Katherine stirò le labbra. «Lo sai che avrei voluto che le nozze avessero luogo a San Francisco, e potere così invitare tutti i miei amici. Il nostro club sarebbe stato perfetto.»

«È il vostro club, non il mio» disse con fermezza George. «Questo è ciò che io e Justine abbiamo sempre voluto, un posto tranquillo con le persone cui vogliamo bene.»

Justine arrivò da George di corsa, gli prese la mano e rivolse un ampio sorriso ai suoi genitori. «Sono felice che siate finalmente arrivati. Dopo avere disfatto le valigie ed esservi rilassati un po', raggiungeteci nella biblioteca per un aperitivo. Vi ringrazio per avere organizzato la cena della vigilia delle nozze.» Fece una piccola risata. «Non ci vorrà molto, per le prove. E vedrete che meraviglia la sistemazione del giardino. Sarà tutto magnifico.»

L'espressione di Katherine si ammorbidì per un attimo, e tornò poi rigida e giudicante come prima.

Cami osservò quello scambio e incrociò le dita. Non avrebbe permesso che nulla rovinasse quel matrimonio. Neppure i genitori dello sposo.

«Ci sono delle limousine pronte a condurvi in città per la cena, così non dovrete preoccuparvi di guidare con il buio in queste strade di campagna» li rassicurò Cami.

«Molto bene» osservò Howard. «Qui è tutto una curva.»

«Una parte di noi sta per andare a fare un tuffo in piscina. Volete unirvi?» propose Justine, con una sfumatura di disperazione nella voce.

Le labbra di Katherine si curvarono in un sorriso, per poi tornare serie in così poco tempo, che Cami dubitò fosse mai accaduto. «No grazie, mia cara.»

«Ci vediamo dopo» disse George. Si voltò e, sempre per mano a Justine, si allontanò, con la testa piegata verso la sua.

«Dopo tutta la fatica fatta per arrivare qui, prende e se ne va?» disse Howard.

Katherine scosse il capo. «Coraggio, tesoro, andiamo in camera. Puoi rimanere lì a riposare. Forse ci raggiungerà più tardi.»

O forse no, pensò Cami, ripensando a come i genitori di George l'avevano trattato. Le famiglie potevano essere difficili da gestire: troppe aspettative, troppi obiettivi differenti di cui tenere conto. Un matrimonio spesso tirava fuori il peggio dalle persone.

I genitori di Justine fecero un gesto di saluto dall'altra parte della sala e si diressero verso di loro.

«Katherine, Howard, ben arrivati.» Olivia abbracciò brevemente Katherine e gli uomini si strinsero la mano.

Olivia sorrise, raggiante. «Sono felice che siate arrivati in tempo per potervi rilassare prima di cena. Abbiamo sentito dire un gran bene di *Rudy's*, il ristorante che avete scelto per la cena di prova. Sarà una bellissima serata.

«Non che ci fosse una gran scelta» rispose Howard.

Cami si obbligò a non alzare gli occhi al cielo. «Credo che il ristorante vi piacerà. Lo consigliamo sempre ai nostri ospiti.»

«E anche la cena di nozze di domani sarà deliziosa. Il cibo qui è fantastico» continuò Olivia, con una calma olimpica che Cami non poté che ammirare.

Vanessa arrivò nella sala e si unì a loro. Cami la presentò ai genitori di George. «Vanessa si prenderà cura di tutte le vostre necessità.» Cami si rivolse a lei e suggerì: «Perché non accompagni i signori Dickinson nella loro camera?»

«Siamo vicini alla stanza del deputato Kingsley?» chiese Katherine.

«Mi spiace, ma ha dovuto cancellare la prenotazione all'ultimo momento. Un impedimento improvviso» spiegò Cami, senza riuscire a nascondere la delusione.

Katherine fece una faccia contrariata. «Che peccato. Seguo molti progetti benefici e volevo farlo partecipare a uno di essi. Vorrà dire che gli telefonerò.»

Mentre Vanessa portava con sé Katherine e Howard, Cami non poté evitare un profondo sospiro. Lanciò un'occhiata a

Olivia.

«Abbiamo fatto del nostro meglio per mantenere dei rapporti piacevoli, per il bene dei ragazzi» spiegò la madre della sposa. «Non preoccupatevi. Come si dice, can che abbaia non morde.»

Cami sorrise, pensando a Katherine come a un petulante terrier e immaginando Howard come un grosso alano dal profondo latrato.

La mattina seguente il clima era splendido, come previsto. Il cielo blu e i raggi del sole si congiungevano alle vigne in fiore, nella promessa di una bella giornata. Cami sussurrò un ringraziamento ai numi del bel tempo e si diresse verso la locanda. Lei e Becca si sarebbero occupate del gruppo degli ospiti di nozze fino alla tarda mattinata, e poi sarebbe subentrata Vanessa. A lei non dispiaceva fare tardi, e Cami le era grata per quello. Prima della fine della giornata, le serviva una pausa dall'hotel. Ricordava bene come a volte Nana si sentisse intrappolata, con la doppia responsabilità delle vigne e della locanda. Cami ne capiva il perché. A volte le sembrava di avere a che fare con un bambino di due anni dal carattere difficile, continuamente aggrappato a lei, che le succhiasse sempre più energie.

Ma, quel giorno, era determinata a godersela il più possibile, pur curandosi che il matrimonio andasse bene come previsto. Alcuni degli invitati avevano figlie che volevano sposarsi alla locanda. Non aveva potuto evitare gli extra-costi per il personale dell'evento e per l'acquisto di arredi e decorazioni aggiuntive destinati a Chandler Hall e ai giardini esterni ma, pur preoccupata per le spese, si rendeva conto che il passaparola avrebbe potuto portare molti affari in futuro. O, almeno, così sperava.

Cami guidò fino alla locanda, parcheggiò ed entrò nell'edificio. Tutto era tranquillo. Un buon segno pensò, visto che il gruppo doveva aver fatto festa grande fino a tardi, la notte prima. Dopo la cena da Rudy's, molti avevano organizzato di andare a divertirsi preso un hotel del centro. Vanessa aveva mandato un messaggio per avvertire che qualcuno era rientrato ben oltre l'una.

Cami si recò in sala da pranzo per controllare l'allestimento della prima colazione e fu sorpresa di vedere Howard a tavola da solo, che sorseggiava il caffè.

«Buongiorno. Una gran bella giornata per un matrimonio» lo salutò, sorridendo.

«Sì, siamo stati fortunati, col tempo.» La osservò. «E quindi, questo posto è suo?»

«Sì, l'ho ereditato da mia nonna. Perché?»

«Un bell'impegno, per una giovane donna come lei. Ha più o meno l'età di George e Justine.»

«Sono cresciuta qui, e ho sempre saputo che sarebbe stato mio. Solo, non pensavo che succedesse così presto» rispose, domandandosi dove volesse andare a parare con quella conversazione.

«Un mio cliente si chiama Rod Mitchell, è un suo vicino. Immagino chc lo conosca.»

Cami annuì e attese che continuasse.

«Sta pensando di vendere la proprietà. Dice che vivere qui è come partecipare al reality "Il contadino cerca moglie". Parole sue, non mie.»

Cami non aveva nessuna voglia di farsi coinvolgere in una conversazione su Rod Mitchell, che detestava, e rispose con gentilezza: «Mi auguro che gli troviate al più presto un compratore, qualcuno che sia davvero interessato a coltivare le viti e a produrre del buon vino. E' un lavoro impegnativo ma, per chi ha voglia di dedicarglisi con serietà, può dare ottimi ritorni.»

«Ho provato i vini di Chandler Hill, come può immaginare. Li trovo fantastici. Deve esserne proprio orgogliosa.»

Cami allentò la tensione. «Lo sono. Dopo una stagione in cui mi sono soprattutto dedicata alla locanda, potrò passare più tempo su quella parte dei miei affari.»

Lui la osservò, strizzando gli occhi. «Molto interessante. Sono contento di avere parlato con lei. Ho le idee più chiare sui consigli da dare a Rod.»

«Davvero?»

Howard scosse il capo. «Gli converrebbe assumere qualcuno di affidabile e ricavare il massimo da questa annata, prima di mettere in vendita l'attività. Cosa ne pensa della prossima vendemmia?»

«Se il tempo regge, si prevede che sarà eccellente.» Non gli disse che, a prescindere dalle condizioni atmosferiche, il raccolto di Rod e il suo vino non avrebbero mai potuto essere di alto livello. Non lo erano mai stati. C'era chi pensava che Rod fosse troppo testardo per dare retta ai consigli, ma Cami era convinta che fosse la sua cattiveria a danneggiare le uve. E Bernard non poteva che aggiungervi acidità.

La giornata iniziata in gran tranquillità si sviluppò in breve in un rumoroso e allegro festeggiamento. Persino Katherine sembrò addolcirsi co, mentre se ne stava seduta fuori a leggere un libro, lontana dagli altri.

Sposa e damigelle chiacchieravano eccitate intanto che si facevano fare manicure e acconciatura. Mentre le osservava, Cami fu attraversata da una vena di rimpianto. Non era passato molto da quando si era immaginata in procinto di sposare Bernard. La vita, per quanto crudele, le aveva risparmiato di prendere una decisione assurda. In quel momento, a essere onesta, le sue fantasticherie romantiche e matrimoniali includevano un amico chiamato Drew. Un amico che aveva, in apparenza, ben altri progetti.

Cami studiò Lulu senza farsi accorgere. Con i capelli scostati dal volto, i suoi lobi sembravano leggermente deformi, come i suoi. Che probabilità c'era che fosse casuale? Lulu notò di essere osservata e si voltò dall'altra parte.

Cami non voleva rovinare il matrimonio e decise di lasciar perdere, per quel momento. Nelle settimane seguenti, sperava di poter riprendere l'argomento, con lei o con il padre.

Mentre si avvicinava il momento delle nozze, era piena di trepidanti aspettative. Era una splendida giornata, un'ambientazione straordinaria. Che cosa poteva andare storto? Il celebrante sarebbe arrivato a breve per le istruzioni finali e dopo pochi minuti la cerimonia avrebbe potuto cominciare.

Cami controllò il parcheggio. Aveva spiegato al ministro della chiesa locale di posteggiare davanti alla locanda, perché si sapesse che era arrivato. Ma quello spazio era ancora vuoto e cominciò a preoccuparsi. Lo chiamò immediatamente.

«Sono spiacente» rispose lui, con il sottofondo del rombo del motore. «Il matrimonio precedente ha avuto qualche ritardo, ma sono per strada e sarò da voi entro una decina di minuti.»

Cami aveva appena chiuso la telefonata quando Olivia si avvicinò. «Il reverendo è in ritardo. Avete notizie?»

«Gli ho appena parlato e sta arrivando.»

«Bene» sospirò Olivia. «Perché i matrimoni sono così stressanti?»

Cami sgranò gli occhi. «C'è qualcosa che non va? Serve qualcosa, da parte mia o dello staff? Mi sembrava che fosse tutto a posto, ma se mi è sfuggito qualcosa, la prego di dirmelo.»

Olivia sorrise. «Ma no, cara, non è colpa sua. Mi hanno dato il compito di intrattenere Katherine, e sto diventando pazza. Vogliamo bene a George, ma mi spezza il cuore sapere che mia figlia avrà una donna così difficile come suocera.»

Cami non era arrivata a quel punto, nella relazione con Bernard, ma capiva quanto quelle preoccupazioni fossero importanti. «Forse, col tempo, le cose cambieranno. E poiché si amano davvero molto, può darsi che Katherine si ammorbidisca. George è figlio unico. Di sicuro, non vorrà rovinare il rapporto con lui.»

«Si vedrà. Ma non si preoccupi. Tutto sta andando in modo strepitoso.»

Cami andò nel salone e trovò George e i testimoni già vestiti e pronti ad andare. Erano bellissimi, con i loro blazer blu, i pantaloni cachi e la cravatta rosa, che riprendeva il tema cromatico delle nozze.

Katherine entrò nella stanza e si fermò di fronte a George. «Cosa? Ti sposi in giacca sportiva?»

George la guardò storto. «Mamma! Te l'avevo detto che sarebbe stato un matrimonio informale. Niente smoking, niente cose ridicole.»

«Beh, mi auguro che un assiduo frequentatore della chiesa come te non consideri il matrimonio una cosa informale» disse sbuffando.

George la prese per un gomito. «Coraggio. Andiamo a cercare papà.» Mentre uscivano, si girò e alzò gli occhi al cielo, in direzione del comprensivo gruppetto dei suoi amici.

In quel preciso istante, arrivò il reverendo. Sembrava in affanno, con i capelli scuri che gli arrivavano alle spalle e la camicia bianca un po' spiegazzata, e aveva in mano il cravattino grigio. Cami aveva sentito parlare di James Bliss, ma non l'aveva mai incontrato. Era giovane, pieno di energie e molto amato tra i componenti più progressisti della comunità. Era abbastanza sicura che Katherine avrebbe avuto da ridire su di lui.

Lo avvicinò e si presentò.

Lui le strinse la mano con decisione e la guardò con gli occhi color nocciola. «Mi scuso del ritardo. Non potevo andarmene senza avere salutato per bene tutti i partecipanti.»

Cami gli sorrise, colpita dai suoi modi sinceri e alla mano. «Nessun problema. Quando lei è pronto, lo saremo anche noi. Si prenda qualche istante e poi le mostrerò dove ha luogo la cerimonia. Ieri sera abbiamo fatto un minimo di prove, ma, per quanto la riguarda, dovrà solo sistemarsi presso l'altare che abbiamo allestito in giardino.»

«Penso di farcela, allora» disse, con garbo.

George entrò nella sala e li raggiunse. «Jim, felice che tu sia qui. Direi che non ci si può più tirare indietro, a questo punto.»

«Direi di no» rispose quello, stando al gioco. «Non preoccuparti. Come mi hai chiesto, la cerimonia sarà breve e piacevole. Ho colto bene le tue intenzioni?»

George estrasse un cartoncino dalla tasca della giacca. «Nel caso mi dimentichi qualcosa.»

Jim gli diede una pacca sulla schiena. «Sono certo che non avrai problemi. Quando ho incontrato te e Justine, sembravate davvero molto in sintonia. Coraggio, andiamo in scena.»

Ridacchiando, i tre si diressero verso il giardino. Cami si prese un momento per valutare la scena. Inclusi alcuni ospiti alloggiati in altre strutture, il totale dei presenti alla cerimonia era di settantacinque persone, il numero giusto per l'ampio prato.

Le sedie di legno bianco erano disposte in parecchie file, e un panno bianco ne ricopriva lo schienale, rendendole più accoglienti. All'estremo di ogni fila, lungo il corridoio centrale, un cestino colmo di fiori bianchi e rosa era assicurato alla sedia con un fiocco rosa. Sull'altare era appoggiata una cesta bianca rettangolare di vimini, in cui erano disposti altri fiori dello stesso tipo, e ai suoi lati svettavano due alte e grosse candele bianche. Nella sua semplicità, l'effetto era sorprendente.

Un'arpista aveva già sistemato il suo strumento presso l'altare: le dita scorrevano sulle corde, diffondendo nell'aria suoni angelici. Cami pensò a Nana e avrebbe voluto che potesse vedere com'era bella quell'ambientazione, dopo le recenti migliorie al giardino.

Vanessa le si avvicinò. «Gli ospiti sono nel soggiorno. Siamo pronti a farli condurre qui, se è tutto a posto.»

«Facciamolo.»

L'arpista passò a eseguire un altro bellissimo brano e Jim prese posto presso l'altare. George era al suo fianco.

Cami corse a un lato del giardino e aspettò che i primi ospiti cominciassero a fare il loro ingresso. Con tre giovani membri dello staff ad accompagnarli, furono presto tutti accomodati.

Poi fu la volta di Katherine e Howard percorrere il corridoio centrale. Lui indossava, come previsto, pantaloni cachi e blazer blu. Nel vedere la moglie, che procedeva guardando davanti a sé, inespressiva, Cami spalancò gli occhi, stupita. Aveva un vestito bianco senza maniche, lungo fino alle caviglie e assomigliava più a una sposa che alla madre dello sposo. Un bouquet da polso era appoggiato al suo braccio.

Dietro di loro, Olivia indossava un tubino rosa corto di seta, le cui linee essenziali si adattavano perfettamente al corpo snello. Anche se aveva gli occhi velati di lacrime, i lineamenti erano illuminati da un bel sorriso felice. Teneva il bouquet tra le mani, come un mazzolino.

Seguivano le due damigelle, entrambe strepitose nei loro

abiti rosa alla caviglia, di diverse fogge. Uno era senza maniche, con scollo a barchetta. L'altro con scollo a V e maniche corte. Lulu, la damigella d'onore, entrò nel giardino. Vestita di rosa, come le altre, indossava un abito senza maniche, con la scollatura a forma di cuore. Anche se era un po' defilata, Cami notò il grande pendente con diamante che portava al collo. Il sorriso di Lulu era luminoso, mentre scorreva con lo sguardo lungo i presenti. Quando notò Cami che la osservava, il sorriso si affievolì, per poi risplendere di nuovo, guardando altrove.

La musica passò al Canone in Re maggiore di Pachbel.

Cami si voltò, come gli altri, per assistere all'ingresso della sposa. I capelli castano scuro di Justine erano raccolti dietro il capo in una cascata di riccioli, cui erano intrecciati dei fiori di campo. Indossava un abito lungo di pizzo senza maniche ed era la sposa più bella che Cami avesse mai visto. Sapeva quanto andassero d'accordo lei e George, e rappresentavano quindi per lei la coppia perfetta. Il padre di Justine, David, camminava al suo fianco, e non riusciva a trattenere le lacrime che, sgorgando dagli occhi, gli scorrevano lungo le guance.

Una fitta trafisse Cami. Non avrebbe mai conosciuto la gioia di essere accompagnata all'altare dall'uomo che sapeva essere suo padre. A tempo debito, se Rafe fosse stato ancora in vita, sarebbe stato suo il compito.

Quando raggiunsero l'altare, David baciò la figlia e andò a raggiungere la moglie.

La cerimonia fu breve e piacevole, come promesso dall'officiante. George e Justine recitarono le promesse e, dopo un rapido scambio di fedi nuziali, il Reverendo Bliss pronunciò alcune parole conclusive e li dichiarò marito e moglie.

Mentre si baciavano, scoppiò un applauso, e poi la coppia felice si unì agli amici per scambiare qualche parola prima di dirigersi al ricevimento.

Cami corse a Chandler Hall per avvertire lo staff che gli invitati stavano per arrivare. Entrò nell'edificio dalle porte aperte e controllò la sala per qualche istante. Era tutto esattamente come voleva Justine. Tovaglie rosa inamidate coprivano i tavoli da otto. Cestini bianchi di vimini colmi di fiori rosa erano disposti sui tavoli e ovunque ci fosse spazio. Dalle travi scintillavano file di lucine e sembrava che delle piccole stelle brillassero sulla raffinata sala variopinta.

Mentre gli ospiti entravano, Cami rimase lungo un lato ad ascoltare i frammenti di conversazione, scambiati in attesa degli sposi. Dopo aver fatto le fotografie, arrivarono i genitori di George.

Cami sentì Katherine dire a sua sorella: «Non sembra nemmeno un matrimonio. Il Reverendo e il rito sono stati tremendi.»

«Katherine, è stata una cerimonia splendida. Lo so che avresti voluto che la facessero alla Gallery di San Francisco, ma qui è anche meglio» ribatté la sorella, sbrigativa. «A dirla tutta, George è un uomo fortunato ad aver trovato una persona come Justine.»

«Tu forse non capisci...» La voce di Katherine si spense mentre la sorella girava i tacchi e se ne andava.

Ti sta bene! La sorella le era piaciuta fin dalla prima volta che l'aveva vista, e dopo quell'intermezzo le piaceva ancora di più.

Katherine si voltò e notò Cami. «Un matrimonio diverso dal solito» osservò.

«Proprio come desideravano George e Justine. Molto dolce.»

L'arrivo del gruppo degli sposi provocò nuovi applausi. Ridendo, George afferrò Justine e la fece volteggiare, mentre lei strillava: «Siamo sposati!»

Dopo che l'ebbe rimessa a terra, andarono dai genitori di Justine, che li guardavano raggianti. Mentre gli sposi scambiavano con loro abbracci e strette di mano, Cami sentì Katherine sospirare.

Si voltò verso di lei e disse: «Una splendida coppia.» Le labbra contratte della donna si alterarono in un tenue sorriso. «Sì, sì.»

Mentre venivano portati via i piatti della cena, Cami andò in bagno. Lulu si stava lavando le mani. Non c'era in giro nessun altro.

«Salve» disse Cami con gentilezza. «Avrei bisogno di parlarle.»

Lulu stirò le labbra. «Che cosa vuole da me? O le serve qualcosa da mio padre? Le serve un favore da lui? Denaro? Che cosa?»

«Volevo solo avere la possibilità di parlargli» rispose Cami, in tono controllato e tranquillo, anche se si sentiva stringere lo stomaco.

Lulu appoggiò le mani sui fianchi e la guardò. «Lo so quello che pensa. Ci assomigliamo, ma non significa nulla. Mio padre è un pilastro della comunità, della chiesa, dello stato, dell'intera nazione. Un giorno si candiderà come presidente. Resti fuori dalle nostre vite.»

Cami fece un passo indietro e la guardò, colta di sorpresa dal veleno nella sua voce. «Potrebbe trattarsi di qualcosa di importante. Importante per entrambe.»

«Mi lasci stare! È chiaro?» Lulu gettò la salviettina del cestino di vimini vicino al lavabo e si precipitò fuori dal bagno.

Scioccata, Cami la osservò andarsene.

CAPITOLO QUINDICI

Domenica mattina, i partecipanti al matrimonio furono lenti a svegliarsi, ma in seguito la locanda esplose nelle attività di preparazione per la partenza, che si trattasse di prendere un aereo o di fare un lungo tragitto in auto verso casa. Alle tre e mezza del pomeriggio, gli unici ospiti rimasti erano i genitori della sposa, che avevano deciso all'ultimo momento di fermarsi ancora per un giorno.

Anche se era previsto un peggioramento del tempo nei due giorni seguenti, il sole splendeva ancora luminoso in un mare di azzurro, e riempiva l'aria di un piacevole tepore. Cami raggiunse i genitori di Justine nel piccolo giardino tra l'edificio principale della locanda e l'ala per gli ospiti. Era uno dei suoi posticini preferiti. Lei e Nana si sedevano spesso lì a chiacchierare.

«È stato un weekend di nozze davvero delizioso» disse Olivia. «Vogliamo ringraziarvi di nuovo per tutto quello che lei e lo staff avete fatto per renderlo speciale.»

«Mi creda, è stato un piacere» rispose Cami. «Posso portarvi qualcosa? Tè, caffè? Un calice di vino?»

Olivia guardò David e si rivolse a Cami con un sorriso. «Un bicchiere di vino, e qualcuno di quei piccoli bignè al formaggio che servite in biblioteca per l'aperitivo, sarebbe perfetto. È ancora un po' presto, ma ci vuole proprio un piccolo festeggiamento tranquillo e solo per noi.» Le si inumidirono gli occhi. «La nostra bambina ora andrà per la sua strada, e la cosa mi intristisce e conforta allo stesso tempo.»

Seduto vicino a lei, David si allungò per prenderle la mano.

«Olivia soffre un po' per la sindrome del nido vuoto.»

«Vi va bene, se chiedo allo staff di preparare un vassoio speciale per voi?»

David le sorrise di gratitudine. «Sarebbe fantastico.»

Cami corse in cucina per assicurarsi che si prendessero cura di Olivia e David. Era il genere di cose che le aveva insegnato Nana: quei piccoli dettagli che facevano la differenza. Quella era la vera ospitalità.

Dopo aver controllato che Becca avesse la squadra delle pulizie sotto controllo e Darren fosse pronto per i clienti della cena, Cami corse a casa per una pausa. Un paio d'ore con un libro e Sophie accucciata vicino a lei sul divano le sembravano il modo migliore per concludere il pomeriggio. Sarebbe ritornata all'hotel in tempo per accogliere gli ospiti all'happy hour e poi, se andava tutto per il verso giusto, tornare a casa presto per la serata. Il giorno successivo avrebbe ripercorso gli eventi del weekend con Becca, Imani e Vanessa per valutare eventuali miglioramenti che aiutassero a gestire la serie di matrimoni in arrivo. Lei, Gwen e Laurel dovevano anche analizzare le vendite degli oggetti regalo collegati alle nozze, per capire se ampliare o cancellare l'iniziativa. Non tutti i gruppi erano facoltosi come quello appena ospitato.

Cami stava leggendo un bel libro di uno dei suoi autori preferiti quando suonò il campanello. Appoggiò il libro, riluttante. L'eroe e l'eroina si stavano finalmente mettendo insieme, dopo una serie di equivoci.

Il fastidio per l'interruzione svanì appena vide Drew sul portico. Aprì la porta. «Ciao! Che cosa ti porta qui, in questo pomeriggio assolato?»

«Ti va di fare quattro chiacchiere con un amico?» domandò lui. «Davanti a un calice di vino, magari?»

«E se invece ci prendessimo un caffè? Più tardi devo andare all'aperitivo pre-cena alla locanda.»

Drew sorrise. «Va bene. La cosa che mi preme di più è parlarti.»

Cami notò incuriosita la preoccupazione nei suoi occhi, e gli fece segno di entrare.

Andarono in cucina. Sophie li seguì prontamente, alla ricerca di attenzioni. Drew sedette al tavolo e le accarezzò la testolina nera e marrone. Sophie scodinzolò e gli leccò la mano in segno di apprezzamento.

«Problemi di cuore?» lo prese in giro Cami, portandogli il caffè.

Drew rise e si allungò sulla sedia. «Sono stato del tutto onesto con te riguardo ai miei pensieri sulla famiglia, il matrimonio e i miei obiettivi nella vita. Vorrei che gli altri capissero che non gioco con i sentimenti.»

Cami prese la sua tazza dal bancone e sedette di fronte a lui. «Cosa succede, Drew?»

«Si tratta di Vanessa. Ha una fretta indiavolata di sposarsi. Ho cercato di dirle che è troppo presto, e adesso è arrabbiata con me.»

«State insieme solo da pochi mesi» commentò Cami, cercando di nascondere la sua preoccupazione. Drew sembrava più infelice e in difficoltà che mai.

«Lo so» rispose lui. «Ma cosa fai quando credi di avere trovato una persona in cui vedi delle possibilità per il futuro? Ti prendi il rischio di lasciarla andare?»

«Pensavo che tu e Vanessa aveste già parlato di matrimonio» disse Cami. Vanessa le aveva fatto capire di volerlo sposare.

Drew arrossì. «Le ho detto che tengo a lei, tutto qui. Per qualsiasi altra cosa, è troppo presto.»

Le emozioni di Cami erano così contraddittorie che sapeva

di non poterlo aiutare. Non proprio. Non da quando aveva cambiato idea sul volerlo avere solo come amico. Anche in quel momento, era così frustrata che le sembrava che gli artigli di un falco affamato le lacerassero le viscere. Era troppo tardi per parlargli dei propri sentimenti. Anche se aveva detto di non volere sposare Vanessa, sembrava che tenesse a lei abbastanza da pensare a un possibile futuro insieme.

«Credo che voi due dobbiate parlarne con un professionista, magari un coach di crescita personale.»

Drew affondò nella sedia. «Forse hai ragione. Sapevo di poter contare su di te per guidarmi nella giusta direzione. Mi piace la tua sincerità, Cami. Significa molto, per me.»

Si sentì un'imbrogliona. Ma, se avesse detto le parole che facevano capolino nella sua mente, avrebbe potuto ferire sia Drew sia Vanessa, in aggiunta ai problemi che già avevano.

«Posso chiederti un'altra cosa?» disse Drew, dopo averla osservata per un istante.

Cami annuì, ma temeva la domanda successiva.

«Quando ho visto Lulu e quanto ti assomiglia, ho cominciato a chiedermi se ci potesse essere un reale collegamento tra voi due. So abbastanza della tua storia familiare per pensarlo. Credi che possa essere più di una banale coincidenza?»

Cami spostò la tazza e lo guardò dritto in faccia. «Sì, lo credo. Ho provato a parlarne con Lulu, ma si è molto arrabbiata. Crede che io voglia dei soldi, ma a me interessa solo la verità su mio padre. Lulu sostiene che lui sia un pilastro della comunità e che potrebbe candidarsi alla presidenza, un giorno. In tono minaccioso, mi ha detto di stare alla larga dalla sua famiglia. Non so ancora come comportarmi al riguardo, ma ti prego di non farne parola con altri.»

«Capisco» disse Drew. «Mettersi in mezzo a quella famiglia potrebbe essere un grave errore. È un uomo potente, e non penso gradirebbe le tue domande. Stai attenta, Cami.»

«Ma io ho bisogno di sapere la verità» rispose lei, ostinata. Anche se il pensiero che Edward Kingsley fosse suo padre non sembrava essere ciò che aveva sperato all'inizio.

Drew si mise in piedi. «Grazie per essere stata con me. È bello sapere di avere un'amica come te.»

Anche Cami si alzò. «Figurati.»

La attirò a sé e la baciò sulla guancia.

Le sue labbra morbide e l'alito tiepido le fecero venire la pelle d'oca su tutto il corpo. Fece un passo indietro e lo guardò, confusa dalla piacevole sensazione delle sue braccia che la avvolgevano. Aveva provato lo stesso anche lui? Quella alchimia speciale...

«A presto» disse Drew voltandosi per uscire dalla cucina. «Becca e Dan fanno una festa per il loro fidanzamento venerdì prossimo. Magari ci vediamo lì.»

«Certo» rispose Cami e si domandò se fosse il caso di fingere di essere troppo impegnata per partecipare. Il pensiero di vederlo con Vanessa era doloroso.

Dopo che Drew se ne fu andato, si lasciò cadere sul divano e mise il libro da parte. Le serviva avere a che fare con le faccende reali che la riguardavano, non con una bella storia artificiale in cui quasi certamente ci sarebbe stato il lieto fine.

Quando Cami arrivò alla locanda, fu contenta di vedere che un bel numero di clienti per la cena erano già arrivati e si godevano l'aperitivo nella biblioteca. Il ristorante era aperto ogni sera tranne il lunedì, quando Darren si prendeva una meritata sera libera. Era importante che gli abitanti del posto e gli ospiti delle altre strutture venissero al locale, perché serviva a mantenere la visibilità e incoraggiava il passaparola sulle novità offerte dall'hotel. Cami a volte era un po' stanca di dover essere presente ogni sera a quell'ora, ma faceva di tutto per esserci il più spesso possibile. Aveva sempre dato ottimi ritorni, perché la gente che la incontrava spesso chiedeva di organizzare eventi speciali. La locanda era piccola, ma poteva rispondere alle necessità più disparate, sia per i gruppi sia per i singoli individui.

Cami stava facendo il solito giro per salutare tutti, quando apparve Bernard e si diresse verso di lei. A disagio all'idea di incontrarlo davanti agli altri ospiti, Cami pensò a un modo per fare una fuga strategica.

«Ti devo parlare» disse Bernard, correndole accanto. «Ho saputo che hai detto al personale di non consigliare i vini della cantina Lone Creek. Come ti permetti? I vini di Rod Mitchell sono buoni come tutti gli altri della valle.»

Cami si obbligò a fare un sorriso finto e lo condusse fuori dalla stanza. «Andiamo a parlare da un'altra parte.»

Lo portò in ufficio e si mise dietro alla scrivania. «Non so dove tu l'abbia sentito dire, ma non è vero. Di recente, abbiamo fatto una degustazione per il nostro staff, e abbiamo appositamente incluso i vini di Rod.»

«Appunto. È stato lì che avete detto al personale di non consigliarli» ribatté Bernard. «E comunque, è così che mi hanno riferito.»

Cami stirò le labbra. «Chi te l'ha detto?»

«Qualcuno che ha lavorato qui nel weekend. Rod mi ha mandato qui per avvertirti. Dice che se continuerai in questo modo, monterà una campagna denigratoria, contro di te e la locanda, che non puoi nemmeno immaginare.»

«Bernard, puoi dire a Rod che Chandler Hill non ha mai fatto affari in questo modo e che non intendo cominciare adesso. I suoi vini parlano da soli.» Anche se aveva un tono pacato, non riusciva a nascondere l'irritazione che provava. Avere a che fare con Rod era di per sé un problema, ma adesso ci si metteva pure Bernard a fare il lavoro sporco per lui.

All'improvviso, però, Bernard cambiò tono. Le sorrise. «Lo sai della grande festa di venerdì sera per Becca e Dan? Mi sono offerto di organizzarla, visto che siamo vicini e così via. Ci sarai?»

«Non lo so ancora» rispose Cami.

«Spero di vederti.» Fece scorrere lo sguardo su di lei. «Non mi sono ancora arreso, *chérie*.»

«Lo sai che tra noi è finita» replicò Cami con fermezza. «Non cambierò idea.»

Bernard la guardò con genuina sorpresa. «Sarebbe un'unione perfetta.»

«Non siamo mai stati uniti. Né allora né adesso.» Guardò l'orologio. «Devo tornare dai miei ospiti. Ricordati di riferire a Rod ciò che ti ho detto. Non mi interessa mettere zizzania tra noi.»

«Sei testarda. Ti pentirai della tua decisione su di noi. Te lo giuro.»

Cami sentì una momentanea sensazione di paura mentre Bernard si precipitava fuori dal suo ufficio. Perché alcuni uomini si arrabbiano così tanto, quando vengono respinti? E la notizia che avrebbe organizzato la festa per Becca e Dan? Come si era arrivati a quel punto?

CAPITOLO SEDICI

I giorni volavano, mentre Cami ripercorreva con lo staff l'esperienza del weekend appena trascorso: condividevano le esperienze degli ospiti e i loro commenti, per avere degli spunti e migliorare la gestione degli eventi di nozze alla locanda. Durante quelle conversazioni, emerse che Vanessa aveva bevuto con i clienti e li aveva incontrati al bar in città. Cami represse la sua irritazione e ricordò pacatamente a tutti che socializzare con gli ospiti al di là dei propri compiti e responsabilità non era permesso. Vanessa arrossì e si imbronciò, ma rimase in silenzio, mentre gli altri confermavano di essere della stessa opinione.

Dopo altri scambi di idee, tutti furono d'accordo che il matrimonio di Justine e George era stata un'esperienza da considerare come esempio di successo. Con un po' di personale aggiuntivo, tutto era andato liscio. La maggior parte delle nozze future era pianificata nei weekend, ma una coppia aveva prenotato in autunno a metà settimana, e in tal caso gli ospiti avrebbero potuto organizzare delle visite alle cantine nei giorni prima e dopo l'evento.

Soddisfatta che tutto si muovesse nella giusta direzione, Cami cominciò a passare un po' più di tempo all'aperto. Camminava in mezzo alle vigne, e ogni tanto si fermava e inginocchiava per fare scorrere il terriccio tra le dita, come le era stato insegnato. Il suolo era costituito da depositi sedimentari marini e roccia vulcanica ed era di colore chiaro per la presenza di argilla e frammenti di pietra. La roccia polverizzata garantiva un ottimo drenaggio, che era fondamentale, in quanto le viti non crescevano bene sui terreni poco drenati. La composizione del suolo era il motivo per cui la maggior parte delle vigne era situata sulle colline, e non nella valle sottostante.

Un pomeriggio, era seduta in mezzo alle vigne quando si sentì chiamare. Si voltò e vide che Rafe le veniva incontro. Gli fece un gesto di saluto e si alzò.

«Ti godi la bella giornata?» le chiese lui allegro, raggiungendola.

Cami rispose al suo sorriso: «Controllavo le viti. Mi sembra sia tutto a posto, grazie a Drew e alla sua squadra.»

«Sì, fa un gran bel lavoro» concordò Rafe. «Si possono insegnare le basi della coltivazione dell'uva e della produzione del vino, ma se non c'è l'amore per la terra e un buon palato, il risultato sarà solo un vino banale.» Nei suoi occhi brillavano i ricordi. «Tua nonna aveva un palato eccellente. La prima volta che l'ho incontrata ha assaggiato dei vini con me e Kenton, e già allora ce ne siamo accorti.»

«Spero di fare altrettanto bene» disse Cami, un po' intimorita da quanto la nonna aveva fatto per la locanda e i vigneti.

Rafe le mise una mano sulla guancia, con dolcezza, e la guardò con affetto e ammirazione. «Sarà così anche per te. Le assomigli in tanti aspetti.»

Inattese, le vennero le lacrime agli occhi, perché Nana e Rafe erano stati di grande sostegno durante la sua vita. Ma, per quanto fosse loro grata per quello che avevano fatto, voleva sapere di più sulla relazione tra il padre e la madre.

«Oh-oh. Che cos'è quella faccia preoccupata?» domandò il nonno, mentre faceva un passo indietro e la osservava con quegli occhi scuri cui non sfuggiva nulla. «Ha per caso a che fare con il matrimonio, e quella ragazza che ti assomiglia?»

Cami annuì. «Lulu Kingsley mi ha detto in modo chiaro di

stare alla larga da suo padre. Mi ha persino informata che lui sta valutando di candidarsi alla presidenza. In passato, hai detto che mia madre non intendeva svelare il suo nome perché avrebbe danneggiato lui e la sua famiglia. La reazione di Lulu mi fa credere ancora di più che possa essere mio padre.»

«Ah, *cariño*, a volte è meglio accontentarsi che andare alla ricerca di qualcosa di più. Al contrario di un regalo piacevolmente impacchettato, portare alla luce un segreto che è stato custodito per anni può essere sconvolgente. Tua madre sarà pure stata una donna testarda, ma era anche intelligente. Ti suggerisco di rispettare i suoi desideri. Io e Nana l'abbiamo fatto. Forse dovresti seguire il nostro esempio.»

Cami distolse lo sguardo da Rafe, per paura che notasse l'irremovibile determinazione che non riusciva a nascondere.

Lui le mise una mano sulla spalla. «Lascia stare. E vieni con me. Dobbiamo parlare, e conosco il posto giusto per farlo.»

Cami inspirò profondamente e lo guardò, scacciando la delusione per la risposta che il nonno aveva dato al bisogno che dimorava e cresceva in lei.

Mentre camminavano, alzò la faccia verso il sole. Quel calore le accarezzò le guance come un bacio dal cielo e, in qualche modo, sentì che la tensione delle spalle si allentava.

«Tu sai che in passato, quando Rex Chandler avviò questo vigneto, studiò l'agricoltura biologica e fece in modo che questo posto fosse sostenibile» spiegò Rafe. «Anche oggi, usare solo prodotti naturali per la concimazione fa una grande differenza. Sono certo che i grappoli lo apprezzino.»

Cami osservò i filari che scorrevano diritti da nord a sud. A guardarli in quel momento, come soldati in formazione di parata, la invase un senso di orgoglio. Poteva essere giovane, poteva avere bisogno di imparare ancora molto, ma era sia una Chandler sia una Lopez, e aveva la vinificazione nel sangue.

Guardò Rafe con la coda dell'occhio. Ancora piacente a settant'anni passati, aveva perso un po' del vigore di quando Lettie era ancora in vita. In effetti, la zoppia che lo affliggeva fin da giovane era molto più evidente. All'improvviso si accorse di come fosse diventato fragile, da quando Nana era morta. La tristezza le strinse il cuore, rubandone un battito. Gli voleva così tanto bene.

Rafe inciampò e Cami lo afferrò subito per un braccio.

«Maledetta gamba» borbottò lui. «Mi ha evitato di andare in guerra, quando il mio migliore amico è stato chiamato.»

«Ti riferisci a Kenton Chandler?»

«Sì. È strano, non ci conoscevamo da molto tempo, ma lui è e sarà sempre l'amico cui tengo di più.»

Cami lo guardò, sorpresa. Non era mai stato così poetico.

Rafe la guardò con un sorriso imbarazzato. «Immagino di sembrare il vecchio sentimentale che sono ormai diventato. A dire il vero, non vedo l'ora che arrivi il momento di ritrovarmi con Lettie e con lui.»

Cami gli strinse la mano. «Ma io non sono pronta a lasciarti andare» sussurrò.

Lui la guardò con affetto. «Lo so.»

Camminarono in silenzio verso la destinazione che avevano in mente.

Poteva sembrare strano che sia lei sia Rafe si sedessero a volte nel boschetto della proprietà, dove erano conservate le ceneri degli uomini Chandler, di Lettie e di sua madre. Non era un comportamento sdolcinato. Il boschetto era il luogo di pace dove i ricordi e le nuove idee per la locanda e i vigneti prendevano forma. Cami vi aveva sempre trovato una fonte di grande ispirazione sia personale sia professionale.

Rafe la invitò, con un gesto galante, ad accomodarsi sulla panchina di pietra che era stata messa lì molti anni prima. Poi sedette vicino a lei.

«Come sai,» cominciò «in settembre farò quella crociera fluviale. Prima di morire, Lettie mi aveva detto di avere una sorpresa per me. Era molto malata, ma quell'idea la entusiasmava. E quindi, anche se non voglio abbandonare le vigne in questo periodo, farò come lei desiderava e ci andrò. Non ci metto il cuore, ma senza di lei niente è più lo stesso.»

Cami gli prese la mano. «Anche a me manca molto.»

Rafe si guardò intorno, con un'espressione triste. Poi si rivolse di nuovo a lei. «Sono felice che tu sia tornata a casa. È importante sia per tua nonna sia per me, che tu abbia fatto come lei aveva chiesto.»

«Certo. Gliel'avevo promesso» rispose Cami, domandandosi dove avrebbe portato quella conversazione.

«Sono sicuro che avrai notato che per me è sempre più faticoso muovermi. L'artrite progredisce e ho altre problematiche legate all'età.»

«Sì...»

«Di fatto, Drew fa da solo gran parte del lavoro nei campi, e in più sovrintende alla vinificazione. Pensavo che, invece di dargli solo una parte dei vigneti, dovrei dividere tra voi due l'intera proprietà. Ti andrebbe bene di spartire la mia terra con lui e magari lavorare insieme ai vini Taunton Estates? Realisticamente, è l'unico modo per mantenere in piedi la mia attività, il che non toglie nulla a te, mia cara. Ho visto quanto hai fatto e stai facendo per Chandler Hill, e credo che Lettie non vorrebbe che nulla ostacolasse il tuo successo. E tu sai quanto io ami entrambe.»

«Sì, lo so.» Cami fece un profondo respiro. Quell'idea aveva senso, anche perché era preoccupata all'idea di farsi carico della responsabilità aggiuntiva della proprietà di Rafe, dopo la sua morte. Era anche vero che, in quel modo, sarebbe stata legata a Drew Farley anche in futuro. E sarebbe stato difficile lavorare con lui, se fosse stato sposato con un'altra.

Fece un nuovo, lungo respiro e si disse che era troppo presto per preoccuparsi di quegli aspetti. Rafe stava invecchiando e si muoveva più lentamente ma, di base, era in buona salute. Si sarebbe data da fare perché continuasse a stare così. E forse avrebbe potuto lasciar perdere l'idea che lei e Drew potessero essere più che amici.

«Ebbene?» domandò Rafe, con uno sguardo preoccupato.

«Mi sembra la cosa più intelligente da fare» ammise, allontanando le preoccupazioni personali. «Hai portato le cantine Taunton Estates e i tuoi vini a essere un'attività rispettata e di grande successo. È giusto che tu ti organizzi perché le cose continuino in quel modo. Io sono già impegnata con Chandler Hill, ma non così tanto da non poter dare un apporto di tempo ed energia anche a Taunton.»

Rafe sorrise e buttò fuori l'aria. «Immaginavo che la pensassi in questo modo, ma avevo bisogno di esserne certo, prima di cambiare le cose un'altra volta. Per me tu sei la persona più importante al mondo. E provo grande rispetto per quello che hai fatto e stai facendo, con le responsabilità che Lettie ti ha lasciato. Insieme, tu e Drew dovreste essere in grado di far prosperare l'attività. Tu hai delle capacità che a lui mancano, e viceversa. Voi due insieme sarete una squadra eccezionale.»

«Non ti preoccupare. Nessuno di noi ti deluderà mai. Drew parla di continuo di te e di quello che hai fatto per lui.»

Rafe alzò un dito in segno di monito. «Non sa niente di questo. E non voglio che lo sappia. Abbiamo un ottimo rapporto lavorativo e anche personale. Non voglio che la cosa cambi. Se darà segnali di voler andare via dalla valle, affronteremo il problema.»

«D'accordo. Ti prometto di non dirgli nulla.»

Rafe sorrise soddisfatto. «Allora siamo a posto.» Si sporse

e la baciò sulla guancia. «Ti voglio bene, piccolina. Sei il mio più bel dono: di sicuro una sorpresa, e di quelle che riempiono il cuore e l'anima.»

Quando si ritrasse, Cami vide che aveva pianto.

Senza preoccuparsi di detergere le lacrime, Rafe le sorrise. «Che vecchio piagnucoloso che sono diventato.»

«Il più meraviglioso che c'è» rispose lei, pregando di poter passare con lui ancora molti anni.

CAPITOLO DICIASSETTE

Il venerdì pomeriggio, Cami si convinse che non c'era un modo elegante per evitare la festa di fidanzamento di Becca e Dan. E, comunque, era così emozionata per loro che ne voleva condividere la felicità. Anche se non si sarebbero sposati almeno per un anno, Becca era piena di idee su come voleva che fosse il loro matrimonio a Chandler Hill e ne aveva parlato senza posa per tutta la settimana.

Cami notò che Vanessa coglieva ogni spunto di Becca e lo includeva nelle idee per le proprie nozze. Mentre l'ascoltava, Cami dubitò che Drew sapesse che lei continuava a fare progetti.

Mentre si preparava a lasciare la locanda, Becca bussò alla porta del suo ufficio. «Assicurati di venire un po' prima. Io e Dan facciamo un brindisi speciale con te e pochi altri, prima della festa. Ci sarai, *vero*? Bernard ha detto a Dan oggi pomeriggio che era probabile che non riuscissi.»

Cami digrignò i denti. Aveva rimuginato tutta la settimana sul fatto che Bernard aveva organizzato la festa per la sua migliore amica, mettendola in una situazione socialmente imbarazzante. Sembrava che continuasse a volerla provocare. «Ma figurati! Lo sa che non ti deluderei mai.»

Becca le sorrise con calore. «È quello che ho detto a Dan. Non so cosa lui ci trovi in Bernard, ma sono diventati amici, in un certo senso. O, diciamo, dei buoni vicini, come dice Bernard. Personalmente non mi piace affatto, soprattutto dopo aver saputo che razza di verme è stato con te. Ma Dan sostiene che siamo in una piccola comunità, e bisogna andare d'accordo con tutti.» Abbracciò Cami. «Comunque sia, io per te ci sarò sempre.»

Grata per la sua amicizia, anche Cami la strinse a sé.

###

Quella sera, mentre Cami si preparava per la festa, Sophie guardò nella sua direzione, dal pavimento dov'era sdraiata.

«Che cosa ne pensi, Soph? Rosso o nero?» Sollevò una camicia rossa di seta e un maglioncino sottile nero con un profondo scollo a V.

Sophie abbaiò al top nero. Cami rise. «D'accordo, allora, metterò questo.» Se lo infilò dalla testa e si guardò allo specchio. Quel capo richiedeva qualcosa per contrastarne la severità. Prese la collana con i grappoli e se la mise. Mentre osservava i diamanti montati sulla foglia d'uva, fu felice che le ricordassero la donna che li aveva indossati e l'uomo che glieli aveva regalati.

Salutò Sophie e uscì di casa, determinata a non permettere che Bernard le rovinasse la serata.

Becca la accolse con un sorriso. «Drew e Vanessa sono già qui. Faremo un breve brindisi con lo champagne e poi andremo nell'appartamento di Bernard.»

«Felicitazioni» disse Cami e porse a Becca il pacchettino che aveva preparato e incartato in precedenza.

«E questo cos'è?» domandò Becca e sorrise, mentre prendeva il regalo e lo scuoteva.

Arrivò Dan. «Ciao, Cami, sono felice che tu sia riuscita a venire.»

Becca gli diede il pacchetto. «Cami ci ha portato questo. Posso aprirlo?»

Dan ridacchiò, affabile come sempre. «Certo, procedi. Io ti guardo.»

Becca allentò il nastro di seta color oro e strappò la carta argentata. Sollevò il coperchio della scatolina bianca senza scritte e, con uno strillo di gioia, estrasse una chiave dorata.

«Davvero? Abbiamo un soggiorno di due notti nella Suite Presidenziale questa estate? Caspita! Grazie mille!»

Cami sorrise. «Pensavo vi avrebbe fatto piacere una piccola vacanza speciale, per fare pratica in attesa del matrimonio.»

Dan sollevò le sopracciglia, ammiccando a Becca. «Hai visto? Lo dico sempre anch'io, che la pratica val più della grammatica.»

Becca arrossì quando si accorse che tutti avevano capito cosa intendeva, e si unì alle risate.

«Direi che è venuta l'ora di un bicchiere di champagne» disse Dan, che aveva ancora uno sguardo malizioso negli occhi.

Drew e Cami si sorrisero. Vanessa lo prese sottobraccio e tutti seguirono Dan in cucina.

«Ho preso dei calici in prestito dall'hotel» confessò Becca, mentre il fidanzato apriva la bottiglia, facendo saltare il tappo in modo spettacolare.

«Fallo pure quando vuoi» disse Cami. «E tu e Vanessa potete acquistare cose del genere tramite l'hotel, per il vostro corredo.»

«Sarebbe fantastico» rispose Vanessa, con entusiasmo.

«E io, per il mio appartamento?» domandò Drew. «Vorrei ravvivarlo un po'.»

«Sì, gli ho detto che, se devo viverci, dev'essere più accogliente.» Vanessa gli sorrise e si sollevò sulle punte per baciarlo sulla guancia.

La smorfia che corrugò la fronte di Drew era in contrasto con il volto beato di Vanessa. Drew lanciò un'occhiata a Cami e guardò subito dall'altra parte.

Cami prese lo champagne che gli offriva Becca e attese che ognuno avesse un calice in mano.

«Brindiamo a Dan e a Becca!» disse Drew. «Che possano essere felici insieme.»

Attenta a non incontrare il suo sguardo, Cami sollevò il bicchiere e si domandò dove i mesi seguenti avrebbero condotto tutti loro.

Dan versò ciò che rimaneva nella bottiglia. «Dopo questo, direi di andare a casa di Bernard. Gli ho detto che saremmo arrivati in orario.»

«E, a proposito, cos'è questa storia tra te e Bernard?» domandò Drew. «L'ho incontrato, ed è un vero idiota.»

Dan alzò le spalle. «So che si è comportato male con un po' di persone, ma sta cercando di integrarsi. Voglio capire se quello che dice è vero.»

«È molto attraente» commentò Vanessa. «E quell'accento manderebbe in estasi ogni donna.»

Cami fece un piccolo sospiro e si disse di non preoccuparsi di Bernard, ma di godersi la serata e basta. Aveva conosciuto gente della sua età che viveva nella valle, e non vedeva l'ora di incontrarli di nuovo.

Bernard li accolse sulla porta del suo appartamento al primo piano. Baciò Becca su entrambe le guance. «*Chérie*, sei stupenda.» Si rivolse a Vanessa con gli occhi che luccicavano e un ampio sorriso. «E tu? Ullallà!»

Cami rimase un passo indietro e contemplò affascinata Vanessa, che lo guardava estatica sbattendo le ciglia. «*Merci.*» Diede una gomitata a Drew. «Hai visto? Parlo francese.»

Drew non disse niente, ma dal modo in cui aveva stirato le labbra si capiva quanto fosse seccato. Vanessa non sembrò notarlo e aggiunse: «*Bonjour, monsieur.*»

«*Bonsoir*» la corresse Bernard, divertito. «È sera, ormai.» Si voltò verso Cami con un sorriso. «E tu, Cami, sei il ritratto della perfezione.»

Quelle parole viscide le scivolarono addosso. Un tempo, quei modi affascinanti facevano presa su di lei, ma non sarebbe più successo.

Dan strinse la mano a Bernard. «Grazie per averci organizzato questa festa. Becca e io te ne siamo davvero grati.»

«Dai, non è niente! Entrate.»

Cami non sapeva cosa aspettarsi, ma quando entrò nel soggiorno dovette fermarsi a guardare lo stile ricercato degli spazi. Il divano di pelle, le poltrone imbottite e i tavolini col piano di cristallo sembravano appena usciti da una rivista di arredamento. Cami si chiese dove prendesse tutto quel denaro. Poi le venne in mente. Jacques doveva avergli dato una buonuscita perché lasciasse il vigneto. Rod Mitchell non era noto nella valle per pagare bene i collaboratori.

«Ti piace la mia casa?» le domandò Bernard, avvicinandosi. «Odio la roba dozzinale. Mi merito il meglio, proprio come te. Credo che dovremmo parlare più spesso.»

Drew li raggiunse, evitandole la fatica di rispondere.

«Che cosa ti porto da bere?» le chiese, senza degnare Bernard di uno sguardo.

Cami gli sorrise con riconoscenza. «Vengo con te e decido. Grazie.»

Mentre si allontanava, Cami sentì lo sguardo di Bernard che, come un coltello affilato, le si infilava nella schiena.

«Grazie per il soccorso» disse a Drew, sottovoce.

«Nessun problema. Quel tipo non piace a me più che a te.»

Mentre sorseggiava il vino, Cami osservava gli invitati. C'era una bella varietà di persone da tutta la valle. Anche se molto occupata con la locanda, sapeva quanto fosse importante mantenere dei contatti con gli abitanti della comunità. E comunque, da quando era tornata a casa, aveva scoperto che si trattava di gente simpatica, che lavorava sodo e che amava divertirsi. E ne aveva bisogno.

Era impegnata in una fitta conversazione con un tipo che lavorava alle cantine Yamhill, quando ci fu uno scoppio di grida che proveniva dal balcone del salotto. Sollevò lo sguardo appena in tempo per vedere Vanessa, in lacrime, precipitarsi verso il bagno nel corridoio.

Drew le corse dietro, ma dovette fermarsi di colpo quando lei gli sbatté la porta in faccia. Si appoggiò alla parete e fece molti profondi respiri.

Cami lo raggiunse. «Cosa succede? Posso aiutarti in qualche modo?»

Lui fece un verso di fastidio. «No. Sì. Puoi assicurarti che Vanessa torni a casa? Io qui non ci resto.»

Lo guardò. «Vuoi che provi a parlarle?»

Drew scosse la testa. «No. Me ne vado.»

Cami sospirò. «Va bene, se è questo che vuoi, l'accompagno io a casa.»

Drew guardò adirato la porta chiusa del bagno e si girò verso di lei. «Grazie.» Lasciò l'appartamento senza proferire parola con nessun altro.

Becca la raggiunse. «Cosa succede a Drew?»

«Non so su che cosa litigassero lui e Vanessa, ma è davvero furioso. Mi ha chiesto di portarla a casa.»

Becca fece schioccare la lingua. «Vanessa ha bevuto troppo. Lei e Bernard hanno fatto gli stupidi tutta la sera. Non capisco perché sia fissata con il matrimonio, visto come si comporta. Non stanno insieme da molto tempo. Drew è un bravo ragazzo, ma non riesco a immaginarmelo, comandato a bacchetta da una donna.»

«Nemmeno io» sospirò Cami. «Forse è meglio che le parli.»

Bussò alla porta del bagno. «Vanessa? Sono io, Cami. Apri.»

Vanessa aprì la porta. Le guance erano ancora umide di lacrime, e gli occhi lucidi. Anche in quello stato di turbamento, era bellissima.

«Drew mi ha chiesto di portarti a casa» disse Cami. «Gliel'ho promesso.»

Gli occhi di Vanessa lampeggiarono d'odio. «Ah sì? Davvero? Beh, non mi va di tornare a casa. Anzi, penso proprio che mi fermerò qui tutta la notte. Sono sicura che a Bernard non dispiaccia. Non dopo il modo in cui mi ha guardato per tutta la sera.»

«Oh, tesoro» mormorò Cami, sinceramente preoccupata. «Non fare sciocchezze.»

«A te cosa importa?» ribatté Vanessa. «Ho visto come si comporta Drew con te.»

Cami spalancò gli occhi. «Non so di cosa parli. Io e lui siamo amici. Tutto qui.»

«Beh, non mi interessa. Sono stufa di provare a far funzionare le cose con lui.» Un sorriso le rischiarò il viso. «So già un po' di francese. Forse Bernard mi insegnerà a parlarlo meglio.»

Invece di discutere, Cami disse: «Ricordati che dopo ti accompagno a casa.»

«Vedremo» rispose Vanessa, gettando indietro i capelli biondi.

Cami si allontanò, domandandosi come avesse potuto sbagliarsi a giudicarla. Se era alla così disperata ricerca di una relazione e di un marito, forse non era la persona più adatta per occuparsi dei ricevimenti di nozze alla locanda. I matrimoni erano il luogo perfetto per rimorchiare.

«Va tutto bene?» le domandò Becca.

«Non ne sono così sicura. Parliamone domani.»

Cami decise che era ora di lasciare la festa. Aveva parlato con quasi tutti i presenti, e il giorno seguente doveva cominciare presto alla locanda. Andò a cercare Vanessa.

Quando non la trovò in soggiorno, né sul balcone, e neppure nel prato sul retro dove si era radunato un gruppetto di gente, tornò di nuovo nell'appartamento.

Mentre percorreva il corridoio che conduceva al bagno, sentì dei rumori provenire da dietro la porta chiusa di una delle camere da letto. Avvicinatasi, udì una voce di uomo e quella acuta di una donna. Si fermò un attimo, incerta sul da farsi, quando Bernard e Vanessa, aperta la porta, uscirono nel corridoio con l'aria piuttosto scarmigliata.

Cami nascose lo sbigottimento e disse, con freddezza: «Eccoti qua, Vanessa. È ora che ti accompagni a casa.»

Vanessa la guardò, trionfante. «Non torno a casa. Bernard mi ha chiesto di restare. Vero, *mon chère*?»

Lui le mise un braccio intorno alla vita. «*Oui.*» Strizzò l'occhio a Cami. «Vanessa ha buon gusto in tutto. Intendo dire, tutto quello che ho da offrirle.»

Cami sapeva che cercava di provocarla e rimase zitta. Continuò a trattenersi anche se, all'idea di quei due insieme, le montava la bile. Né Vanessa né Bernard le avrebbero scucito una sola parola.

Girò sui tacchi e andò a cercare Becca. Forse sarebbe stata in grado di farla ragionare.

Dopo aver spiegato la situazione all'amica, Cami se ne andò, angosciata all'idea di dover dire a Drew che Vanessa intendeva passare la notte con Bernard. Anche se odiava farlo, gli avrebbe detto la verità. Glielo doveva.

CAPITOLO DICIOTTO

La mattina del lunedì, Cami era seduta alla scrivania e parlava con Becca, quando Vanessa entrò nell'ufficio. «Mi sono persa qualcosa?» Lo sguardo di Vanessa saettò da Cami a Becca.

«Siediti, per favore» disse Cami. «C'è un problema che vorrei discutere con te.»

Vanessa fece una faccia stupita e si sistemò vicino a Becca. «Non c'entra con venerdì sera, vero?»

«Non proprio» rispose Cami. «Il punto è che tu bevi, sia qui alla locanda, sia quando sei fuori servizio.»

«Ascolta, forse venerdì alla festa ho esagerato, ma sono stata molto attenta la sera dell'addio al celibato» protestò Vanessa.

«Non avresti dovuto bere qui all'hotel. Siamo amiche dai tempi dell'università» intervenne Becca. «Io ci tengo a te, e non vorrei mai che ti capitasse qualcosa.»

«Il bere è qualcosa che devi saper controllare quando svolgi i tuoi compiti qui, e ti occupi di sovrintendere ai ricevimenti di nozze» spiegò Cami. All'inizio, era rimasta colpita dall'approccio e dall'impegno di Vanessa. Ma essere sempre in mezzo al cibo e all'alcol poteva essere un problema, per qualcuno. E, a quanto pareva, lo era per lei.

«Ti aiuteremo in ogni modo possibile» continuò Becca. «Ma sei tu a dover decidere se sei in grado di svolgere il tuo lavoro nel modo richiesto.»

«Vi siete messe contro di me?» chiese Vanessa. «Prometto che non succederà più.»

«Va bene. Tutto dipende da te» disse Cami. «Ma con tutti

i matrimoni in programma, al primo accenno di problema, dovremo chiederti di andare via. La reputazione dell'hotel non può essere rovinata da uno degli impiegati. Spero che tu capisca.»

Vanessa fece un profondo respiro e rivolse a Cami un'occhiataccia. «Rod Mitchell sta mettendo in piedi una struttura per eventi come Chandler Hall, e Bernard vuole che la gestisca io. Gli ho detto di no, ma posso sempre cambiare idea.»

Cami non intendeva farsi coinvolgere in un litigio. «Non posso obbligarti a rimanere, ma dopo tutta la formazione che hai ricevuto da noi, sarebbe la cosa giusta da fare» osservò, con voce calma.

«So che tu e Bernard stavate insieme, in Francia» disse Vanessa. «Me l'ha raccontato.»

Cami rimase impassibile.

«Per tua informazione, questa settimana mi trasferisco da lui. È un uomo affascinante che possiede un vigneto in Francia ed è molto competente sul vino. Per cui, Cami, Drew è tutto tuo.»

«Come?» esclamò Cami. «Ma di cosa parli? Noi due siamo solo amici.»

«Vanessa, hai davvero fatto del male a Drew. Si meritava di meglio, da te» disse Becca. «Santo cielo, parlavate di matrimonio.»

Vanessa guardò nel vuoto e sospirò. «È questo il problema. *Lui* non ha mai parlato di matrimonio. Non seriamente. *Io* ne parlavo. Drew voleva aspettare, prima di prendere qualsiasi decisione. Ma Bernard è un tipo del tutto diverso, è sensibile ai miei bisogni, un amante eccezionale...» Si fermò e si mise una mano sulla bocca. «Perdonami, Cami, non avrei dovuto dirlo.» Lanciò a Cami uno sguardo di trionfo e si alzò. «È meglio che vada a vedere se sono arrivate delle richieste sulla mia email.»

Vanessa si precipitò fuori dalla stanza.

«È stato imbarazzante» commentò Becca, e si agitò sulla sedia, a disagio.

«Sì, lo è stato.» Cami non aveva alcuna voglia di conoscere i dettagli su come Vanessa trascorreva il tempo con Bernard. Ed era abbastanza sicura di una cosa: Bernard *aveva posseduto* parte di un vigneto, ma non più.

Cami si svegliò da un sogno in cui rincorreva uno sconosciuto che ignorava le sue richieste d'aiuto. Appoggiata al cuscino guardò fuori attraverso le imposte. Non le ci volle molto per capire che il sogno si riferiva al suo desiderio di parlare con Edward Kingsley.

Le pennellate rosee dell'aurora striavano il cielo, e la invitavano ad alzarsi. Scese dal letto, prese Sophie tra le braccia e uscì con lei. Il sole si levava al di sopra della bassa nebbiolina ancorata al terreno, che ammorbidiva il paesaggio per pochi istanti per poi sollevarsi ed evaporare nel tepore della fresca mattina di giugno.

In piedi sul terrazzo di casa, mentre guardava Sophie scorrazzare nel prato sottostante, Cami guardò il panorama. Pensava a suo padre. La sua identità sembrava offuscata, quanto il terreno coperto dalla nebbia grigia. Forse, ragionò, invece di provare a parlare con Edward Kingsley, avrebbe aggiunto un cauto commento sul suo blog, per obbligarlo a prestarle attenzione.

Chiamò Sophie e rientrò, soddisfatta della decisione presa. Era giusto così. Senza sapere chi fosse suo padre, non poteva farsi un'idea chiara delle proprie origini e radici.

Si versò una tazza di caffè bollente e ritornò in terrazza con penna e taccuino. Guardò i filari e il boschetto in lontananza per trovare l'ispirazione, e cominciò a scrivere. Sapeva di dovere prestare attenzione a quello che diceva, ma se fosse stato davvero lui l'uomo con cui sua madre era stata in Africa, avrebbe capito il significato dietro alle parole.

Dopo molti tentativi, rilesse la versione finale e fu soddisfatta.

"Egregio Deputato Kingsley, so che lei è stato in Africa negli anni '90, quando era un giovane studente. È un continente che ha sempre significato molto per me, in particolare perché mia madre, Autumn Chandler, vi ha vissuto per parecchio tempo, prima come volontaria nello Zaire e poi in Sudafrica. Sarebbe disponibile a condividere alcune delle sue esperienze con me? Sto lavorando a una tesi sulla vita degli studenti in quelle aree. La ringrazio cordialmente. Firmato: Camilla Chandler."

Compiaciuta, diede una pacca al taccuino e si alzò. Prima di cambiare idea, accese il computer, aggiunse il commento sul blog del deputato e premette invio.

CAPITOLO DICIANNOVE

Quando Cami uscì dalla doccia, sentì che il telefono suonava. Si avvolse in un telo di spugna e corse a rispondere.

«Hai un minuto?» domandò Drew. «Sto per passare vicino a casa tua, nella mia corsa mattutina, e pensavo di farmi offrire un caffè.»

«Perfetto. Dammi il tempo di vestirmi e te lo preparo. Che ne dici di un biscotto alla cannella, come accompagnamento?»

«Grazie. Tra poco arrivo.»

Cami ricordava bene il dolore nella voce di Drew quando gli aveva detto che Vanessa non intendeva tornarsene a casa e aveva in programma di passare la notte con Bernard. Da quella volta, dieci giorni prima, non si era fatto sentire. Neppure lei e Vanessa ne avevano più parlato, da quel lunedì mattina. Non che Cami ci tenesse. Non voleva entrare nella vita di Vanessa, al di fuori del suo lavoro alla locanda. Lei aveva gestito molto bene l'ultimo matrimonio che avevano ospitato, e mantenuto un rapporto amichevole, ma professionale, con gli sposi e i loro invitati.

Ripensando a Vanessa, si chiedeva quanto tempo ancora sarebbe rimasta a Chandler Hill. Girava voce nella valle che Rod stesse abbassando i prezzi degli eventi e pagasse il personale più della media per indurre le persone a lavorare per lui.

Cami aveva appena messo in forno a scaldare i biscotti quando sentì Drew che la chiamava: «C'è nessuno?»

Si voltò a guardarlo e gli sorrise. Anche con il sudore che

gli rigava il volto e luccicava sul petto, era molto attraente. Aveva un corpo molto ben fatto. I capelli castano chiaro erano tirati indietro e le guance abbronzate richiamavano il colore degli occhi ambrati.

«A quanto pare ti sei fatto una bella corsa. Perché non vai sul terrazzo e ti rilassi? Porto fuori il caffè e i biscotti. So che ti piace nero e forte.»

Lui sorrise e uscì.

Quando Cami lo raggiunse, Drew era comodamente appoggiato allo schienale della poltroncina, con le gambe allungate e il viso rivolto al sole.

«Ahhh, si sta benissimo» disse, quando lei si avvicinò. Prese la tazza con il caffè che gli porgeva e afferrò uno dei biscotti per cui era famosa la locanda.

Cami appoggiò il vassoio e prese l'altra tazza. Aveva deciso che, nei giorni meno frenetici all'hotel, si sarebbe concessa un po' più di tempo a casa con Sophie. E poiché era martedì mattina, non c'era nessuna situazione critica che richiedesse la sua attenzione.

Per un po' sorseggiarono e sgranocchiarono, in silenzioso appagamento. Poi Cami chiese: «Come stai?»

Drew fece un lungo sospiro. «Nelle ultime due settimane ho imparato qualche lezioncina utile. Non intendo uscire con nessuna, finché non avrò risolto un paio di cose da solo. Essere cresciuto in una famiglia composta solo da mio zio mi ha sempre spinto a domandarmi come sarebbe stato sposarsi con una persona intelligente e meravigliosa, avere una marea di bambini e tutto il resto. Ho bisogno di qualcuno che voglia stare insieme a me per sempre. E, sebbene Vanessa mi avesse fatto credere che era ciò che desiderava anche lei, credo che fosse interessata all'idea del matrimonio, non a me.»

Era tutto quello che Cami voleva sentire. Esitò, perché doveva scegliere con cura le parole. «Avrai una famiglia che ti renderà felice, un giorno. Ne sono certa.»

«Grazie. È bizzarro come le vecchie questioni familiari ritornino a galla, proprio quando credevi di essertele lasciate alle spalle.»

«Sì, lo so. Anch'io sto combattendo con un po' di cose che mi riguardano. Mi sono fatta coraggio e ho messo un commento al blog del deputato Kingsley. Nessuno ci farà caso, ma se lui è mio padre, capirà il senso che è dietro al messaggio.»

Drew sembrava perplesso. «Pensi sia stata una buona idea?»

«Forse no, ma dovevo provarci.»

Lui sollevò le spalle e le lasciò ricadere, come se la capisse. «Comprendo il tuo punto di vista. Davvero. È solo che non voglio che ci siano delle conseguenze negative per te. E so che anche Rafe è preoccupato.»

«Non farò altro, per ora. Ve lo prometto. Solo voi due e Jamison siete a conoscenza della cosa.»

«Va bene.» Prese l'ultimo sorso di caffè e si alzò. «Adesso è meglio che corra via» disse, e gli occhi gli brillarono per il gioco di parole.

Cami rise. «Posso accompagnarti a casa, se vuoi.»

«No, devo smaltire un paio di chili. A Vanessa piaceva uscire a mangiare e fare festa e ho preso un po' di peso.» Si diede una pacca sulla pancia in perfetta forma, e il corpo di Cami reagì con turbamento. Mortificata, guardò subito altrove.

«Ci vediamo» disse Drew, ignaro di come lei si sentisse. Le posò un lieve bacio sulla guancia ed entrò in casa, lasciandola a meditare su quella improvvisa vampata di calore. Dal prato sottostante, Sophie abbaiò, e Cami spostò la sua attenzione sulla cagnolina, felice di quella distrazione.

###

Quando arrivò alla locanda, era tutto tranquillo. Entrò in ufficio nella speranza di poter lavorare ad alcune nuove campagne pubblicitarie. Accese il computer e prese in mano alcuni appunti su carta che aveva scritto il giorno precedente. Mentre li rileggeva, bussarono alla porta.

«Avanti» disse, sorpresa di vedere Vanessa. Era il suo giorno libero. Cami sorrise. «Ciao! Non riuscivi a stare lontana dal lavoro?»

«L'esatto contrario» rispose Vanessa, buttandosi su una delle sedie di fronte alla scrivania. «Dobbiamo parlare.»

Il cuore di Cami saltò un battito. Capiva dall'espressione del viso che non si trattava di buone notizie. Aspettò comunque che fosse Vanessa a cominciare.

«Ho deciso di accettare il lavoro alle cantine di Rod. Mi ha offerto così tanti soldi che non posso rifiutare. E poi, Bernard mi vuole assolutamente con lui.»

Cami si ricordò dei tempi in cui avrebbe fatto quasi tutto per accontentare Bernard. Avrebbe voluto metterla in guardia su di lui, ma era ovvio che non poteva, e non l'avrebbe fatto.

«E per quando sarebbe?» chiese, domandandosi chi avrebbe potuto assumere rapidamente al posto di Vanessa. La stagione delle nozze e dei turisti era alle porte.

«In genere darei un preavviso di due settimane, ma Rod mi vuole subito operativa. Tra quindici giorni abbiamo un matrimonio.»

«Capisco. Mi dispiace che siamo arrivate a questo, Vanessa. Speravo si potessero sistemare le cose.» Sollevò il telefono. «Becca, puoi raggiungermi, per favore? Mi serve subito la tua presenza.»

Con le guance arrossate dalla corsa, Becca entrò di volata nell'ufficio. «È tutto a posto?»

Cami indicò Vanessa. «Ha appena dato le dimissioni. Mi serve che l'accompagni fuori dalla locanda. Raccoglieremo gli oggetti personali che sono nel suo ufficio e glieli consegneremo più avanti.»

Vanessa balzò in piedi. «Aspetta un attimo! E tutto il lavoro che ho fatto con te sulla pubblicità? Ho detto a Rod che sarebbe stato pronto questa settimana.»

Cami cercò di controllare la rabbia, si alzò in piedi e parlò con tutta la calma che riuscì a trovare. «Si tratta di informazioni di mia proprietà. Resteranno qui, come il tuo computer e il materiale d'ufficio. Mi spiace che tu non abbia scelto di fare una transizione più morbida, ma sistemeremo tutto al meglio.»

Vanessa agitò verso di loro un dito minaccioso. «Aspettate e vedrete, voi due: nel mio nuovo lavoro intendo essere ancora più brava di come sono stata qui.»

«Buona fortuna, allora» rispose Becca. «Coraggio, ti accompagno fuori.»

«Posso andarmene da sola» ribatté Vanessa.

«No, vengo con te» disse Becca con rabbia evidente.

Cami le guardò uscire e corse nell'ufficio di Vanessa. Per fortuna, conosceva la password del computer e la cambiò subito. Avrebbe chiesto al consulente informatico di venire a occuparsi di tutto.

Sprofondò nella poltrona di Vanessa ed esaminò la scrivania, alla ricerca di informazioni da mettere al sicuro. L'idea che ci fosse già un matrimonio pianificato alle cantine di Rod la infastidiva, a dir poco. Non pensava che si sarebbe mosso così in fretta. Ma, in effetti, Chandler Hill gli aveva fornito un modello di successo per costruire l'attività, soprattutto con il segreto aiuto di Vanessa, a quanto sembrava.

Cami svuotò i cassetti e controllò gli schedari, mettendo da parte gli oggetti personali, che la ex-dipendente avrebbe recuperato più avanti.

Insieme a Becca passarono in rassegna il suo computer e guardarono nei fogli elettronici che elencavano le richieste di eventi per matrimoni e le attività associate.

Susannah Grant aveva fatto domanda per lo stesso weekend citato da Vanessa. Lei aveva risposto, e fatto una telefonata. Nessun'altra azione.

«Provo a chiamare la mia amica del negozio di fiori e vedo se è coinvolta nell'allestimento e, in tal caso, qual è il nome della sposa» disse Becca, con gli occhi che ardevano di rabbia. «Ci scommetto che il nome è lo stesso. Adesso capisco perché Vanessa aveva insistito a gestire in prima persona l'elenco dei potenziali clienti.»

Cami sentì un nodo allo stomaco. «Meglio contattare tutti quelli della lista, per capire come convincerli a fare qui il loro matrimonio.»

«Io e Imani ce ne occupiamo subito» rispose Becca.

«Me ne occupo anch'io, insieme a voi. Per noi è importante che una buona fetta di queste richieste si realizzi» osservò Cami tristemente. Aveva cercato di contenere le spese per l'ampliamento dei giardini, il rinnovo delle camere e la nuova moquette, ma doveva almeno rientrare nei costi.

Dopo aver parlato con due future spose, Cami mise giù il telefono così arrabbiata che sferrò un pugno al piano della scrivania e urlò: «Ma come ha potuto?»

Chiamò Jamison Winkler, l'amica e avvocata che le era stata di così grande aiuto in passato.

«Pronto?» cinguettò Jamison. «Come stai? Io e Wynton pensavamo di tornare a Chandler Hill, fra non molto.»

«Forse è il caso che prenotiate subito. Ho un grosso problema» disse Cami. Poi passò a descrivergli nei dettagli la disputa con Vanessa e Rod Mitchell per la faccenda dei matrimoni.

«Mmm, che brutta storia» rispose lei, dispiaciuta. «Da

quello che mi dici, non puoi fare un granché. Potremmo rispondere con un'ingiunzione di sospensione delle attività, ma il problema principale è che non abbiamo molto in mano, a parte un sentito dire; niente di scritto.»

«Io non ho trovato niente» confermò Cami. «E allora, come possiamo procedere?»

«Hai fatto bene a contattare le possibili clienti coinvolte e controllare, senza fare menzione di Rod Mitchell e della sua cantina. Mi spiace davvero che sia successo. Il mercato in cui operi è difficile, ma non credo che Rod e Vanessa saranno in grado di competere in modo efficace. La tua azienda, i tuoi collaboratori, la struttura che metti a disposizione non hanno uguali.»

Cami fece un profondo respiro e guardò dalla finestra il piccolo giardino che amava. Sospirò e si disse che Jamison aveva ragione. Chandler Hill era una proprietà di assoluta eccellenza, dove le persone potevano godere di servizi ed esperienze che valevano pienamente il denaro che sborsavano. Nel lungo periodo, il tentativo di Vanessa, Rod e Bernard di batterla sul prezzo non li avrebbe portati da nessuna parte.

«Grazie, Jamison, avevo bisogno di sentirmelo dire. Fammi sapere quando tu e Wynton pensate di venire, così posso organizzare la vostra permanenza.»

Scambiò altri convenevoli con l'amica e terminò la telefonata, determinata a ricontattare ogni futura sposa.

Più tardi, quando Becca la informò che Vanessa aveva sentito una loro impiegata per proporle di lavorare con lei, Cami decise di fare una riunione con lo staff.

Domandò al personale di cucina di preparare dolcetti e caffè e si organizzò perché tutti potessero assentarsi brevemente dal lavoro per partecipare all'incontro nel pomeriggio.

###

In piedi davanti a tutti i collaboratori, alcuni dei quali conosceva da quando era bambina, gli occhi di Cami si velarono di lacrime. Per lei, erano come una famiglia allargata.

Notando che era emozionata, Becca si mise al suo fianco. «Facciamo un applauso a Cami, la nostra leader.»

Appena scoppiò l'applauso, le lacrime che Cami tratteneva le rigarono le guance. Si asciugò gli occhi con un fazzolettino e riprese il controllo. «Grazie davvero. Sono stata sopraffatta dai ricordi, quando mi sono resa conto che così tanti di voi hanno visto Chandler Hill crescere e svilupparsi, dai tempi di mia nonna fino ad ora. Abbiamo verso di voi un debito di gratitudine.»

Quando il mormorio nella sala cessò, Cami andò avanti a parlare. «Purtroppo, oggi abbiamo perso una delle nostre impiegate. Vanessa Duncan ci ha lasciato per andare alle cantine Lone Creek, con la responsabilità dei matrimoni e degli eventi. Vi informo con dispiacere che, a quanto pare, lavorava in parallelo per loro da settimane, tradendo tutti i principi che le abbiamo trasmesso mentre era da noi.»

Fece una pausa, mentre si sviluppava nuovamente un brusio tra i presenti. «Ho saputo che almeno uno tra voi è stato contattato per andare a lavorare con lei. È ovvio che siete liberi di comportarvi come meglio credete, ma poiché vi considero parte della grande famiglia di Chandler Hill, vi chiedo per favore di parlarne prima con me.»

«Non me ne andrei per nulla al mondo» disse Imani, che si era alzata in piedi come molti altri. «Mi hai dato la possibilità di fare carriera, avere giorni liberi quando mi serviva, e un eccellente pacchetto di benefit.»

«Sì» intervenne un altro. «Mio fratello ha lavorato per Rod Mitchell per meno di un mese. Non sopportava il modo in cui veniva trattato.»

Cami alzò la mano. «Non è mia intenzione vendicarmi delle cantine Lone Creek. Vi sto solo offrendo un consiglio, nel caso abbiate la tentazione di andarvene. Ho bisogno di voi, ci tengo a voi e voglio lavorare con voi ancora per molto tempo.»

Una giovane cameriera alzò la mano.

«Sì, Rosie?»

«Noi siamo in grado di difendere Chandler Hill dalle persone che mettono in giro falsità su di noi, *vero*?»

Il cuore di Cami mancò un colpo e poi cominciò a correre impazzito. *La gente parlava male di Chandler Hill?* Raddrizzò le spalle e atteggiò la postura a una ferma compostezza. «A Chandler Hill siamo orgogliosi della nostra reputazione e del lavoro fatto da ognuno di noi. Se c'è qualcosa che va portato alla mia attenzione, vi prego di farmelo sapere. Lettie Chandler ha fatto del bene a più di un residente della valle, e continueremo a comportarci così.»

«Verissimo!» gridò Becca e si avvicinò a Cami. Dopo che un nuovo applauso si affievolì, prese la parola. «Sono qui per parlarvi come collega. Se qualcuno di voi non è soddisfatto del suo lavoro, venga subito da me, per favore. La porta del mio ufficio è sempre aperta per voi. È un'ottima opportunità per dare suggerimenti, o anche solo per fare quattro chiacchiere. I mesi estivi sono impegnativi per noi, ma il tempo per voi lo troviamo.» Sorrise a Cami.

«E, adesso, uno spuntino» disse lei. «Mentre ve lo godete con calma, ci occupiamo noi del resto.»

Come previsto, uscì dalla stanza per lasciare che gli altri parlassero liberamente tra loro: Becca e Imani l'avrebbero rappresentata.

Subito, corse alla reception per rispondere al telefono e aiutare gli ospiti con il check-in.

Darren la raggiunse, con addosso i pantaloni a scacchi

bianchi e neri e la giacca bianca da chef.

«Ciao, Cami ho sentito quello che hai detto alla riunione. Pensavo di non dirtelo, ma Bernard mi ha contattato un paio di giorni fa per occuparmi degli eventi insieme a lui. Non ci ho fatto caso più di tanto, perché ci sono persone di Portland, Seattle e altri posti che mi chiedono sempre di andare a lavorare per loro. Non sono mai proposte concrete, solo un modo di fare i complimenti a un cuoco che stimano.»

«Che cos'hai detto a Bernard?» Cami fece la domanda con estrema calma, anche se il suo cuore correva la maratona.

Darren sorrise. «Gli ho detto di andare a farsi fottere, che non lavorerò mai per Rod Mitchell o per lui.»

«Ottima risposta.» Cami non poté trattenere un ampio sorriso.

Darren scoppiò in una risata, un suono profondo e sincero per le orecchie di Cami. «Io e Liz adoriamo lavorare qui. Non intendiamo cambiare idea. A dire il vero, non lo sa ancora nessuno, ma Liz è in attesa.»

«Davvero?» Cami era sorpresa. Liz aveva più di cinquant'anni.

Darren le sorrise, malizioso. «Sta per prendere un cucciolo di bassotto. Dopo avere avuto in giro Sophie per tutto questo tempo, mi ha comunicato che ne voleva uno tutto per sé.»

Cami si strinse le mani. «Meraviglioso! Sarà divertente vederli giocare insieme.»

«Liz non vede l'ora. Andiamo a prendere il cucciolo tra un paio di settimane.» Darren guardò l'orologio. «Meglio che torni al lavoro. Ci sentiamo più tardi.» Si voltò per andarsene, poi si fermò e si rivolse di nuovo a lei. «Cami, ho sentito tante belle cose su tua nonna, ma anche tu sei fantastica. Tutti quanti sono felici di lavorare qui. O, almeno, quelli che sono qui da un po'. Alcuni dei più giovani non sanno di aver trovato un tesoro.»

«Grazie.» Mentre lo guardava andare verso le cucine, Cami pensò alle sue parole. Il personale più giovane e con un contratto provvisorio era più probabile che se ne andasse. Ma, in tal caso, la situazione non era messa male come aveva pensato. Forse.

CAPITOLO VENTI

Come previsto, alcuni dei componenti più giovani dello staff, attratti dal denaro, scelsero di andare a lavorare per Rod Mitchell. Ma i membri chiave del personale di Chandler Hill decisero di rimanere. Molti dei più anziani erano furiosi con Vanessa, per aver cercato di lusingarli con vuote promesse. Le cantine Lone Creek erano famose per trattare male le persone, anche dal punto di vista economico.

Con il posto di Vanessa da coprire, Cami decise di parlare a Laurel Newson. Laurel era una vedova sulla quarantina, ed era il ritratto dell'eleganza. I capelli castani dai riflessi chiari erano raccolti dietro la testa, gli occhi azzurri brillavano di ironia e le labbra erano atteggiate al sorriso, come se la vita non avesse frantumato i suoi sogni. Cami ammirava il suo aspetto da sempre.

«Hai fatto un lavoro così fantastico quando ci hai suggerito di allestire delle zone all'esterno per i set fotografici, e hai supervisionato l'attività dei giardinieri, che mi sono domandata se fossi interessata a gestire i dettagli dei ricevimenti di nozze e seguirne la realizzazione.»

Il sorriso sul volto di Laurel si allargò. «È una sfida che mi interessa molto. Più il tempo passa, e più le giornate mi sembrano lunghe e solitarie.»

«Mi è spiaciuto tanto sapere della morte di tuo marito, un anno fa» disse Cami. «Piaceva a tutti, nella valle.»

«Un brav'uomo.» L'espressione di Laurel si addolcì e le guance si sfumarono di rosa. «L'amore della mia vita.»

«È proprio il genere di sentimento che voglio sia suggerito

dai nostri matrimoni» spiegò Cami. «Penso che tu possa contribuire davvero molto, in questo.»

«Grazie. Mi piacerebbe provarci.»

Cami osservò Laurel, compiaciuta dalla sua risposta. Si rendeva conto che era stato un grande errore dare a una persona come Vanessa la responsabilità di seguire i matrimoni a Chandler Hill.

Fu ancora più colpita quando Laurel puntò l'attenzione su alcune voci del questionario per la sposa, preparato da Vanessa, e suggerì delle modifiche, come la scelta dei colori preferiti e non, i fiori, il cibo e alcune idee su come fossero le loro nozze ideali. A volte, anche pochi, brevi commenti, potevano aiutare a scoprire i reali desideri di una sposa.

Laurel era perfetta per il compito e, visto che il ricevimento successivo era previsto per giugno, Cami non vedeva l'ora di scoprire come sarebbero andate le cose sotto la sua guida.

Soddisfatta della decisione presa, si concentrò sull'esposizione degli artisti locali, prevista per il fine settimana del quattro luglio. Quella domenica non c'era in piano nessun matrimonio e Chandler Hill avrebbe aperto i giardini e Chandler Hall per la mostra. L'evento aveva catturato l'attenzione di vari artisti in tutto il nord-ovest, e ne erano stati selezionati cinquanta da una giuria di esperti locali. La quota pagata dagli espositori avrebbe coperto i costi del personale aggiuntivo. Sarebbero stati offerti i vini di Chandler Hill, naturalmente, e degli stuzzichini dalla cucina di Darren. La mostra era la prima nel suo genere per la valle, e aveva già suscitato molto interesse. Wynton Winkler aveva acconsentito a partecipare, con delle stampe di tre delle sue opere più recenti. Se tutto andava come previsto, Cami voleva farne un'iniziativa annuale.

Incontrò il comitato degli artisti locali per decidere la disposizione dei tendoni sul terreno. I giardini dedicati ai matrimoni non si potevano utilizzare, ma gran parte degli spazi erbosi sarebbero stati disponibili.

Stava discutendo con due componenti del comitato, quando una delle due signore gridò: «Ehi, Josh! Giusto in tempo. Vieni a conoscere Cami Chandler, la proprietaria della locanda e delle cantine Chandler Hill. Ci sta aiutando con la collocazione degli stand per la mostra.»

Sorridendo, Josh le raggiunse con ampie falcate e allungò una mano. «Piacere. Sono Joshua Evans.»

Quando strinse quelle dita callose, Cami lo riconobbe. «Oh, lei è l'artista che vende quelle magnifiche sculture di metallo. Adoro quella in rame che è esposta al museo di Portland. Mi sembra che si chiami "Ragazza sotto lo pioggia".»

Gli occhi castani dell'uomo si illuminarono dietro al ciuffo di capelli scuri. «Quella piace a tutti.»

«Ciao, Josh» disse un'acquerellista, mentre gli si avvicinava. «Credevo non ti facessi vedere. Sono contenta che tu sia venuto.»

Divertita, Cami osservò la bella ragazza dai capelli ramati sbattere le ciglia verso di lui.

Josh sorrise e alzò gli occhi al cielo guardando Cami, che trattenne una risata e guardò altrove. La rossa non aveva tutti i torti a provarci, perché Joshua Evans era davvero sexy.

Dopo aver definito nei dettagli l'utilizzo degli spazi, Cami si alzò per andarsene. «Grazie per la vostra disponibilità. Vogliamo che questo evento sia piacevole per tutti, compresi gli ospiti dell'hotel.»

Anche Josh balzò in piedi. «Sta andando alla locanda? In tal caso, mi può dare un passaggio? Resto qui per il fine settimana.»

«Con piacere. Ci vado proprio adesso.»

«Grazie. Mi lasci solo prendere la borsa e la raggiungo sul davanti.» Josh uscì dalla stanza.

All'esterno, Cami spostò il SUV all'ingresso principale, proprio mentre Josh usciva dall'edificio. Lui gettò il bagaglio sui sedili posteriori e si sedette al posto del passeggero.

«Grazie ancora. Ho sentito molto parlare dell'hotel, e volevo vederlo di persona. Si fatica a credere che una persona giovane come lei possieda la locanda e anche le cantine.»

«Ho ereditato tutto da mia nonna. È una bella sfida, ma è un'attività che mi piace molto» ammise Cami, che si sentiva a suo agio.

«È importante che abbia trovato qualcosa che la appassiona. Per me, è stata una battaglia convincere la famiglia che non volevo rilevare lo studio di commercialisti di mio padre.» Ridacchiò. «Se lo immagina, uno come me, con indosso un completo e impegnato a macinare numeri tutto il giorno? Santo cielo! Farei veramente pena.»

«Lei è molto bravo in quello che fa» rispose Cami. «Ho visto delle foto di sue sculture, e il museo d'arte ne ha parecchie. Mi piacciono soprattutto le opere fatte di metallo e materiali di recupero.»

Josh la guardò con interesse. «Davvero? Sono anche le mie preferite, perché dipendono molto da quello che trovo in natura: rametti, sassi, piume d'uccello, tutto quello che mi capita tra le mani.»

«Mentre è a Chandler Hill, spero che trovi il tempo di fare una passeggiata con me. C'è molto da scovare. Anzi, perché non facciamo un giro nel pomeriggio?»

Josh era raggiante. «Sarebbe splendido. Posso creare qualcosa di speciale per lei e i suoi ospiti.»

«Perfetto» disse Cami, fermandosi davanti alla locanda. «Adesso la lascio andare. Le va bene se ci vediamo qui per la passeggiata, intorno alle quattro?»

«Mi sembra ottimo.» Josh prese la borsa dall'automobile e si diresse all'entrata.

Cami lo guardò andare, e ammirò il suo passo energico e deciso. Non vedeva l'ora di rivederlo. Era facile parlargli e anche guardarlo.

Quel pomeriggio alle quattro, Cami incontrò Josh alla locanda. «Ho messo gli scarponcini e ho portato la mia cagnolina, Sophie.» Sentendo il suo nome, Sophie abbaiò e si dimenò per attirare l'attenzione.

Josh si abbassò e le diede una carezza sulla testa. Quando lei si girò per farsi grattare sul pancino, Josh rise e la accontentò.

«È un po' viziata» spiegò Cami.

«Perché no? Spike, il mio cane, è super coccolato. È un golden retriever ed è troppo grosso per viaggiare con me. Adesso è a casa, a Santa Fe.»

«Ah, Santa Fe. Un bel posto.»

«È fantastico per viverci e lavorarci» confermò Josh. «Ha un'energia molto spirituale, per chi è interessato a certe cose.»

Cami sorrise e si domandò cosa avrebbe detto, sapendo che lei parlava spesso alla nonna, quando cercava di capire come comportarsi in certe situazioni che riguardavano gli affari.

«Andiamo. Ci sono molte cose che voglio mostrarti» disse.

Camminarono tra le vigne. Dopo non molto, Cami si inginocchiò e fece scorrere il terriccio tra le dita. Josh si mise vicino a lei nella stessa posizione, per ascoltare le spiegazioni su come era composto il terreno, perché fosse adatto alla coltivazione della vite e come mai i filari venissero orientati da nord a sud.

«Questi sono i concetti base,» spiegò Cami «ma forse ti possono essere utili per il progetto della tua nuova opera d'arte.»

«Molto interessante» rispose Josh. Raccolse un tralcio di

vite che era stato tagliato via dalla pianta e lo sollevò verso il sole.

Continuarono a camminare, chiacchierando con facilità. Cami era orgogliosa di mostrargli i vigneti. Lui notò tante piccole cose, che raccolse in una borsa di tela che si era portato con sé.

Dopo un'oretta, Cami disse: «Ti va di venire a casa mia a bere qualcosa, prima di tornare in hotel? Non è lontana da qui.»

«Buona idea. È il momento giusto per fare una pausa.» La guardò per un momento. «So che può sembrare assai poco originale, ma credi che potrei fotografarti, in futuro? Anche se sono più noto per le sculture e le opere in metallo, sono anche un fotografo.»

Lusingata, Cami scoppiò a ridere. «Ti devo avvertire che sono poco fotogenica.»

«Allora non hai trovato il fotografo giusto. La prossima volta che vengo, mi porterò la fotocamera.»

Erano arrivati al lungo vialetto che portava fino alla casa, quando il pickup di Drew si fermò vicino a loro. «Ciao, come va?» domandò, guardando prima Cami, poi Josh, e poi di nuovo Cami.

«Ciao, Drew. Ti presento Joshua Evans, un artista che esporrà alla mostra del prossimo weekend.» Si rivolse a Josh. «Drew Farley, un mio amico.»

Poi disse a Drew: «Stiamo andando a bere qualcosa. Vuoi unirti a noi?»

Drew scosse la testa. «Pensavo di invitarti a cena, ma a quanto pare non sarà così. Ci vediamo.» Fece inversione e se ne andò.

«Un amico?» disse Josh. «Mi sembrava qualcosa di più. Anche mio marito è un tipo geloso.»

«Sei gay?» chiese Cami, sorpresa.

Lui rise. «Già. Chi l'avrebbe mai detto?»

Lei sorrise. «Chi è il fortunato?»

«Bruce Patterson. Ha una galleria d'arte a Santa Fe ed è anche un cuoco fantastico. Stiamo insieme da dieci anni e siamo sposati da due.»

«Che bella cosa. Dieci anni sono un bel po' di tempo. Anch'io spero di trovare una persona speciale.»

«Sei sicura che non ti sia sfuggito qualcuno?» Accennò con la testa al camioncino di Drew che si allontanava.

«Siamo solo amici» spiegò Cami. «Lui preferisce così.»

Josh scosse il capo. «Non ci credo. Ma non sono affari miei, ad ogni modo. Allora, per quel drink?»

«Oh, certo. Ti propongo un buon calice di Pinot Nero» rispose Cami. «Ho la bottiglia giusta per te.»

Mentre si dirigevano verso casa si domandò perché tutti, tranne Drew, pensassero che avrebbero dovuto essere più che amici. Aveva deciso di mettersi con Vanessa e poi era corso da lei, sua amica, quando le cose non avevano funzionato. E le aveva detto che non voleva uscire con nessuna per un po', e quindi, ovviamente, le loro non erano da considerarsi uscite romantiche. Aveva ferito i suoi sentimenti più di una volta a causa di quelle decisioni, ma dopo quanto le era successo con Bernard, non intendeva dirgli niente. Aveva imparato a lasciare che le cose seguissero il loro corso, invece di rendersi ridicola con un uomo.

La giornata dedicata alla mostra cominciò grigia, nuvolosa e incerta, per poi trasformarsi e sfoderare un bel cielo blu, un sole luminoso e una piacevole brezza per rinfrescare i partecipanti. La gente era ancora nello spirito del quattro luglio, come dimostravano il rosso, bianco e blu che ricorrevano nell'abbigliamento. Cami guardava le persone passeggiare piacevolmente tra le postazioni degli artisti e sui prati, ed era molto soddisfatta.

Scorse Drew e lo salutò con la mano. Lui sorrise e la raggiunse. «Stavo parlando con Josh. Le sue opere sono davvero belle.»

«Sì, anche a me piacciono molto» rispose Cami.

«Ecco... non avevo capito che fosse gay. Sono, beh, ecco... mi dispiace di essere scappato via l'altra sera. E, insomma... ti andrebbe di uscire insieme, qualche volta?»

Cami spalancò gli occhi, sconcertata. «Sarebbe un appuntamento?»

Drew arrossì. «Sì, pensavo a qualcosa del genere.»

Era divertita, ma cercò di non farlo notare. «Ci scommetto che non hai parlato solo di arte, con Josh» lo provocò.

«Te l'avrei chiesto comunque» si difese Drew, così a disagio che Cami si addolcì.

«Sarò felice di uscire con te, anche se non è stata tua l'idea.»

Lui sollevò una mano, per protestare. «Invece sì. Te lo giuro. Abbiamo solo parlato del più e del meno. Tutto qui.» Nel silenzio che seguì, Drew aggiunse: «Che ne dici di martedì, quando tutto questo movimento sarà finito? Passo a prenderti alle sei.»

«Meglio alle sei e mezza» propose Cami.

Si guardarono e sorrisero.

«Cosa state facendo voi due?» chiese Imani, avvicinandosi. «Sembra interessante.»

«Niente» dissero loro, all'unisono, e scoppiarono a ridere.

Imani si fece aria con la mano. «Qualsiasi cosa sia, questo "niente" mi pare abbastanza infuocato.» Ridacchiò e si allontanò.

«Vado a controllare un po' di cose» disse Cami, e afferrò il portablocco che aveva con sé. Si trattava solo di un appuntamento, no?

«Ci vediamo.» Drew le fece un gesto di saluto e scomparve dentro Chandler Hall.

Quando Cami raggiunse Josh, gli disse: «Immagino che tu abbia parlato con Drew, o sbaglio?»

Josh scosse la testa. «Poveretto, è in completa confusione quando si tratta di te. Aveva paura di spaventarti. Ma io l'ho rimesso in riga.»

«Ti ringrazio» rispose Cami, e lo disse con tutto il cuore. Aveva provato a ignorare l'idea di mettersi con Drew, ma non aveva mai smesso di sperare che succedesse. Adesso avrebbe scoperto se si era trattato solo di stupidi sogni.

CAPITOLO VENTUNO

Domenica sera, Cami era seduta sul divano, con i piedi nudi appoggiati al tavolino basso e un bicchiere di vino rosso in mano. Sophie era accucciata al suo fianco, sfinita dalle attività della giornata. Cami fece un sospiro di sollievo. L'esposizione era stata all'altezza delle sue aspettative e oltre. Gli artisti erano felici, e il personale soddisfatto della loro cooperazione nel tenere a bada la folla di persone che aveva vagato per la proprietà. L'anno seguente contava di prolungare la durata della mostra a due giorni.

Bussarono alla porta. «Entra pure, Rafe! Ci stiamo rilassando.»

«Non sono Rafe» rispose una voce familiare che Cami ben conosceva. Si voltò. «Drew! Cosa ci fai qui?»

Lui la raggiunse e le si fermò davanti. «Ti ricordi dell'appuntamento che ti ho chiesto?»

Cami trattenne il fiato. Aveva cambiato idea?

Drew sorrise. «Possiamo anticipare a stasera? Non penso di poter aspettare così a lungo.»

La gioia di Cami gorgogliò in una risatina. «Beh, credo di potermi organizzare. Accomodati, che ti verso un bicchiere di vino.»

«No, no! Resta ferma dove sei. Non è necessario che tu mi serva. Ho portato con me delle cose.»

Lo guardò mentre andava alla porta d'ingresso e ritornava con un cestino da picnic. Glielo appoggiò davanti e prese una bottiglia di vino Taunton Estates. Poi estrasse con cura un vassoio di formaggi e frutta e un'insalata verde con gamberi e appoggiò tutto sul tavolino basso davanti al divano.

«Ma che bello, hai pensato proprio a tutto!» esclamò Cami, piacevolmente colpita da quel gesto.

«Quasi tutto.» Prese dal cestino un altro piatto, su cui c'era una grossa fetta di torta alla crema di cioccolato, proprio la sua preferita, e la appoggiò vicino al resto delle cose.

Cami batté le mani. «Perfetto!»

Si sorrisero.

Appena Drew sedette sul divano, Sophie gli saltò in grembo e gli riempì le guance di baci, che era esattamente quello che avrebbe voluto fare anche Cami.

«Ma sì, ho pensato che saresti stata stanca, dopo la mostra, e aspettare due giorni interi per il nostro appuntamento mi sembrava un lasso di tempo enorme.»

«Sono felice che tu sia qui. Ho proprio bisogno di fare quattro chiacchiere con un amico» disse Cami, rientrata nelle vecchie abitudini.

«Ferma lì! Non ho nessuna intenzione di rimanere solo un amico. Voglio altro.» Spostò Sophie sul pavimento e si allungò verso di lei.

Cami si abbandonò più che volentieri tra le sue braccia, e ricordò tutte le volte in cui aveva sognato quel momento. Quando appoggiò le labbra calde e piene sulle sue, il suo corpo reagì di conseguenza. Sentiva che entrambi avevano solo atteso che succedesse.

Quando alla fine si separarono, Cami guardò negli occhi di Drew e vi scorse lo stesso suo meravigliato stupore.

«Hai fame?» domandò lui a bassa voce. «Perché, in tal caso...»

Lei lo attirò a sé, ben sapendo come sarebbe andata a finire.

«Santo cielo! È da così tanto tempo che ti desidero» mormorò Drew, prima di abbassare di nuovo la bocca sulla sua.

«Anch'io» rispose lei, a bassa voce.

Drew si allontanò un po' per guardarla. «Ma mi avevi detto, in modo molto chiaro, che non volevi uscire con nessuno, dopo avere rotto con Bernard. E come darti torto? Quell'idiota!»

«Sì, e poi Vanessa ha fatto quel gran casino» ribatté Cami.

«Ci credi che ho pensato che fosse quasi perfetta per me? Che scemo...»

Lei gli prese il viso tra le mani. «Non sei scemo. Sei una persona davvero carina.»

Drew le rivolse un sorriso provocante. «Non sempre.»

Cami rise. Erano stati amici abbastanza a lungo da capire che, nel profondo, era il più gentile, dolce, miglior ragazzo che avesse mai conosciuto. Allungò la mano.

Spostarono il cibo in cucina per metterlo al riparo da Sophie, andarono in camera da letto e chiusero la porta per tenere fuori la cagnolina. Una volta dentro, Cami lasciò la tenda aperta: nessuno poteva guardare dentro alla stanza, attraverso il terrazzo privato che dava sul paesaggio sottostante. E in quella sera d'estate, desiderava godersi la presenza di Drew mentre il cielo si riempiva dei colori del sole al tramonto, che già si stagliavano sulle pareti della camera.

Sdraiati sul letto, cominciarono a esplorarsi reciprocamente, entrambi deliziati dalla reazione del corpo dell'altro. Prolungare l'attesa che ciascuno provava era sia stuzzicante sia insopportabile. Quando, infine, vennero insieme, fu un tale, estremo, momento di condivisione, che Cami comprese di non avere mai davvero fatto l'amore fino ad allora. Con Drew, era un atto spirituale. Il suo cuore si colmò di un'emozione tale da non riuscire a trattenere le lacrime.

«Oh cavoli, ti ho fatto male?» chiese Drew, accarezzandole col pollice le lacrime all'angolo dell'occhio.

«No» sussurrò Cami. «Non mi sono mai sentita così con

nessun altro.»

Lui sorrise. «Ti amo, sai? È stato così dal primo momento che ti ho incontrata.»

«Quando mi hai salvata da Jonathan?» Si ricordò di quando lei e Jamison avevano chiamato Drew perché scortasse Jonathan Knight fuori dalla proprietà, dopo averlo licenziato.

«Ecco, vedi?» disse lui. «Te lo ricordi anche tu.»

«Una damigella in pericolo si ricorda per sempre del suo cavaliere dalla scintillante corazza» rispose Cami, con allegria.

Drew sorrise. «Vieni a me, bella damigella.»

Rise e tornò tra le sue braccia.

Molto più tardi, erano seduti in cucina a condividere il contenuto del cesto da picnic. Cami lo guardava, di tanto in tanto, vedendolo sotto una luce del tutto nuova. Era un amico e sarebbe rimasto un amico. Ma era anche il suo amante, ed era grata anche per quello.

«Domani sera ti porto fuori a cena, se ti va» disse Drew, masticando un pezzo di formaggio.

«Pensavo che il nostro appuntamento fosse questo» rispose Cami.

«No, questo è il pre-appuntamento» Fece un'espressione seria. «Mi piacerebbe portarti da qualche parte, pavoneggiarmi con te.»

«È carino da parte tua, Drew, ma mi basta essere qui con te.»

Le sorrise. «Lo sai che sono delle parole bellissime? Però, uno di questi giorni, vorrei sorprenderti con qualcosa di diverso.»

«Penso che questo appuntamento sia già stato abbastanza spettacolare» lo prese in giro.

Drew sorrise. «Il migliore di sempre.» Allungò un braccio

attraverso il tavolo e le accarezzò la guancia. «Sapevo che eri speciale. E, Cami, mi fido di te.»

Una sensazione di calore pulsò attraverso il suo corpo. Anche se, negli anni, Nana e Rafe l'avevano colmata di amore e incoraggiamento, aveva ancora un vuoto dentro di sé. Ora sapeva di averlo colmato con l'amore che provava per Drew. Non era certa di cosa il futuro riservasse loro, ma sapeva che sarebbe rimasta al suo fianco per tutto il tempo che lui avesse voluto.

Le successive giornate estive, con i loro cieli blu cobalto, le davano l'impressione di fluttuare in un mare di felicità. Erano lontani i tempi in cui desiderava chi non poteva avere. Drew era presente nei suoi pensieri e nella sua vita, anche se la locanda la impegnava molto.

Cami stava esaminando i numeri relativi all'inventario quando Becca entrò di corsa nel suo ufficio. «Sbrigati! Accendi la televisione!»

Sorpresa dallo sguardo eccitato dell'amica, prese il telecomando. «Cosa sta succedendo?»

«Adesso vedrai.» Becca le rivolse uno sguardo preoccupato.

Il televisore si accese. Un commentatore era in piedi davanti a una grande fotografia di Edward Kingsley. «Molte donne che lo accusano di averle molestate si sono unite per assumere uno dei migliori avvocati del paese, che si occupa di casi di violenza sessuale.»

Sullo schermo c'erano cinque donne di età variabile. Cami notò che nessuna di loro aveva i capelli castano ramati di sua madre, ma erano tutte bionde con gli occhi chiari.

«L'ufficio del deputato Kingsley ha annunciato che egli nega fermamente tali accuse e combatterà per proteggere il proprio buon nome.»

Sullo schermo comparve una foto di Edward, sua moglie e Lulu, che mostrava una famiglia perfetta e felice.

«Molti anni fa, il deputato e sua moglie hanno sofferto una tragica perdita, quando il loro figlio di dieci anni è annegato. JoAnn Kingsley si è da allora ritirata a vita privata, con l'eccezione della sua attività di volontariato con le organizzazioni per la lotta contro il cancro. Ogni tentativo di avere una sua dichiarazione riguardo a queste accuse è stato vano. Ma ci sono altre persone più che pronte a farsi avanti con nuove informazioni sul comportamento del deputato.»

Venne poi trasmesso un video in cui Kingsley lasciava il suo appartamento di Washington D.C. «No comment» fu l'unica frase che disse ai giornalisti assembrati intorno a lui, che gli urlavano domande, una dopo l'altra.

«Sono sicuro che questo sia solo l'inizio di una strada lunga e accidentata per il Deputato Kingsley» disse il commentatore, con sufficiente dispiacere nella voce da fare arrabbiare Cami.

Colpì la scrivania con un pugno. «Quel bastardo! Tu credi che sia questo che è successo a mia madre, e che lei se ne vergognasse troppo per ammetterlo?» Becca ora conosceva la storia su suo padre.

«Non saprei» disse Becca. «Ma dev'essere parecchio spaventato per il suo futuro. Se non sbaglio, Lulu ti ha detto che intendeva, un giorno, candidarsi alla presidenza.»

«Di sicuro non adesso» commentò Cami. «O almeno lo spero.»

Durante la giornata, le stazioni televisive locali interruppero la programmazione normale per dare copertura a quella piccante notizia. Ogni volta che vedeva il volto di Edward Kingsley sullo schermo, Cami ne era nauseata.

Alla fine della giornata lavorativa, lasciò la locanda per

andare a cercare Rafe.

Lo incontrò mentre tornava al capanno dopo essere stato nel vigneto.

Scese dall'auto e corse da lui, sentendosi come una bambina che avesse ancora bisogno di essere protetta dall'abbraccio del nonno.

«Hai sentito il notiziario?» domandò Rafe, dandole dei colpetti sulla schiena.

Cami fece un passo indietro e lo guardò. «Pensi che abbia violentato mia madre, come ha fatto con quelle altre donne?»

«Vieni dentro» rispose lui. «Andiamo a parlare.»

La condusse in cucina. «Adesso verso un calice di vino a entrambi. Voglio che lo provi. Poi ti dirò quello che penso.»

A Cami sembrò che Rafe ci mettesse una vita a lavarsi le mani, prendere una ciotola di cracker, aprire la bottiglia di vino e versarlo nei due bicchieri.

Le passò un calice e i cracker. Si sedette davanti a lei, facendo un piccolo gemito.

«Tutto bene?» gli domandò Cami.

Rafe annuì. «Queste vecchie ossa a volte mi fanno un po' male.»

«Da quando sono venuta a conoscenza delle denunce a Edward Kingsley da parte di quelle donne, non ho fatto che pensare a mia madre. Credi che anche lei sia stata una delle vittime? Che io sia il risultato di una cosa del genere? Il solo pensiero mi fa rivoltare lo stomaco.»

Rafe sollevò una mano per farla smettere. «Fermati un momento! Non saltare alle conclusioni. Anche se alcuni indizi suggeriscono che possa essere tuo padre, non credo che tua madre sia stata aggredita da lui. Penso che non ci abbia confessato chi fosse tuo padre solo per proteggerlo, come ha sempre detto. Ed era evidente che ti voleva molto bene, Cami.»

«Ma era giovane... forse non voleva far sapere a nessuno che lui si era approfittato di...» La voce di Cami si affievolì. Anche lei sapeva che quello non era il tipo di comportamento della donna che avevano conosciuto. «Non te l'avevo detto, ma ho mandato un messaggio a Edward Kingsley sul suo blog. Non mi ha mai risposto, e non penso lo farà ora. Gli ho solo chiesto della sua esperienza in Africa. Ho accennato al nome di mia madre. Se lui è mio padre, farà due più due. Altrimenti, ignorerà la cosa. In particolare adesso, con tutto quello che gli sta succedendo.»

Rafe sospirò. «So che sei alla disperata ricerca di risposte. Se è destino che tu le trovi, sarà così. In caso contrario, saprai sempre di più dei tuoi genitori di quanto sapesse Nana dei suoi.»

«È per questo che tutti la amavano così tanto. Li faceva sentire come fossero la sua famiglia.»

A Rafe luccicavano gli occhi. «Lettie Chandler era una persona molto speciale. Le assomigli moltissimo, Cami. E devi esserne felice.»

«So di avere tante cose di cui essere grata.»

Un sorriso illuminò il viso di Rafe e cancellò la tristezza che l'aveva riempito un attimo prima. «Ho capito che tu e Drew ormai fate "coppia fissa", come si diceva ai miei tempi. Sono contento per entrambi. A dirla tutta, ci speravo proprio, che i due giovani che preferisco si mettessero insieme. Drew è un uomo a posto.»

«Pensi che sia quello giusto per me?» Cami alzò un sopracciglio. Il nonno la prendeva sempre in giro, sostenendo che cacciasse via tutti quelli che le facevano la corte.

Rafe rise. «Sono convinto che vi tratterete reciprocamente con grande rispetto.»

Cami si allontanò un attimo e tornò con due fotografie incorniciate. Le appoggiò sul tavolo e si avvicinò alla sedia di

Rafe per guardarle con lui.

Prese la prima: sua madre sorridente, con lei in braccio.

«Era così bella» disse Cami tristemente. Passò il dito sui capelli castano ramati, gli occhi scuri e il mento con la fossetta che aveva preso da Rafe.

«Una splendida giovane donna» concordò lui. «E molto determinata a fare del bene in Africa. Non ha mai voluto avere un ruolo attivo nella gestione di Chandler Hill: in parte, credo, perché non aveva mai sopportato il tempo che Lettie vi dedicava, portandolo via a lei.» Le sorrise. «Ma io e tua nonna abbiamo sempre saputo che tu saresti stata all'altezza.»

«Ho ancora tanto da imparare. E, anche se adoro Drew, non intendo permettergli di battermi in nessun concorso enologico. Io e Adam Kurey abbiamo intenzione di lavorare insieme su delle nuove varietà.»

Rafe scoppiò a ridere. «Ecco la mia ragazza!»

Cami studiò la seconda fotografia, in cui Lettie sorrideva a Rafe, mentre erano in piedi nel boschetto di famiglia. Lo sguardo innamorato che si scambiavano faceva risplendere l'immagine in modo inconfondibile. Cami sperava che l'amore che la univa a Drew fosse duraturo come quello dei nonni. In quel momento, tutto tra loro era nuovo e dolce ed esaltante. Sorrise al pensiero di andare a cena da Nick's con Drew quella sera. Ma la parte migliore sarebbe venuta più tardi, a casa di Cami.

CAPITOLO VENTIDUE

Cami si diede un'ultima occhiata allo specchio. I capelli biondo fragola erano scompigliati, ma Drew aveva detto che gli piacevano così. Il volto, abbronzato dal sole, aveva finalmente un'espressione felice, che era scomparsa dopo la rottura con Bernard e la morte della sua amatissima nonna. *La vita non è fatta solo di progetti*, pensò. *È fatta anche delle opportunità di crescita che si presentano quando qualcosa va storto nei progetti*. E a volte, come in quel momento, la vita sembrava davvero bella.

Quando sentì qualcuno alla porta, Cami corse a incontrarlo.

Appena la vide, con la camicetta stampata a motivi floreali e i jeans bianchi, Drew fece un fischio ammirato. «Caspita! Sei fantastica!»

Una sensazione di calore le fece sollevare gli angoli della bocca. Aveva ordinato online quella blusa variopinta, e le stava benissimo. La scollatura era un po' più profonda del solito, e andava bene così. Drew la faceva sentire attraente.

Anche lui aveva fatto di tutto per essere in perfetto ordine. I capelli castani color caramello, ancora umidi di doccia, erano ben ravviati e mettevano in mostra i lineamenti classici e la mascella volitiva. Indossava quella che sembrava una nuova polo da golf, in una tonalità di verde scuro che faceva risaltare il colore ambrato degli occhi. I jeans blu freschi di bucato si adattavano al corpo scolpito: un corpo che le piaceva moltissimo.

Andarono in città. In quel periodo dell'anno, anche a metà

settimana, c'era molto movimento. Drew trovò parcheggio a un paio di isolati dal ristorante, e si avviarono da Nick's mano nella mano. Cami era certa che, dopo che l'avessero vista con Drew, la notizia si sarebbe diffusa in tutta la valle, ma non le importava. Era sicura che lui non avrebbe fatto mai nulla per ferirla.

La sorella minore di Rafe, Rose, era all'ingresso del ristorante. Li accolse con un bel sorriso. «Buona sera. Vi ho riservato un tavolo speciale nell'angolo in fondo al locale, dove avrete tutta la privacy che desiderate. Rafe mi ha detto che Drew aveva prenotato qui.»

Cami e Drew si scambiarono un'occhiata compiaciuta.

Rose si avvicinò e disse, a bassa voce: «Ha una passione per voi due.» Poi li accompagnò al tavolo.

Scorsero rapidamente il menu che diede loro e, ormai esperti del ristorante, ordinarono subito.

In attesa degli antipasti, cominciarono a sorseggiare il vino e a chiacchierare in modo rilassato e piacevole. La posizione scelta per loro da Rose era perfetta. Avevano un'ampia visuale sugli altri tavoli, ma erano relativamente nascosti agli altri avventori.

Appena Cami ebbe terminato la sua gallinella arrosto, Bernard e Vanessa entrarono nel ristorante. Cami si irrigidì. Non aveva nessuna voglia di parlare con loro. Sapeva che, alla mostra d'arte, Bernard aveva parlato a molti espositori per spiegare che l'anno seguente Rod Mitchell avrebbe organizzato nella sua proprietà un evento del genere, ma più vasto e più bello. Era incredibile vedere quanto fosse sfacciato e aggressivo nel cercare di portarle via gli affari. E Vanessa non era meglio di lui. Solo la settimana precedente, Cami aveva perso un'offerta per un matrimonio. Anche se era frustrante, non intendeva mettere a rischio i suoi guadagni, tagliando i prezzi in modo indiscriminato.

Quando Bernard li scorse, invece di prendere posto dove gli aveva indicato Rose, restò in piedi. Indicò nella loro direzione e disse, a voce alta: «Voglio un tavolo là, vicino a loro.»

«Mi spiace, ma...» cominciò a dire Rose e si fermò quando Bernard la superò e raggiunse il tavolo proprio vicino a Drew e Cami. Vanessa lo seguì e le fece un piccolo gesto di saluto.

Bernard si sedette e indicò a Vanessa di fare lo stesso.

Rose li raggiunse.

«Ci mettiamo qui» annunciò Bernard.

Rose porse loro i menu e rivolse a Cami uno sguardo di scuse.

Bernard sorrise. «Pensavo che fosse carino sedersi insieme. Mi dà l'opportunità di parlarvi di un progetto che ho in mente, per fare della promozione congiunta con voi due.»

Cami, che aveva appena preso un sorso d'acqua, quasi si strozzò.

Drew diede un'occhiataccia a Bernard. «Che cosa intendi per promozione congiunta? Perché dovremmo voler fare una cosa del genere?»

«A dire la verità, è stata una mia idea» lo corresse Vanessa. «Visto che le tre cantine sono così vicine, pensavo che potremmo pubblicizzarle come un complesso di riferimento per vini, matrimoni ed eventi speciali.»

«Non sono interessata» replicò Cami con fermezza. Chissà che razza di imbrogli avevano in mente Vanessa e Bernard. Non si fidava di nessuno dei due. Forse la cantina Lone Creek non andava poi così bene come tutti credevano.

«Nemmeno io. La reputazione dei vini Taunton Estates è eccezionale» disse Drew. «Francamente, non ci serve fare squadra con nessun altro.»

Lo sguardo che Bernard gli rivolse non fu piacevole. Poi si voltò verso Cami, con un sorriso che ormai detestava. «Di sicuro tu lo sai quanto sarebbe proficuo lavorare insieme.»

«Per te, forse» ribatté lei. «Ma, come dice Drew, Chandler Hill può contare sul proprio nome e la propria reputazione.»

«Sei arrabbiata perché vi stiamo sottraendo degli affari?» si intromise Vanessa, scuotendo la testa. «Sono sorpresa che non vediate i vantaggi nel coinvolgere qualcun altro nelle attività. È un errore non lavorare con noi. Ve ne pentirete.»

«Sì. Ve ne dispiacerete presto» sottolineò Bernard, con un tono minaccioso che fece venire i brividi a Cami. Non le era chiaro cosa succedesse alle cantine Lone Creek, ma avrebbe chiesto a Becca di indagare.

Appena Bernard e Vanessa ebbero ordinato, Drew disse a bassa voce: «Usciamo di qui. Cosa ne dici, andiamo da te?»

Visto che le era ormai passato l'appetito, Cami annuì.

Dopo aver preso le ordinazioni dei due, Rose si rivolse a loro: «Posso portarvi altro?»

«Il conto, per favore» disse Drew.

«Mi spiace che la vostra cenetta intima sia stata disturbata» aggiunse Rose, con gentilezza. «Rafe si è già occupato del vostro conto. Potete andare.»

«Che carino. Grazie, Rose.» Cami prese la borsetta.

Drew le spostò la sedia, e uscirono insieme dal ristorante.

Sul marciapiede, Drew si voltò verso di lei. «Promozione congiunta? Ma cosa gli è venuto in mente? Ci credono pazzi? Le cantine Lone Creek hanno una pessima reputazione.»

«Rod cerca di far crescere il volume di affari dell'azienda prima di venderla. Non penso stiano andando bene, anche se Vanessa mi ha rubato qualche matrimonio. Basta un evento andato male per rovinare tutti gli altri, e non vedo come possa mantenere ciò che promette, visti i prezzi che fa.»

«Ne parlerò a Rafe, ma so che sarà d'accordo con noi.» Drew la circondò con un braccio. «Spero che la serata non sia del tutto rovinata.»

Cami gli sorrise. «Deve ancora cominciare.»

Cami decise di analizzare le cifre e i risultati della campagna pubblicitaria di Chandler Hill. Vanessa aveva proposto di fare più promozione sui social media, e alcune iniziative avevano dato ottimi ritorni. Con il sito internet rinnovato e le buone relazioni sviluppate con i giornali locali e le riviste di viaggi, i numeri sembravano più che soddisfacenti.

Si appoggiò allo schienale della poltroncina e osservò un passero sguazzare nella fontana del giardino. Si domandò che cosa avrebbe pensato sua nonna dei molti cambiamenti che aveva apportato agli affari e alla stessa locanda. Le informazioni si diffondevano così rapidamente, ormai... Era per quello che sapeva di avere ragione a non fare promozione congiunta con le cantine Lone Creek. Un passo falso sui social media poteva richiedere uno sforzo immane per riacquistare credibilità. Il che costava denaro, e lei non lo poteva sprecare. Le attività aumentavano, e così le necessità di personale.

Quando squillò il telefono, lo prese e disse, con voce molto professionale: «Cami Chandler! Cosa posso fare per lei?»

«Penso che qualcosa lo possa fare» rispose una profonda voce maschile. «Mi chiamo Paul Gardener. Sono l'assistente personale del Deputato Kingsley. Di recente, lei gli ha mandato un messaggio relativo al periodo che ha trascorso in Africa. Potrei chiederle come mai?»

Il cuore di Cami cominciò a battere all'impazzata. Strinse il telefono così forte che le nocche divennero livide. «Mia madre ha lavorato molto in quelle zone, e credo che l'abbia incontrato. Sto cercando di ricostruire un po' della storia di famiglia che la riguarda e pensavo che lui potesse essermi d'aiuto.»

Dopo una lunga pausa, l'uomo disse: «È a conoscenza delle notizie pubbliche che lo riguardano? Le denunce e le donne che si sono fatte avanti con false accuse?»

Cami fece di tutto perché la sua voce fosse ferma. «Sì, ne sono a conoscenza, signore. Ma non hanno niente a che fare con me. Sono cose che non mi interessano.»

«Capisco. Riferirò al deputato, e mi farò vivo con lei a breve, per farle sapere qualcosa. Grazie.» Interruppe la comunicazione prima che Cami potesse domandargli alcunché.

La speranza divampò come un fuoco dentro di lei. Forse avrebbe ottenuto qualche risposta, dopo tutto. Decise di non parlare a nessuno della telefonata, in particolar modo a Rafe e a Drew. Loro non volevano che lei soffrisse.

Cami custodì il segreto di quella conversazione e continuò a seguire i suoi affari per parecchi giorni. Il matrimonio di una delle damigelle di Justine era imminente, e voleva che fosse tutto perfetto. Samantha Eldridge non apparteneva a una famiglia benestante e l'aveva contattata con qualche esitazione, per organizzare le nozze a Chandler Hill. Le aveva spiegato di avere un budget contenuto, e aveva chiesto se fosse possibile rimanere entro quei limiti. Cami aveva preso a cuore la situazione.

Programmarono un matrimonio a metà settimana per dodici persone. I genitori di Samantha erano divorziati da molto tempo. Lo zio di lei da parte di madre avrebbe fatto le veci del padre. Il resto degli invitati consisteva in Justine e George, un'altra testimone della sposa che era stata al matrimonio di Justine e il suo ragazzo, i genitori del fidanzato di Sam, Curt Thompson, e i suoi due fratelli più piccoli.

Quando la reception avvisò che erano arrivati la madre di Samantha e lo zio, Cami uscì di corsa dall'ufficio per andare ad accoglierli. Fin da lontano si accorse, dalle loro espressioni, che erano stati colpiti dall'ambiente e si ripromise di rendere quell'esperienza memorabile per tutti loro.

«Buongiorno, benvenuti alla locanda Chandler Hill» disse Cami, allegra.

«Che bel posto» commentò Irene, la madre di Samantha, una donna minuta e attraente, dai corti capelli castani. «Sono così felice che mia figlia possa avere il matrimonio intimo e raccolto che ha sempre desiderato.»

«Una ragazza determinata. Da sempre» aggiunse lo zio. Allungò il braccio. «Patrick O'Hare. Piacere di conoscerla.»

I suoi occhi azzurri si trattennero su Cami mentre le stringeva la mano. I capelli scuri erano ben ravviati e mostravano un viso interessante, anche se non bello.

«Se ho capito bene, lei farà le veci del padre della sposa.»

Patrick stirò le labbra, con disappunto. «Sì, quel figlio di buona donna non ha neanche la decenza di assistere alle nozze di sua figlia.»

«Meglio così» intervenne Irene, appoggiandogli una mano sul braccio. «Avrebbe rovinato la festa a tutti.»

«Ha un problema con l'alcol e parla troppo» spiegò Patrick.

Laurel li raggiunse. Cami la presentò alla madre e allo zio di Samantha e aggiunse: «Con lei sarete in ottime mani. Il suo compito è assicurarsi che ogni vostro desiderio sia esaudito.»

«Una fata madrina» disse Patrick, strizzando l'occhio a Laurel e facendola ridere.

Soddisfatta che le cose partissero con il piede giusto, Cami disse: «Ci vediamo più tardi. Passate un buon pomeriggio.»

Li lasciò per andare in ufficio. Pensò alla sua situazione, e si domandò chi l'avrebbe accompagnata all'altare, quando fosse venuto il momento. Sarebbe stato Edward Kingsley? Anche se fosse saltato fuori che era suo padre, avrebbe accettato di fare una cosa del genere? E Cami, avrebbe desiderato che lo facesse? Con tutte le recenti storie, gli scandali e i notiziari, lui al momento non le piaceva affatto.

Spostò i pensieri su Rafe. Sarebbe rimasto senza dubbio onorato di accompagnarla, se lei gliel'avesse chiesto. Per lei c'era sempre stato, con i suoi consigli, l'aiuto e l'affetto tenero e intenso che provava, da quando aveva scoperto di essere suo nonno.

Più tardi quel pomeriggio, arrivarono George e Justine, con l'amica Kerry Moser e il suo ragazzo, Rob Tuley.

Cami corse ad accoglierli. Più bella che mai, Justine la salutò con un gesto della mano.

«Justine! Sono così contenta di rivederla! Come sta?»

Justine le fece un sorriso radioso e le gettò le braccia al collo. «Alla grande! A me e a George piace molto la vita matrimoniale.»

«Nell'attesa di frequentare il master» aggiunse George, sorridendo.

Justine presentò nuovamente Kerry e Rob. Mentre si salutavano, arrivò Samantha con Curt.

Cami fece un paio di passi indietro, mentre il gruppo di amici si scambiava affettuosi abbracci.

Samantha, una giovane donna minuta e attraente come la madre, mostrava un carisma che la faceva sembrare più grande di quanto fosse. Forse, pensò Cami, era quel sorriso che le illuminava sempre i lineamenti o il senso dell'umorismo che attirava l'attenzione su di lei.

Gli occhi azzurri di Sam luccicavano, mentre era al fianco del fidanzato. «Grazie a tutti per essere qui. Sono felice di poter condividere domani un momento così speciale. Io e Curt ve ne siamo riconoscenti.»

«Non me lo perderei per nulla al mondo» disse Justine. «E in particolare, qui a Chandler Hill.» Si rivolse a Cami con un sorriso. «Il mio matrimonio è stato perfetto.»

«Questo sarà molto diverso dal tuo» spiegò Samantha. «Ma sono emozionata all'idea.»

Kerry le diede un rapido abbraccio. «Grazie di avermi invitato.»

Curt, tarchiato e con le spalle larghe, guardava Samantha in adorazione. Cami sapeva, dal precedente incontro, che era un giovane alla mano che voleva accontentare in tutto la sua futura sposa. Con i suoi capelli castano chiaro e gli occhi neri rotondi come bottoni, le sembrava un orsacchiotto di peluche.

Curt si rivolse a Cami. «Devo avvertirla che la mia famiglia è un po' in ritardo. Il loro volo da Denver partirà dopo l'orario previsto.»

«Non è un problema. Saremo pronti ad accoglierli in qualsiasi momento.»

Laurel e Becca arrivarono a salutare il gruppo. Dopo qualche minuto, Cami andò nelle cucine per parlare a Darren della cena speciale che sarebbe stata servita al ricevimento di nozze del giorno seguente.

Quando si era cominciato a discuterne, gli sposi avevano timidamente suggerito a Cami e Darren un menu a base di pollo fritto, insalata e dolce. «Penso che sia tutto quello che possiamo permetterci» aveva detto Samantha. «Siamo noi due a pagare tutte le spese.»

«Ci ragioniamo un po' e vi facciamo sapere. Rimarremo nel budget che avete fissato, ve lo prometto» li aveva rassicurati Cami. Quello che non aveva detto era che sarebbe stato l'hotel a farsi carico di eventuali costi aggiuntivi, al fine di poter offrire un pasto delizioso per l'occasione.

Sulle prime, Darren era rimasto un po' contrariato per la semplicità del menu, ma poi era entrato nello spirito giusto e aveva fatto lui stesso delle proposte. Alla fine, l'elenco rivisitato delle portate, stampato su eleganti cartoncini, era diventato:

Cuore di lattuga alla vignaiola

Petto di pollo con glassa al Cherry Pinot

Patate duchessa

Verdure assortite della valle

Samantha aveva scelto la torta al cioccolato come dessert, ma la creatività di Darren aveva aggiunto l'opzione di una salsa all'arancia sanguinella.

«Come va?» domandò Cami.

«Bene. È tutto pronto per il matrimonio di domani, in aggiunta al pasto normale per i nostri altri ospiti. Laurel si occuperà degli addobbi alla sala privata quando avremo terminato con la cena di stasera.»

«Mi sembra che sia tutto sotto controllo. Come sta il vostro cucciolo?»

Darren sorrise e sollevò una mano. Era coperta da tanti puntini rossi. «Oscar? Direi che è un'esperienza particolare. È come avere davvero un figlio. Sta sveglio di notte, corre dappertutto come un matto e cerca sempre di morsicarmi la mano con i suoi dentini affilati.»

Cami ridacchiò. «Smetterà di farlo, se gli prendi dei giocattoli da mordere.»

«Grazie per la scatola di giochini che ci hai dato. Ne abbiamo già ordinati degli altri.»

«Un altro cucciolo viziato? Lo adoro! Ha più giocattoli Sophie di quante scarpe abbia io. Il che è tutto dire!»

Insieme, si fecero una risata.

I genitori di Curt arrivarono appena prima dell'ora dell'aperitivo per gli ospiti. Ansiosa di incontrarli, Cami andò ad accoglierli.

«Benvenuti alla locanda Chandler Hill» disse, con

consumata disinvoltura.

La madre di Curt sorrise. «Grazie. Io sono Robin. Le presento Tommy, mio marito, e i nostri ragazzi, Casey e Christopher.»

Allo sguardo eloquente della madre, i due adolescenti fecero un cenno con la testa e dissero: «Buonasera.»

Tommy porse la mano. «Piacere.»

Cami gliela strinse, e le piacquero il suo sorriso amichevole e lo sguardo caldo degli occhi castani. Sapeva da Curt che possedevano una fattoria. Tommy era come te l'aspettavi, con il fisico robusto e il viso abbronzato e segnato dal tempo. Robin era una donna alta e impettita, che guardava la sala con un composto interesse.

«Siete giusto in tempo per l'aperitivo. Credo che Curt e Samantha siano già lì. Vi invito a servirvi liberamente degli spuntini. Da bere troverete vino, birra, bibite e acqua aromatizzata.

«Sembra meraviglioso» rispose Robin. «È stata una lunga giornata.»

Quando arrivarono degli altri clienti, Cami salutò la famiglia di Curt e andò a occuparsi di loro.

Il mattino successivo, Cami era con Laurel nella piccola sala da pranzo, per controllare gli addobbi da lei predisposti con l'aiuto di due persone della squadra del Granaio.

«Favoloso!» esclamò Cami, osservando il soffitto coperto di lucine e fiori di seta bianca, che componevano un motivo magico e raffinato al tempo stesso. In fondo alla sala, in una nicchia, era stato messo un tavolino con una tovaglia inamidata di lino bianco. Sopra c'erano due grosse e alte candele che lasciavano posto, al centro, per il bouquet di fiori che era stato ordinato. Il Reverendo James Bliss avrebbe celebrato la cerimonia.

«Mi piace molto che abbiate diviso la sala in due, una zona per il rito e l'altra per la cena» disse Cami. Tre graticci bianchi erano stati utilizzati per creare lo spazio per la cerimonia, con alcune file di sedie e quello per il ricevimento, con due tavoli da sei.

«Per fortuna il matrimonio è al chiuso» osservò Laurel, guardando fuori dalle finestre che davano su un piccolo giardino. «Non credo che la pioggia intenda darci tregua.»

«Le previsioni del tempo l'hanno quasi escluso» confermò Cami. «Ma non penso che a Samantha e Curt interessi più di tanto. Sono molto innamorati, e un po' di pioggia non gli impedirà certo di godersi il loro giorno speciale.»

Laurel sorrise. «Sono la coppia più carina che abbia mai visto. Quando hanno saputo che non potevano permettersi un fotografo, alcuni miei amici hanno deciso di fare loro una sorpresa. Abbiamo assunto Hank Coleman per fare le foto.»

«Ma che bella cosa!» disse Cami, ad alta voce. «Ne saranno felici.»

La giornata si sviluppò come in una favola, in un susseguirsi di momenti di tenerezza. Mentre gli uomini erano in palestra a fare esercizio, le donne si erano riunite nel salotto e invitarono Cami a unirsi a loro.

Con un sorriso timido Robin, la madre di Curt, annunciò che aveva un regalo speciale per Samantha. Prese dalla borsetta una scatolina e gliela diede. «Spero che ti piaccia.»

Il sorriso di Sam si allargò. «Sono certa che lo adorerò. Devo aprirlo adesso?»

«Certo. Volevo che l'avessi per il matrimonio. A una donna non capita tutti i giorni di ricevere in dono una figlia.»

Il sorriso di Samantha sfumò, mentre gli occhi le si riempivano di lacrime. Con mani tremanti scartò il pacchetto, aprì la scatolina e ne estrasse un medaglione d'oro.

«Era di mia nonna, e adesso è tuo. Rappresenta sia qualcosa di vecchio che qualcosa di nuovo, per la tua cerimonia.»

Le lacrime che aveva trattenuto scivolarono sulle guance di Sam, mentre andava ad abbracciare Robin.

«Sai quanto ho sperato di avere una figlia? Ma ho capito che sarebbero nati solo dei maschietti. E allevare tre ragazzi era più che sufficiente.»

«Tre splendidi ragazzi» rispose Samantha. «In particolare Curt.»

Mentre lei si sedeva, Justine prese la parola. «Io ho per te qualcosa di prestato e qualcosa di azzurro.» Le mostrò la giarrettiera di pizzo celeste che aveva indossato al proprio matrimonio. «È per te, per le nozze e per... dopo» aggiunse Justine, arrossendo.

«Anch'io ho qualcosa di nuovo» disse Kerry. Diede a Sam un pacchettino. «Li ho visti ieri al Granaio e ho pensato che sarebbero stati perfetti per te.»

Samantha lo scartò e mostrò a tutti un paio di orecchini col pendente di perla. «Oh, sono splendidi! Grazie a tutte per avere reso questo giorno così speciale.»

Cami sedeva in mezzo a loro, consapevole di avere organizzato matrimoni più ricercati e costosi. Ma quello era diventato il suo preferito, tanto era l'amore e l'attenzione che racchiudeva.

CAPITOLO VENTITRÈ

Cami controllò con Laurel i dettagli dell'ultimo minuto, parlò con Darren e si assicurò che James Bliss fosse pronto a celebrare la cerimonia. Era particolarmente attenta all'organizzazione di quel matrimonio nella sala da pranzo privata, perché le era venuta una nuova idea di marketing. Quello spazio intimo era perfetto per le seconde nozze delle coppie che desideravano una soluzione raccolta ed elegante in un contesto lussuoso. Laurel aveva anche chiesto a Samantha di potere usare le foto del loro matrimonio nel materiale promozionale, e lei aveva prontamente acconsentito.

Cami era in disparte sul fondo della sala, e ascoltava l'arpista che avevano ingaggiato per il matrimonio, mentre era in attesa come gli altri dell'arrivo di Samantha.

Curt e suo padre erano in piedi presso l'altare allestito per l'occasione, vicino al Reverendo Bliss.

La musica passò all'improvviso a "Here comes the sun" dei Beatles. Tutti si alzarono in piedi e si girarono. Un lieve sussulto di gioia riempì l'aria quando entrarono Samantha e lo zio Patrick. La sposa aveva una coroncina di margherite bianche appoggiata sui capelli castano ramato e teneva in mano un bouquet di gerbere colorate. I fiori risaltavano sull'abito di seta bianco senza maniche, lungo fino alle caviglie, e sembravano essere stati appena raccolti in giardino. Cami trattenne il fiato e gli occhi le si riempirono di lacrime quando Curt e Samantha si scambiarono sguardi pieni d'amore. Pensò subito a Drew. Le dava le stesse sensazioni che la sposa sembrava provare in quel momento.

Come tutto l'evento, la cerimonia fu breve e tenera, corredata da dichiarazioni d'amore e promesse da mantenere.

Dopo il rito, venne aggiunto in tutta fretta un coperto per il reverendo, che aveva deciso all'ultimo momento che poteva fermarsi per il rinfresco.

Mentre venivano serviti l'antipasto e la portata principale, il cuore di Cami si gonfiò di gratitudine per la magnifica presentazione dei piatti, che Darren aveva guarnito in modo davvero elegante.

Cami lasciò gli ospiti alla loro cena e andò in ufficio a controllare alcune cose. Stava rivedendo una serie di appunti quando suonò il telefono. Notato il prefisso della California, si agitò. Sollevò il ricevitore.

«Camilla Chandler. Come posso aiutarla?»

«Salve, Camilla. Sono Paul Gardener, l'assistente personale del deputato Kingsley. Ha in programma di passare da Portland e vorrebbe fare una deviazione fino a Chandler Hill per incontrarla. Sarebbe disponibile?»

«Certo. Lo vedrò con grande piacere. Se vuole pernottare alla locanda, sarà il benvenuto. Mi occuperò della cosa in prima persona, e in qualsiasi momento.»

«Ci auguriamo che la trasferta possa avere luogo fra due settimane, ma dobbiamo sistemare ancora alcune cose con il comitato di Portland. Proceda pure con la prenotazione, ma sappia che potremmo doverla cancellare senza preavviso.»

«La ringrazio davvero. Riserverò una stanza per lui. E la prego di dirgli che apprezzo molto questa opportunità di parlargli.»

Cami riagganciò e si alzò in piedi. Si tolse le scarpe scalciandole via e fece un balletto sulla moquette. La possibilità di confrontarsi con l'uomo che poteva essere suo padre era un sogno che diventava realtà!

«Che succede?» chiese Becca entrando nella stanza.

Cami si fermò di colpo. «Solo alcune buone notizie, spero. E tu che mi dici?»

«Sto per andarmene. Hai bisogno di me per qualcosa?»

«No, vai pure. Anch'io tra poco me ne torno a casa. Laurel ha tutto sotto controllo, e io sono esausta.»

«È stato uno splendido matrimonio» disse Becca. «Semplice, ma straordinario. Ogni volta che assisto a un evento di nozze qui, cambio idea su come vorrei che fossero le mie.»

Cami sorrise. «Sono sicura che, quando sarà il momento di organizzare davvero tutto quanto, avrai le cose ben chiare in testa. Probabilmente prenderai spunto da ogni matrimonio.»

«Esatto, dovrò decidere come mettere assieme i vari pezzi. Come va tra te e Drew? Dan dice che Drew sembra proprio felice.»

«È il ragazzo migliore che abbia mai incontrato» rispose Cami, e si rese conto che, mentre lo diceva, l'emozione le toglieva quasi il fiato.

Becca sorrise. «Sembra proprio che sia così. Ci vediamo.»

Quando l'amica se ne fu andata, Cami prese il telefono per chiamare Drew e dargli la buona notizia, ma cambiò subito idea. Come in precedenza, decise di tenere per sé anche gli ultimi aggiornamenti. Era meglio così. Se l'incontro fosse andato male, Drew e Rafe si sarebbero infuriati con il deputato per averla delusa e lei si sarebbe dispiaciuta moltissimo. Preferiva che si arrabbiassero con lei per averli tenuti all'oscuro, e comunque avevano altro a cui pensare, con l'imminente apertura del nuovo appezzamento alle tenute Taunton Estates, per l'etichetta Lettie's Creek Wines.

Arrivata a casa, Cami traboccava ancora di eccitazione.

Prese Sophie e l'abbracciò stretta. «Indovina, Soph? Potrei incontrare mio padre. Lo so che non hai mai l'occasione di passare del tempo col tuo, ma almeno sai chi è.»

Sophie le leccò la guancia e poi, sentendo il rumore del pick-up che imboccava il vialetto, si dimenò perché la mettesse giù.

Cami sorrise nel vedere Drew che scendeva dal camioncino ed entrava. La giornata diventava sempre migliore.

Una mattina di metà luglio, Cami passeggiava tra i terreni intorno a casa, e osservava con soddisfazione lo sviluppo dei grappoli. Come previsto, sembrava proprio che sarebbe stata un'ottima annata. Se il contenuto zuccherino delle uve avesse indicato che erano pronte per essere raccolte, la vendemmia avrebbe perfino potuto essere anticipata.

Rafe uscì dal capanno e si guardò attorno.

Sophie lo vide, abbaiò e gli corse incontro.

Lui la salutò strofinandole le orecchie, fece un cenno di saluto a Cami e andò verso di lei. «Penso che l'anno sarà buono. Sia le viti di Chandler Hill sia quelle di Taunton Estates sono rigogliose.»

Lei sorrise e gli diede un bacio veloce. «Dobbiamo solo far sì che tutto vada avanti come si deve per un paio di mesi.»

«Già. Speriamo che il clima regga. In California ci sono state delle brutte tempeste.»

«È sempre una preoccupazione, quando comincia a guastarsi. Hai tempo per un caffè?»

Rafe sorrise. «Il tempo per te ce l'ho sempre, tesoro.»

Camminarono verso la casa di Cami in tranquillo silenzio. Al nonno piaceva quanto a lei spaziare con lo sguardo sui terreni. Senza dubbio, il suo pensiero rimuginava sul passato, mentre lei non poteva fare a meno di pensare a ciò che le riservava il futuro.

Preparò il caffè e appoggiò sul tavolo una ciotola di lamponi appena raccolti da condividere.

«Sei contento della crociera fluviale che ti aspetta?» domandò Cami.

«A dire il vero, sì. Continuano a mandarmi proposte di gite aggiuntive, e credo sarà una vacanza breve ma davvero piacevole. Pensavo di approfittare di alcune escursioni e poi fare la crociera: quindi partirei in agosto, un po' prima di quanto preventivato. Drew può occuparsi di tutto da solo. Se andrà tutto bene, ho in piano di trasferirgli ulteriori responsabilità.»

«Penso che Nana sarebbe felice di sapere che non vedi l'ora di fare questo viaggio È ciò che sperava.»

Rafe scosse la testa. «È incredibile che avesse preso un terapista per superare la paura del volo e poter fare questa vacanza con me. Ci aveva già provato in precedenza, lo sai bene. Mi ha raccontato che guardarmi decollare per venirti a prendere in Africa è stata una delle cose più difficili che abbia mai fatto.»

«Ci sei sempre stato per me, Rafe. Mi ricordo quanto ero spaventata e confusa, dopo la morte di mia madre. E, quando ti ho visto, ho saputo di essere al sicuro.»

«Sì, abbiamo sempre avuto un legame speciale, fin da quando eri piccola» aggiunse il nonno, sbattendo le palpebre.

Il telefono di Cami squillò. Lo prese e vide che il chiamante era un numero della California che non conosceva. Pensando che avesse a che fare con il deputato Kingsley, rispose. «Pronto?»

«Pronto, è la signorina Chandler? Sono Howard Dickinson. Ci siamo incontrati al matrimonio di mio figlio.»

«Sì. Lei è il padre di George. Mi ricordo molto bene. Come posso aiutarla?»

«Forse ricorderà che sono il consulente di Rod Mitchell per la vendita della sua azienda vinicola. Oggi mi ha chiamato un certo Jonathan Knight. Dice di aver lavorato a Chandler Hill per parecchi mesi. È corretto?»

«S-s-sì» rispose Cami, cauta. Aveva già una sensazione di vuoto allo stomaco.

«Ha riunito un gruppo di persone che potrebbero essere interessate a comprare le cantine Lone Creek. Ho pensato che fosse meglio raccogliere delle referenze.»

«Capisco.» Cami non intendeva dare alcuna informazione di sua iniziativa, senza sapere di più sull'affare. «I suoi soci sono viticultori?»

«Il signor Knight sostiene che molti di loro sono interessati a entrare in quel tipo di business.»

«E per quanto riguarda Jonathan?»

«La sua idea è quella di costruire una locanda all'interno della proprietà. Ha gestito l'hotel di Chandler Hill e, dopo aver dato le dimissioni, gli interessa mettersi in proprio.»

Cami non riuscì a trattenersi. «Non si è dimesso da Chandler Hill. L'ho licenziato. Jamison Winkler è l'avvocata che ha seguito il caso per me. Le suggerisco di chiamarla. Preferirei non essere coinvolta in questa faccenda ulteriormente.»

«La ringrazio per la franchezza, signorina Chandler. A quanto pare, i requisiti posti per i potenziali acquirenti stanno rendendo difficile trovarne uno affidabile. Devo però aggiungere che Bernard Arnaud fa parte della cordata e ha la reputazione di essere un vinificatore di grande competenza.»

«Vorrei poterla aiutare, ma non posso. Come le ho suggerito prima, provi a parlare con Jamison Winkler a Los Angeles. Può fornirle molte più informazioni di quante possa dargliene io. Buona fortuna. A proposito: Justine e George sono stati qui di recente per le nozze di un'amica. Li ho trovati in gran forma e davvero felici insieme.»

«Sì» rispose Howard. «Sono una bella coppia. Grazie per la conversazione. Arrivederci.»

«Che succede?» domandò Rafe, con uno sguardo preoccupato.

«Non indovinerai mai chi sta cercando di comprare la proprietà di Rod Mitchell. Jonathan Knight, Bernard Arnaud e altri amici di Jonathan.»

Rafe spalancò gli occhi per lo stupore. « *¡Ay Dio mio!* Che disastro!»

«Sì, lo so. È già abbastanza negativo che sia Rod il proprietario. Ma gli altri due sono dieci volte peggio.» Un senso di oppressione serrò lo stomaco di Cami. «Ho suggerito a Howard Dickinson di chiamare Jamison Winkler. Non voglio essere coinvolta in altre conversazione con lui: è il consulente di Rod per la vendita della proprietà.»

«Rimanere alla larga è una saggia idea» commentò Rafe. «Rod può essere molto fastidioso. E Jonathan e Bernard hanno già dimostrato di non essere da meno. Sono preoccupato per te.»

«Non devi» rispose Cami, decisa a evitare qualsiasi contatto con chiunque alle cantine Lone Creek. Era quasi comico pensare che fosse quello il motivo per cui Bernard e Vanessa avevano chiesto di fare una promozione congiunta. Volevano che la gente pensasse che Chandler Hill e Taunton Estates erano ben disposti verso di loro.

Rafe chiamò Drew e gli chiese di venire a casa di Cami per discutere della situazione.

Più tardi, Cami chiamò Adam Kurey. Come suo vinificatore, era un componente di valore della squadra. Suo nonno Ben aveva cominciato a lavorare per Chandler Hill fin dai primi anni in cui Nana era stata la proprietaria, ed era rimasto con lei fino alla sua morte. Erano stati lui e suo figlio

Scott a insegnare tutto ad Adam.

Quando seppe che Jonathan e Bernard si erano messi insieme per gestire una cantina, Adam scoppiò a ridere. «Jonathan pensa di sapere come si fa il vino, ma non sa un bel niente. E Bernard può anche essere stato coinvolto in un'attività di vinificazione in Francia, ma le nostre uve sono diverse, e richiedono molte attenzioni, come sai bene.»

Cami aspettò qualche momento prima di parlare. «Ti hanno chiesto di lavorare per loro?»

«A onor del vero, sì. Non ci volevo credere e ho riso loro in faccia. La mia famiglia è alleata con la tua da almeno cinquant'anni. E, per quanto mi riguarda, la cosa non cambierà.»

Cami lasciò andare il fiato che aveva trattenuto. «Grazie. Lo apprezzo molto. Ti considero parte della famiglia.»

«Io, mia moglie e i miei figli siamo grati per quello che tu e Lettie avete fatto per noi, come pagare i conti dell'ospedale quando non eravamo in grado di farlo. Io non vado da nessuna parte. E poi, noi due ci divertiremo a creare qualche nuovo vino.»

Cami sentì che un sorriso le si allargava sul volto. «Certo che sì. Non posso permettere che i vini Taunton Estates siano davanti a noi.»

«Sacrosanto!» esclamò Adam, ridacchiando. «Se scopro qualcos'altro su uno di quei due, te lo faccio sapere.»

«Grazie» rispose Cami, così sollevata che le veniva da urlare per la gioia. La concorrenza era normale nella valle, ma i comportamenti senza scrupoli di Rod, Bernard, Jonathan e Vanessa erano del tutto inaccettabili.

Due giorni più tardi, Jamison Winkler chiamò Cami. Dopo essersi scambiate qualche simpatico convenevole, Jamison disse: «Ho appena finito di parlare con Howard Dickinson. Sono contenta che tu mi abbia avvertita dell'affare di cui si sta occupando, perché mi ha tempestato di domande.»

Cami si irrigidì. «E?»

«E credo di averlo convinto che non si tratta di persone rispettabili. Gli ho detto che, se fossi in lui, eviterei di avere a che fare con loro dal punto di vista professionale. Mi è sembrato che fosse contento di ricevere le mie osservazioni in modo così franco.»

«Grazie di averlo fatto. Lo apprezzo molto» rispose Cami. «Quando pensate di venirmi a trovare, tu e Wynton?»

«Ci vorrà un po'» disse Jamison. «Le ragazze devono scegliere tra varie università, e le stiamo accompagnando a vederle. Ma, appena possibile, torneremo a Chandler Hill. Ah, cavoli. È meglio che vada. Ho una chiamata sull'altra linea. Grazie ancora per avere incluso Wynton nella tua esposizione. L'anno prossimo, pensa di partecipare ancora.»

«Favoloso» rispose Cami, e si augurò che Bernard non continuasse a ostacolare i suoi sforzi per rendere la mostra più grande e più bella l'estate seguente.

CAPITOLO VENTIQUATTRO

Agosto iniziò con un temporale estivo. All'esterno, pioggia e vento spazzavano la zona circostante. Nel suo ufficio, Cami aspettava nervosa l'incontro con Edward Kingsley, che sarebbe arrivato in incognito con il nome di Ned King. Si erano messi d'accordo per vedersi alla locanda quella sera e, anche se mancavano ancora otto ore, Cami non riusciva a impedire ai suoi nervi di vibrare come le corde di un vecchio banjo. Si era resa conto che la sua presenza le avrebbe probabilmente paralizzato la lingua, per cui si era preparata un elenco di domande da fargli.

Irrequieta, si alzò dalla scrivania e si diresse verso le cucine per prendersi un'altra tazza di tè per calmarsi. La reception era piena di ospiti in attesa di limousine o pulmini, che li avrebbero portati a visitare le varie cantine. Il tempo poco clemente non impediva ai visitatori di concedersi qualche sorso di buon vino. In giornate come quella, in cui non c'era niente di meglio da fare, più di un cliente finiva per rientrare barcollante all'hotel nel tardo pomeriggio e andare direttamente a dormire, con la testa che gli girava.

Cami si infilò in cucina, dove c'era Liz a guidare la squadra ai fornelli.

«Come sta la novella mammina?» le domandò, con un sorriso.

«Io e Oscar andiamo bene.» Liz era raggiante. «Ma i bassotti sono testardi. Sei d'accordo?»

«Oh, sì» rispose Cami, ricordando tutti gli scontri avuti con Sophie per la sua cocciutaggine. «Posso prendermi una tazza di tè?»

«Certo» disse Liz e tornò a stendere la pasta per una torta.

Cami si portò il tè in ufficio e accese la televisione per ascoltare le previsioni del tempo del mattino, nella speranza che i temporali notturni spianassero la strada a qualche bella giornata di sole.

Rivolse un sospiro alle carte che erano appoggiate sulla scrivania, si sedette e prese un sorso dell'infuso.

«Altre notizie sul deputato Kingsley, dopo la pubblicità» disse la voce del conduttore.

Cami gemette. «Ancora!» Si domandò come si sentisse Lulu ad ascoltare i racconti di tutte le infedeltà del padre. Proprio lei, che l'aveva così fieramente difeso.

Pochi secondi più tardi, sullo schermo TV comparve la foto di Edward Kingsley. «All'età di cinquantadue anni, il deputato Kingsley è morto questa mattina presto per un attacco di cuore, a Portland nell'Oregon. I medici del Provident St. Vincent's Medical Center hanno cercato in tutti i modi di rianimare il deputato, ma senza successo. È stata predisposta un'autopsia. Al momento, si sa solo che era arrivato a Portland per partecipare a una riunione con i suoi consulenti e definire la strategia di difesa dalle accuse che gli erano state rivolte. Come alcuni di voi sapranno, il deputato Kingsley nutriva la speranza di presentarsi come presidente ma, alla luce dei recenti addebiti, stava lottando per mantenere il suo incarico.»

Brividi di freddo attraversarono il corpo di Cami e cominciò a battere i denti, insensibile a qualsiasi pensiero tranne uno. *Questo significa che non saprò mai la verità.*

Sullo schermo spuntò la foto di una grandiosa residenza e altre di Lulu e di una bella signora bionda, che era la moglie di Edward. «Non siamo riusciti a parlare con nessun componente della famiglia. L'assistente del deputato, Paul

Gardener, rilascerà una dichiarazione in tarda mattinata.»

Il canale mandò in onda un'altra serie di spot pubblicitari.

Bussarono alla porta e Cami distolse lo sguardo dalla TV.

La porta si aprì, e Becca vi infilò la testa. «Hai sentito il notiziario? Il padre di Lulu è morto! Un attacco di cuore.» Guardò la televisione e poi si girò verso Cami. «Mi spiace davvero. So che speravi di incontrarlo, un giorno.»

Cami scoppiò in lacrime. Le sue speranze di parlargli erano svanite. Non avrebbe mai saputo se fosse suo padre o perché avesse acconsentito a incontrarla. Alla profonda percezione di perdita che la invase, ebbe la sensazione di essere stata tagliata in due.

Come si fa con una puntura di zanzara che non riesci a lasciare stare, Cami sedette in ufficio a guardare compulsivamente i notiziari, incapace di arginare la profonda delusione che cresceva in lei. Quando comparve Paul Gardener, sembrava sinceramente addolorato.

«La moglie del deputato Kingsley, Rosalie Stockton Kingsley, esprime riconoscenza per l'appoggio che sta arrivando a lei e alla figlia Louise. È suo desiderio che, al posto dei fiori, vengano fatte donazioni alla Croce Rossa Americana. Come ricorderete, l'unico figlio maschio di Edward e Rosalie è annegato all'età di dieci anni. Alcuni dicono che sia stata la tragica scomparsa del ragazzo a spingere Rosalie ad abbandonare i contatti sociali.»

La televisione mostrò una foto di Edward e Rosalie insieme, e poi un video di Lulu con il padre. A Cami vennero le lacrime agli occhi quando si rese conto di quanto doveva essere devastata la figlia, prima dalle voci su Edward e poi dalla sua improvvisa morte.

Prese la penna e scrisse di getto un messaggio per Lulu,

solo per dirle che era molto dispiaciuta e che, se aveva bisogno di una pausa, era la benvenuta a Chandler Hill.

Prima di cambiare idea, aggiunse l'indirizzo sulla busta, la chiuse e mise il francobollo.

Mentre si tamponava gli occhi e le sembrava che il dolore le avesse trasformato le gambe in gelatina, disse a Sophie che era ora di andare a casa.

La cagnolina, che la accompagnava in ufficio quasi ogni giorno, andò verso la porta e aspettò che la raggiungesse.

Cupa in volto, Cami prese la borsetta e uscì. La giornata che le era sembrata così promettente si era dimostrata un totale disastro.

Quando entrò nel vialetto, il pick-up argento di Drew era già lì. Sentì la gola strozzata dall'emozione. Aveva bisogno di lui: della sua forza, del suo amore.

Sophie abbaiò, dimenandosi perché voleva scendere dal SUV. Cami aprì la portiera e la cucciola le saltò in grembo per farsi depositare a terra. Appena le zampette toccarono il suolo, Sophie si mise a correre.

Drew la prese e la sollevò tra le braccia. Lei scodinzolò con energia e gli leccò le guance, poi si agitò perché la lasciasse andare.

Ridendo, Drew disse alla cagnolina: «A posto così?»

«Non hai sentito i notiziari?» gli chiese Cami.

L'espressione di Drew divenne seria. «Di cosa parli?»

Incominciò a raccontargli di Edward Kingsley, ma subito si interruppe, incapace di andare avanti. Gli occhi le si appannarono per le lacrime.

«Continua» la incoraggiò lui. «Era a Portland con i suoi sostenitori, e che cos'è successo?»

«È morto! È morto d'infarto! Hanno cercato di rianimarlo

ma è stato inutile!» Le lacrime le scorrevano lungo le guance lasciando tristi tracce argentee.

Drew la abbracciò, accarezzandole la schiena. «Mi spiace, tesoro. Mi spiace davvero tanto. Sapevo che speravi di potergli parlare, un giorno.»

Si allontanò da lui. «Non sai la parte peggiore. Dovevamo incontrarci stasera alla locanda. Aveva prenotato con uno pseudonimo. Avrei finalmente scoperto se era mio padre.»

«Che cosa? Sarebbe venuto qui? Ma quando avevi organizzato la cosa?»

Cami arrossì. «So che avrei dovuto dirvelo, ma pensavo che tu e Rafe sareste stati contrari.»

Drew la guardò, pensieroso. Poi annuì lentamente. «Hai ragione. Avrei cercato di dissuaderti. E anche Rafe. E adesso ti tocca patire tutto questo. Mi spiace, dolcezza.»

Cami si accoccolò contro il suo petto solido, e desiderò che ci fosse un altro modo per ottenere le risposte che desiderava. Se Edward non avesse collaborato, aveva in mente di prendere un bicchiere o una tazzina usata da lui e fare il test del DNA. E adesso? Sapeva che Lulu non l'avrebbe aiutata. In particolare dopo quello che era accaduto.

«Entriamo» disse Drew. «Qui fuori fa caldo. Ho lavorato nei campi tutto il giorno, è per questo che non ho guardato la televisione. Quando sono arrivato a casa, mi sono fatto una doccia e sono venuto subito qui.»

Cami lo guardò. «Io ho visto ore e ore di notiziari, incollata alla TV come un francobollo. Mi interessava troppo per lasciar perdere. O forse ero troppo demoralizzata per provarci.»

Drew la strinse, per cercare di darle coraggio. «Oh, Cami, la vita è piena di domande senza risposta, del tipo "e se, invece" e "adesso cosa faccio". Ci vuole una certa dose di volontà solo per affrontare la giornata. A volte, è meglio guardare avanti e lasciare che le cose vadano come devono andare. Capisci?»

Cami annuì, ma non gli disse che uno dei motivi per cui voleva sapere chi fosse suo padre era conoscerne la storia clinica, perché cominciava a pensare di avere un giorno un figlio. Con Drew.

CAPITOLO VENTICINQUE

Nei giorni successivi, Cami continuò a guardare i notiziari per avere aggiornamenti su Edward Kingsley. Lulu le aveva parlato delle intenzioni del padre di candidarsi alla presidenza, ma non aveva idea se e quanto si fosse già mosso in tal senso. Si domandava anche che impatto avrebbe avuto quella parabola discendente su Lulu. Un conto era essere la figlia del presidente e vivere alla Casa Bianca, un altro era avere un padre screditato dalla sua stessa condotta.

Ripensò al matrimonio di Justine. Lulu era stata così sicura di sé, così controllata, finché lei non l'aveva avvicinata. Sospettava o aveva intuito che qualcosa non andava, con suo padre? Era per quello che si era scagliata contro Cami? Per proteggerlo?

I giornalisti erano accampati fuori dalla casa dei Kingsley, nella speranza di aguantare qualche altra notizia. E quando Lulu e sua madre si rifiutarono di incontrarli, subito diedero il via ai pettegolezzi, cui seguirono speculazioni e dicerie. Anche in tempi di stampa irresponsabile, quei commenti erano più che crudeli. La madre di Lulu era descritta come un'alcolista, la figlia come una ragazzina viziata. Cami era furiosa per quei ritratti. Lulu si era appena laureata e, come Cami aveva sentito dire al matrimonio, aveva in programma di sospendere il suo lavoro come supplente per lavorare alla campagna elettorale del padre. E comunque, anche se la madre avesse avuto un problema con il bere, non era corretto renderlo pubblico.

###

Mentre le attività della locanda andavano avanti senza problemi e l'uva maturava sui tralci, Cami lavorava con Adam nelle cantine, per ripulire le botti e organizzare la raccolta e la pigiatura. Come previsto, l'annata sembrava molto abbondante.

Rafe si incontrò con Cami e Drew per definire la distribuzione delle responsabilità, in occasione della sua partenza per la crociera fluviale. Era intenzionato a mantenere la decisione di recarsi in Europa un po' prima, per partecipare ad alcune escursioni.

«Voglio solo essere sicuro che tutto verrà gestito come si deve mentre sarò via» disse Rafe. Si rivolse a Cami. «Tu seguirai le mie finanze personali, e Drew si occuperà della contabilità della cantina.»

«Esatto» confermò lui. «Proprio come ci siamo detti.»

Cami e Drew si guardarono. Più si avvicinava il giorno della partenza, e più Rafe era eccitato e preoccupato di andarsene in vacanza.

«Penso che sia una bella cosa quella che hai deciso di fare, Rafe» osservò Cami.

Il volto del nonno si aprì in un sorriso. «Lo credo anch'io. La notte scorsa ho sognato Lettie. Io e lei sorseggiavamo del vino in un caffè parigino. Abbastanza bizzarro, no?»

«No. Molto dolce» rispose Cami, sorridendogli.

Entusiasta quanto lui, Cami aiutò Rafe a mettere i bagagli in macchina. Il volo del mattino da Portland l'avrebbe portato a Seattle e un altro, diretto, fino a Parigi.

Di tutti i trasferimenti che Cami aveva fatto da e per l'aeroporto, quello fu uno dei più esaltanti. Quando si mise al volante, sentì la presenza di Nana. Il viaggio che la nonna aveva programmato finalmente diventava realtà. E, in aggiunta, lei e Drew sarebbero stati i fidati sostituti alle cantine Taunton Estates. Per Cami si trattava di una bella prova: sarebbe stato un eccellente indicatore della loro capacità di lavorare insieme in una impresa. Anche se nessuno dei due aveva ancora sollevato l'argomento del matrimonio, Cami sapeva che sposare Drew avrebbe significato collaborare nella gestione di Chandler Hill e Taunton Estates. Se non fossero stati in grado di farlo bene, la loro relazione non sarebbe mai potuta durare.

Insolitamente chiacchierone, Rafe le elencò le cose che voleva vedere a Parigi. Il Louvre e la Torre Eiffel erano in cima alla lista. Cami suggerì alcuni altri posti, ricordando quanto le era piaciuta la città, quando vi aveva passato del tempo insieme a Bernard. Nonostante il fallimento di quella relazione, rimaneva uno dei suoi luoghi preferiti.

Cami accostò al bordo del marciapiede e aspettò che Rafe prendesse il bagaglio dall'auto. Lui si voltò verso di lei e le fece un ampio sorriso.

Cami lottò contro il bruciore inatteso delle lacrime, mentre il nonno entrava nel terminal. Era sempre stato una persona cui poteva rivolgersi, se voleva parlare con qualcuno senza essere giudicata. E ancora di più dopo la morte di Nana. Finalmente, grazie a quel regalo, era libero di svagarsi un po', lontano dalla pressione e dalle preoccupazioni degli affari.

Tornata a casa, Cami controllò che alla locanda fosse tutto a posto e si dedicò a preparare da mangiare. Non solo Drew sarebbe arrivato per cena, ma avrebbe portato a casa sua alcune cose che gli servivano, in modo da provare a vivere insieme per un po'.

Sophie abbaiò gioiosa per annunciare il suo arrivo. Sorridente, Cami andò ad accoglierlo.

Drew posò Sophie a terra vicino alla sua valigia e attirò Cami tra le braccia. «È così che voglio concludere ogni mia giornata.» Appoggiò le labbra sulle sue, con dolcezza e desiderio, colmandola di eccitazione. Quei baci non mancavano mai di accenderle i sensi. E adesso era tutto suo, e potevano godersi quella nuova libertà.

Quando si staccarono, si guardarono e basta. Poi, senza dire una parola, si diressero verso la camera da letto. Sophie li seguì, con le zampette che ticchettavano sul pavimento di legno. Quando arrivarono nella stanza, Cami guardò la cagnolina.

«No, Sophie. Tu rimani qua fuori.»

La cucciola guardò lei e Drew e poi di nuovo lei, poi si sdraiò con un cupo brontolio.

Cami e Drew si sorrisero. Nelle numerose settimane in cui erano stati insieme, Sophie aveva imparato quando facevano sul serio.

In camera, Cami si voltò verso di lui. «Benvenuto a casa, mio caro.»

Drew ridacchiò a quella piccola presa in giro. «Musica per le mie orecchie.» La sollevò tra le braccia e la portò sul letto. «E adesso, permettimi di mostrarti com'è un vero benvenuto.»

Il corpo di Cami si infiammò, impaziente. Drew era un amante davvero sensuale e generoso.

Più tardi, sdraiata nuda di fianco a lui, Cami seguiva con il dito le linee del suo petto muscoloso, ricoperto da una sottile peluria scura. Gli appoggiò una mano all'altezza del cuore e sentì che il battito, prima selvaggio, cominciava a rallentare. Facevano l'amore con grande naturalezza. E, subito dopo, a lei piaceva che si coccolassero mentre parlavano a bassa voce.

Drew la guardò e sorrise. «Per adesso, direi che il primo giorno di convivenza è stato eccezionale.»

«Per adesso?»

«Beh, manca ancora qualche ora.» Sollevò le sopracciglia scherzoso.

Cami rise e lo accolse tra le braccia.

Qualche tempo dopo, preparata in fretta la cena, si misero a riporre le cose di Drew nell'armadio, in un paio di cassetti appositamente svuotati e in bagno.

«Sembra che ci stia tutto» disse lui. Mise le sneaker sul pavimento del guardaroba e guardò i ripiani colmi di scarpe. «Non pensi di averne troppe?»

Lei si mordicchiò un labbro. Osservò le numerose paia, ordinate per forma e colore. «Mi servono tutte. Ognuna è destinata a un particolare abbinamento, per il lavoro e il tempo libero.»

Drew scosse la testa. «Donne e scarpe. Non ci arrivo.»

Cami alzò una mano. «Aspetta un attimo. Ti sei portato una cassetta e una cintura porta attrezzi, o sbaglio?»

«Certamente. Non sai mai di che cosa potresti avere bisogno» protestò lui.

Cami lo guardò trionfante, sollevando un sopracciglio. «Discorso chiuso, allora.»

Si guardarono e scoppiarono a ridere.

Vivere insieme era stata una grande idea, pensò Cami, mentre guardava Drew e Sophie rincorrersi sul prato davanti a casa. Le ci era voluto qualche giorno per abituarsi all'aspetto del bagno dopo che lui aveva fatto la doccia, o al mistero per cui i suoi vestiti non riuscivano mai a raggiungere la cesta della biancheria. In compenso, Drew la aiutava a riordinare dopo cena ed era molto orgoglioso della propria destrezza alla griglia. E, naturalmente, Sophie adorava lui e le attenzioni che le tributava.

Anche alla locanda le cose andavano bene. Laurel gestiva bene i ricevimenti di nozze, Imani era diventata un membro indispensabile della squadra, e Becca era il braccio destro su cui contare quasi per ogni cosa. Per la prima volta, dopo parecchi mesi, Cami si sentiva a suo agio nel ruolo. E, quando arrivò una cartolina di Rafe che diceva che si stava divertendo moltissimo, decise che era venuto il momento di una breve vacanza anche per sé.

Seduta sul terrazzo con Drew, una sera, a guardare il tramonto, Cami gli disse: «Andiamo al mare per un paio di giorni. Gli ospiti di nozze se ne saranno andati entro lunedì a mezzogiorno. Potremmo partire al pomeriggio e tornare mercoledì mattina. Cosa ne dici?»

«L'idea mi piace, ma solo se il nipote di Rafe può rimanere.»

«Ma vive lì» ribatté Cami, confusa.

«Intendo dire, se può occuparsi della sala degustazione e dell'ufficio.» Drew la guardò pensieroso. «Mi domando se la cantina Taunton Estates non possa ampliare la zona degustazione, e offrire qualcosa in più di semplici spuntini. Magari un pranzo vero e proprio, un giorno.»

«È qualcosa su cui ragionare. Ma non può aspettare fino a mercoledì pomeriggio?»

Drew ridacchiò. «Te lo farò sapere. Nel frattempo, possiamo fare la nostra non-vacanza qui. Vieni, Cami.» Appoggiò il bicchiere di vino e si diede una pacca sulle cosce.

Lei sorrise e corse a sederglisi in grembo. Le piaceva come la tratteneva a sé, dandole un senso di protezione, ma al tempo stesso i suoi baci le facevano capire quanto avrebbe desiderato che si spogliasse.

Cami sospirò e si alzò in piedi. «Se vuoi cenare, è meglio che tu ti metta all'opera. Stasera devi fare il salmone alla griglia, no?»

«D'accordo. Userò dell'olio d'oliva aromatizzato e un mix di spezie e lo servirò con uno spicchio di limone.»

«Sembra delizioso. Io mi occupo dell'insalata e del pane all'aglio.» Quando si allontanò, Sophie si lanciò addosso a Drew. Cami sapeva, senza nemmeno girarsi, che l'avrebbe presa in braccio. Insieme, erano adorabili.

L'attesa della mini-vacanza con Drew le occupava la testa, mentre guardava i conti della settimana. Anche se controllava i numeri ogni giorno, le piaceva tenere traccia dei risultati settimanali a supporto della pianificazione futura. Agosto era un mese pieno di impegni, ma i periodi migliori per i matrimoni erano febbraio, giugno e settembre.

Quando ronzò l'interfono, si interruppe. «Sì. Cosa c'è?»

«Sei libera? C'è una cosa che devo farti vedere» disse Becca.

Cami capì dal tono della voce che non si trattava di buone notizie. «Certo. Ti aspetto.»

Pochi istanti dopo, Becca entrò decisa nell'ufficio e le sbatté una rivista sulla scrivania. «È meglio che tu legga.»

Cami aprì la rivista locale di viaggi alla pagina intitolata "Un Matrimonio da Sogno" e vide una foto con Bernard, Vanessa e una giovane donna, che riconobbe come una delle damigelle di Justine. Le si annodò lo stomaco.

Nan Richards era una bella ragazza che, al ricevimento di Justine, si era dimostrata molto competitiva verso le altre. Le aveva sentito fare affermazioni su chi era più abbronzata, chi aveva il vestito più bello e altri commenti meschini che al momento aveva considerato stupidi.

Lesse l'articolo con crescente disappunto. Venivano riportate frasi in cui Nan diceva che organizzare il proprio matrimonio alla cantina Lone Creek era l'esperienza più semplice e raffinata che si poteva trovare in tutta la valle. Aggiungeva poi di essere stata a un ricevimento di nozze in un'altra rinomata struttura e che, in confronto, Lone Creek offriva i migliori consigli e il prezzo più conveniente. Spiegava che Vanessa e Bernard l'avevano aiutata nell'organizzazione e nello svolgimento dell'evento, e aggiunto un elegante tocco europeo. Venivano poi descritti i dettagli del matrimonio, e l'articolo si concludeva con le parole di Vanessa: «Un matrimonio da sogno è ciò che ogni donna desidera. Qui alla cantina Lone Creek ci impegniamo più di ogni altro per offrire agli sposi tutto quello che serve per rendere straordinaria la loro giornata speciale.»

Poi si citava di nuovo Nan che diceva: «Le strutture più datate tendono a proporre sempre le stesse cose. Prova qualcosa di nuovo e migliore, e realizza il tuo sogno di nozze.» Aveva uno splendido abito bianco, il velo di pizzo e baciava un uomo di bell'aspetto.

Cami studiò la fotografia e trasalì. Ritraeva una perfetta coppia di sposi, su uno sfondo di fiori disposti su un graticcio che era identico a quelli di Chandler Hill.

«Ebbene, cosa ne pensi?» disse Becca, mentre misurava la stanza a lunghi passi. «Che ingrata stronza traditrice! Io trovo un lavoro a Vanessa, e lei ci si rivolta contro.»

«Penso sia il caso di chiamare la curatrice della rivista e invitarla a venirci a trovare. È comunque arrivato il momento di farci un po' più di pubblicità. E, con le nozze della figlia del governatore prenotate per fine settembre, abbiamo un mucchio di frecce al nostro arco per rispondere. E, dopo aver chiamato la rivista, perché non senti Justine? Mi piacerebbe sapere che cosa sa del matrimonio che è stato fatto in contemporanea a quello di Samantha qui da noi. Scommetto che c'è sotto qualcos'altro.»

L'accenno di un sorriso animò il volto di Becca. «Bella idea. Mi piace.»

Dopo che Becca fu uscita, Cami si appoggiò allo schienale

e fece un lungo sospiro. Tutti gli insegnamenti e l'esperienza che Vanessa aveva raccolto a Chandler Hill venivano usati contro di loro. E Bernard? Avrebbe fatto di tutto per vendicarsi, perché non aveva più voluto avere niente a che fare con lui. Era quel genere di persona. Si chiese come avesse fatto a essere così stupida da non accorgersene prima.

Lottando contro la frustrazione, tornò al computer. L'imitazione può essere una forma di complimento, ma odiava che si fosse arrivati a quel punto.

La mattina di lunedì era limpida e luminosa, e prometteva altri giorni ugualmente belli. Mentre salutava i genitori della sposa, Cami si trattenne dal fare un balletto di gioia. Dovevano solo chiudere le valigie, e sarebbe partita con Drew per il mare. Becca e Dan avevano acconsentito a rimanere a casa sua per occuparsi di Sophie.

La costa frastagliata dell'Oregon lungo il confine occidentale dello stato era divisa in tre regioni: nord, centro e sud. Cami aveva optato per la città di Cannon Beach, a nord, che aveva lunghe spiagge sabbiose, bei negozi e ristoranti. Ma, a dirla tutta, la destinazione precisa non le importava poi tanto. Qualsiasi posto sarebbe stato speciale, con Drew. Lontani dalla pressione del lavoro, avrebbero avuto una buona opportunità per conoscersi in una situazione diversa dal solito.

Lasciarono McMinnville e si diressero verso il mare. Prendendo la litoranea ci avrebbero messo di più, ma con la possibilità di vedere anche la zona centrale. Magari potevano comprare del formaggio Cheddar da portare con sé. Dall'albergo di Cannon Beach che avevano prenotato, si poteva visitare Haystack Rock. Se avevano fortuna, avrebbero potuto vedere i nidi costruiti nella roccia dalle pulcinelle di mare. La primavera era il periodo migliore per osservarle perché, durante l'accoppiamento, il colore del becco diventava vivacemente colorato, con sfumature di arancione e giallo per attrarre i partner. A fine agosto, invece, i piccoli sarebbero stati pronti a volare in mare aperto insieme ai genitori. Cami si era portata un binocolo nella speranza di poterli vedere.

Sorrise al ricordo di quanto a Nana era piaciuto osservare le pulcinelle di mare, durante un viaggio che avevano fatto sulla costa. La nonna, che non perdeva mai l'occasione di impartirle una lezione di vita, le aveva fatto notare come quei tozzi uccelli agitassero le ali con velocità ed energia per mantenersi in volo. «Quando la vita sembra trascinarti in basso, tesoro, proprio allora devi battere le ali con la stessa forza che hanno loro. Non arrenderti mai. Hai capito?»

Ripensando a quel momento, Cami si sentì piena di determinazione. Qualsiasi fosse la concorrenza che la locanda si trovava di fronte, avrebbe lottato per il successo. E se ciò significava agitare le "ali" con la velocità delle pulcinelle di mare, poteva giurare che l'avrebbe fatto.

«Un soldo per i tuoi pensieri» disse Drew, voltandosi verso di lei per un attimo.

Cami gli sorrise. «Se ti dicessi che pensavo alle pulcinelle di mare, cosa diresti?»

Lui rise e si allungò per stringerle la mano. «Dal tuo sguardo, direi che stai pensando a ben altro che a degli uccelli. Ti va di parlarne?»

Cami scosse la testa. «È qualcosa che può aspettare.» Non aveva intenzione di rovinare quella vacanza speciale con Drew parlando dei suoi problemi.

Si fermarono a una piccola birreria con cucina di pesce, a nord di Tillamook. La porta dipinta di rosso dell'edificio rustico, rivestito di legno grigio un po' sbiadito, li invitava a entrare.

«Va bene se ci mettiamo al bancone? I tavoli mi sembrano tutti pieni» domandò Drew, sull'uscio.

Quando lei annuì, la accompagnò all'interno.

Il barista li salutò, porgendo loro i menu. «Salve ragazzi, cosa vi servo?»

«Io prendo una birra chiara locale» rispose Drew. «E tu, Cami?»

«Lo stesso.» Guardò il menu. «Mmm... E vorrei una porzione di zuppa di vongole. Credo che mi terrò il granchio per stasera.»

«Anch'io la zuppa, e un sandwich di pesce» disse Drew. «Mi piace che sia tutto appena pescato.»

Seduta al bancone con lui, Cami guardò Drew come avrebbe fatto una sconosciuta. Con i capelli castano chiaro color caramello e gli occhi svegli, le ricordava un leone. Sorrise al pensiero. Da molti punti di vista, era il leone che la proteggeva. Forte e gentile, rinforzava la sua autostima quando le capitava di sentirsi sopraffatta dagli eventi.

Il loro ordine arrivò con sollecitudine.

Mentre Cami assaporava la zuppa, ascoltava frammenti delle conversazioni intorno a loro. Era meraviglioso galleggiare in quello stato di grazia, ben sapendo che nessuna di quelle persone si sarebbe fatta avanti con richieste o necessità. Non erano suoi clienti, e non era responsabile della loro felicità.

CAPITOLO VENTISEI

L'hotel non era lussuoso, ma a Cami andava bene così. Voleva qualcosa di semplice. Dopo che ebbero disfatto le valigie e si furono sistemati, Drew disse: «Coraggio! Andiamo a fare una passeggiata sulla spiaggia.»

Cami prese un felpa leggera e uscì con lui. Nuvole soffici, come cucchiaiate di panna montata su un mare grigio-blu, si muovevano in cielo, giocando a nascondino con il sole. Anche se il tempo era piacevole lungo la costa, la temperatura era moderata – intorno ai venti gradi – e la brezza marina rendeva l'aria più fresca quando il sole era nascosto dalle nuvole.

Cami respirò l'aria salmastra e fece un sospiro felice. La sabbia morbida sotto i piedi nudi era intiepidita dal sole. Dei gabbiani volteggiavano nell'aria, e i corpi bianchi e grigi tracciavano dei cerchi sopra di loro, mentre mandavano rauchi gridi di richiamo. Cami riconobbe un paio di beccacce di mare che camminavano sul bagnasciuga, alla ricerca di ignari candidati per il pranzo. Ne aveva sempre ammirato i corpi neri e solidi, il becco di un rosso vivace e le zampe rosa. Ma era soprattutto affascinata dai loro occhi, dall'iride giallo brillante cerchiata di rosso.

Erano solo una delle tante specie di uccelli marini in quell'area, che setacciavano le pozze lasciate dalla marea e la battigia, alla ricerca di molluschi e altri bocconcini.

Drew le prese la mano.

Gli sorrise, e si diressero più a sud per vedere Haystack Rock più da vicino. La superficie rocciosa emergeva dall'acqua a imponente ricordo della lava vulcanica che l'aveva formata, come più di duemila altri faraglioni lungo la costa. Lo sapeva, perché era stata una delle domande del test di scienze in quarta elementare.

Grazie alla bassa marea, Cami e Drew riuscirono ad arrivare alla base di Haystack Rock. Sopra le loro teste strillavano i gabbiani, e le gallinelle di mare volavano avanti e indietro dai ciuffi erbosi che nascondevano i loro piccoli. All'improvviso, un gran numero di uccelli marini si sollevarono dalla roccia, girando in cerchio nervosamente, mentre un'aquila calva ne sorvolava la superficie, alla ricerca di facile cibo.

«Caspita,» mormorò Drew «la natura mette in scena uno spettacolo per noi.»

Rimasero lì in silenzio a guardare l'aquila, finché non volò via per cercare altrove. Appena se ne fu andata, tutti gli uccelli tornarono a posarsi sul faraglione e ricominciarono coi loro strilli, come se quella minaccia non ci fosse mai stata.

Cami seguì Drew di ritorno sulla sabbia, e andarono nella direzione opposta, alla ricerca di un bar del quale lui aveva letto qualcosa. Il sole stava tramontando e le nubi all'orizzonte si erano già tinte di rosa.

Al bar Whale's Tale sedettero sulla terrazza esterna, in mezzo a un gruppo di turisti che parlavano ad alta voce del bel tempo e delle meraviglie della natura intorno. A Cami piaceva ricordarsi di certe cose. Si accorse che, vivendo a Chandler Hill, dove ogni scorcio era come una cartolina, si era dimenticata che ci si può rilassare anche solo godendosi il paesaggio circostante.

«Bel posto» disse Drew.

«È splendido» concordò Cami. Sollevò il suo calice di Pinot Nero e fece un brindisi. «Speriamo che il tempo regga.»

Lui aggrottò la fronte, incupito. «Ha piovuto così poco che comincio a preoccuparmi per l'uva.»

«Credo che faremo una vendemmia anticipata.»

«A quanto pare. Non ne ho parlato con Rafe, perché non volevo che la prendesse come scusa per cancellare il viaggio.»

Cami sollevò il bicchiere. «Brindiamo a lui e a un fantastico raccolto!»

Sorridendo, Drew fece tintinnare il bicchiere contro il suo. «Sì, brindiamo!»

Seduto comodamente, mentre terminava l'ultimo degli stuzzichini che gli avevano portato, aggiunse: «Io sono pronto per rientrare in albergo, e tu?»

«Sì. Sto cominciando a rilassarmi talmente che non ho voglia di fare nient'altro.»

«Proprio niente?» la prese in giro lui.

Cami rise. «Vedremo.»

Più tardi, in hotel, Cami si stirò come un felino satollo. Aveva scoperto di avere molte più energie di quanto pensasse. Si voltò verso Drew che le era sdraiato di fianco. «Ti amo, Drew.»

Cami sapeva, dall'esperienza che lui aveva avuto con Vanessa, che non le avrebbe parlato di matrimonio, ma voleva comunque capire a che punto fossero. «Tu credi... Come pensi che andrà, tra noi?»

Si girò verso di lei e le prese il volto tra le mani. «Ti amo, Camilla Chandler. Ti amo davvero. Ma non sono pronto a chiederti di sposarmi. Non ancora. Devo ancora mettere a punto un paio di progetti, e poi sarò pronto, se tu lo vorrai.»

«Quali progetti? Continuerai a lavorare per Rafe, no? Lui ha bisogno di te. Io ho bisogno di te.»

«Vorrei avere un'attività tutta mia» rispose Drew. «Io e Rafe abbiamo parlato della possibilità che acquisti da lui una porzione della terra, ma io aspiro a qualcosa di più. Intendo confrontarmi con lui, quando sarà tornato dalla vacanza.»

Cami aveva una voglia disperata di parlargli dei piani di Rafe, ma non poteva. Aveva promesso di mantenere il segreto. Drew ruppe il suo silenzio. «Ehi, dolcezza, fidati di me. Non intendo spezzarti il cuore. Sei troppo preziosa per me.»

«Lo so» disse Cami, che avrebbe voluto sentirsi più sicura del loro rapporto. Bernard l'aveva lasciata di punto in bianco, e anche se Drew era una persona diversa, avrebbe potuto cambiare ugualmente idea su di lei.

La mattina seguente Cami era profondamente addormentata quando la svegliò qualcosa che le solleticava una guancia. Cercò di scacciarlo. «No, Sophie, adesso no.»

Qualcuno le tirava il lobo dell'orecchio. «È meglio che ti svegli, dormigliona. È un'altra splendida giornata.»

Cami gemette, rotolò su un fianco e guardò Drew. Lui le sorrise. Indossava una T-shirt bianca e bermuda di jeans, e con i capelli ancora umidi dopo la doccia sembrava... beh... delizioso.

Il sorriso di Cami si allargò quando si accorse che le porgeva una tazza di caffè. Si mise a sedere. «Tu sai proprio come risvegliare qualcuno.»

Lui rise. «Dormivi così bene che non volevo disturbarti. Ma fuori è talmente bello, e oggi è l'unico giorno intero di spiaggia che abbiamo.»

Prese un sorso del liquido bollente e fece un sospiro soddisfatto. Il sole filtrava dalle tende delle porte di vetro scorrevoli e disegnava strisce giallo limone che promettevano una giornata magnifica. Pensò alla locanda. Di solito, la prima cosa che faceva dopo essersi alzata era controllare i messaggi e dare un'occhiata ai numeri. Mise da parte quei ragionamenti e diede una pacca con la mano al posto vuoto nel letto di fianco a lei. La prima cosa che avrebbe fatto quel giorno sarebbe stata dare a Drew un bacio memorabile. Appoggiò la tazza e si raggomitolò tra le sua braccia accoglienti. Tornati a casa, ognuno avrebbe fatto ciò che doveva, ma quella era vacanza, e voleva godersela.

Dopo una pigra colazione, Cami e Drew fecero una lunga camminata sulla spiaggia. Il sole luccicava sulla cresta delle onde che si rompevano sulla riva, gli uccelli costieri correvano lungo la sabbia bagnata e compatta della battigia, e in lontananza Haystack Rock era una maestosa presenza.

Cami era stata in spiaggia moltissime volte, ma non le era mai sembrata magica come quel giorno. Passeggiavano lentamente sulla sabbia. Sapeva, dalle lezioni di scienze del passato, che le pozze lasciate dalla marea in quei luoghi erano speciali perché contenevano i doni del mare: oltre alle alghe rosse, verdi e brune, erano ricche di vongole, ricci e altre specie.

In piedi vicino a Drew, osservò una delle pozze. «Guarda! Una stella marina! Le mie preferite! E portano anche fortuna!»

«Forte» disse Drew, e si accovacciò per vedere meglio.

«Coos Bay e il Sunset State Park sono i posti migliori dove trovarle, ma è davvero un tesoro raro incontrarne qui.»

Drew si rialzò e le diede un piccolo strattone. «Guarda un po' che tesoro ho incontrato io...»

Cami rise e gli diede un veloce abbraccio. «Sdolcinato, ma carino.»

Continuarono per la loro strada, e poi Drew si mise a correre. Con le braccia distese al cielo, libera come gli uccelli che volteggiavano sopra di lei, Cami si mise a rincorrerlo.

Più tardi, seduti sulla terrazza esterna di uno dei ristoranti in città, Cami si sentì rilassata come non era stata da anni.

«Ti diverti?» domandò a Drew.

Lui sorrise. «Sì. È una zona bellissima.»

«Mi piacerebbe andare al faro di Tillamock Rock. Scommetto che la vista da lì sarà spettacolare.»

«Da oltre un chilometro al largo, non credo ci sia molto da vedere, oltre la costa» osservò Drew. «Ma potrebbe essere divertente.»

«Perché non vagabondiamo un po' per la città, nel pomeriggio? Vorrei comprare un libro e visitare qualche galleria d'arte. Ti andrebbe?»

Drew si strinse nelle spalle. «Perché no. Dobbiamo ammazzare il tempo. I ristoranti non aprono prima delle sette.»

Dopo aver finito di mangiare e pagato il conto, uscirono. In ogni galleria che incontrarono, Cami chiese di parlare al proprietario. Se non c'era, lasciava il biglietto da visita e un vecchio volantino dell'esposizione d'arte a Chandler Hill.

«Più gente riusciamo a coinvolgere, meglio è» spiegò a Drew, che si era seduto su una panchina fuori da uno dei locali.

«Fai con calma. Non vado da nessuna parte, tranne forse al bar per bermi una birra fresca.»

Cami rise. «D'accordo, ci vediamo qui. Ho ancora una persona da incontrare.» La proprietaria della galleria Pink Puffin, Iris Cowell, l'aveva conosciuta in precedenza, quando era stata a Chandler Hill. Era molto importante per Cami invitarla a partecipare alla mostra dell'anno seguente.

Cami entrò nella galleria e si fermò a guardarsi in giro. Variopinte opere d'arte e oggetti di artigianato riempivano ogni spazio all'interno: sulle pareti, dentro alle vetrinette e sulle mensole. Era come entrare in un arcobaleno, pensò.

Iris la vide e le fece un cenno con la mano. Lasciò i clienti a dare un'occhiata sotto lo sguardo attento di una commessa, e la raggiunse. «Cami, non ti vedo da un bel po'. Come stai?»

Cami la abbracciò. Non molto più alta della nonna, Iris era una presenza calda e luminosa, con vigili occhi verdi e un aperto sorriso. «Io sto bene, e tu? Vogliamo che torni alla locanda Chandler Hill. E, infatti, è il motivo per cui sono qui.»

Appena Cami cominciò a spiegare della mostra d'arte che avrebbe organizzato per l'estate seguente, il sorriso di Iris scomparve e aggrottò la fronte, dispiaciuta. «Oh, mia cara! Mi sono appena accordata con la cantina Lone Creek per un'esposizione che avrà luogo proprio quel weekend.»

Cami sentì che impallidiva e poi le guance le diventavano bollenti. «La cantina Lone Creek? In quella stessa data?»

«Temo di sì. Vanessa Duncan ha spedito un invito la scorsa settimana, e quando mi ha chiamato, oggi, le ho detto di sì.»

«Ma ho già pianificato la mia mostra a Chandler Hill. Ha rubato un'altra delle mie idee.» A Cami veniva da vomitare.

«Mi spiace. Perché non anticipi il tuo evento?» le suggerì Iris, contrita.

«È troppo tardi. Ho già firmato con alcuni degli artisti che sono venuti quest'anno. Non posso cambiare la data adesso. È l'unico weekend disponibile, per molti di loro.»

«Cosa ne diresti se io chiamassi Vanessa e le spiegassi che verrò alla tua mostra? Potrei suggerirle di spostare la sua data a fine autunno.»

Cami sentì bruciare gli occhi per le lacrime. «Faresti questo per me?»

«Sì, per te e per Chandler Hill. Tua nonna ha fatto molto per promuovere la mia attività, quando facevo fatica a farla partire. Adesso è il mio turno di restituire il favore.»

Cami l'abbracciò. «Grazie! Sono ai ferri corti con quelli di Lone Creek. Cercano di rendermi la vita impossibile. La concorrenza è un conto, ma qui parliamo di qualcosa di ben diverso.»

«Mmm. Ho visto un articolo sui matrimoni a Lone Creek. All'apparenza, stanno facendo un gran lavoro. Vanessa mi ha accennato che stanno sviluppando un nuovo approccio all'ospitalità, per le persone che amano stare all'aperto e vogliono una diversa tipologia di matrimonio. Intendono costruire un campeggio di lusso per gli sposi, da usare dopo il ricevimento alla cantina. Un'idea intelligente.»

Cami annuì con riluttanza. «È brava nel suo lavoro, ma non dovrebbe cercare di andare avanti danneggiando noi.»

«Mi ha confidato che il suo fidanzato diventerà presto il proprietario della cantina. Forse è per questo che si comporta in modo così aggressivo e discutibile.»

La mente di Cami si mise vorticosamente a girare. *Bernard aveva chiesto a Vanessa di sposarlo? L'accordo con Bernard e i suoi soci per comprare la cantina Lone Creek stava per andare in porto? E poi, cosa sarebbe successo?*

Iris le mise una mano sul braccio. «Non ti preoccupare. Chandler Hill è in affari da molto tempo.»

«Ma loro cercano di farlo passare come noioso e all'antica» disse Cami, d'impulso.

«L'unico caso in cui Chandler Hill può essere definito all'antica è per come siete in grado di fare le cose con gran classe, mia cara. La gente che viene da voi per riposare, rilassarsi e anche organizzare le nozze sa quanto sia eccellente il servizio che fornite. Nessuno può copiarvi, in questo.»

Cami non pensava che le cose fossero così semplici. Rod Mitchell aveva litigato con Nana, e ora Bernard e Vanessa facevano il possibile per danneggiarla. Nella sua testa, vedeva il viso della nonna e sentiva le sue parole. «Ricordati che sei una Chandler e una Lopez.» Si rimise in sesto. «Allora parliamo della mia mostra d'arte e poi potrai chiamare Vanessa.»

CAPITOLO VENTISETTE

Mentre lei e Drew erano sulla via del ritorno, il giorno seguente, Cami non fu sorpresa di ricevere una telefonata dalla cantina Lone Creek. Però aveva pensato che sarebbe arrivata da Vanessa, non da Bernard.

«Cami, tu cerchi guai» disse lui, con l'inflessione francese accentuata dalla rabbia. «Vanessa mi ha detto quello che hai fatto, a danno della sua esposizione d'arte. Stai molto attenta. Non vogliamo che i nostri piani per il futuro vengano messi a rischio.»

«Intendi i vostri sforzi per comprare Lone Creek?»

«Chi te l'ha detto?» domandò Bernard, preso alla sprovvista dalla sua osservazione.

«Non ho il permesso di dirtelo» rispose Cami. «E, comunque, congratulazioni per il tuo fidanzamento con Vanessa. Sono sicura che voi due sarete felici insieme.» Si sforzò di non sembrare malevola.

«È un'altra delle voci che hai raccolto?»

«È lei a definirti il suo fidanzato» ribatté Cami, e si domandò se fosse Vanessa a cercare di spingere la sua relazione troppo in là e con troppa fretta, come aveva fatto con Drew.

«Ne abbiamo parlato di sfuggita, ma non c'è niente di ufficiale. Comunque non è l'argomento di questa telefonata. Ti avverto che, se cercherai di farci un altro sgambetto come quello per la mostra, mi assicurerò che tu non riceva mai più una valutazione positiva per la locanda» disse Bernard, con tono così inferocito da farle capire che non scherzava.

Chiuse la chiamata e guardò Drew che guidava. «Bernard si è arrabbiato per l'evento d'arte e dice di non essere ufficialmente fidanzato con Vanessa. Mi spiacerebbe se quel farabutto la facesse soffrire.» Anche lei e Bernard avevano parlato di matrimonio, un tempo.

«Dopo quello che Vanessa ha fatto per danneggiare i tuoi affari, mi sorprende che ti interessi» commentò Drew.

Cami rimase in silenzio. Era stata profondamente ferita dal modo insensibile con cui Bernard l'aveva scaricata. E anche se Vanessa non le piaceva, non voleva che nessuna donna fosse trattata in quel modo.

Ritornata alla locanda, Cami corse in ufficio per capire cos'era accaduto in sua assenza. Una pila di messaggi e bigliettini colorati l'attendeva sopra la scrivania. Li scorse rapidamente e poi chiamò Becca, Gwen e Laurel per organizzare una riunione per la mattina seguente. Era stata via solo due giorni, ma erano successe molte cose. Un bambino che correva nella zona della piscina era scivolato e caduto, e avevano dovuto dargli un paio di punti di sutura sul mento. Anche se, tecnicamente, la colpa era del bambino, l'hotel si sarebbe fatto carico di tutte le spese non coperte dall'assicurazione sanitaria. Una delle ragazze del ristorante, che si occupava dell'accoglienza, era stata messa a riposo fino al termine della gravidanza e aveva lasciato scoperto un ruolo importante. Un'altra impiegata che lavorava al Granaio aveva dato le dimissioni per lavorare con Vanessa.

Tra le novità positive, c'era la prenotazione all'ultimo minuto del matrimonio in autunno della bisnipote di una famosa attrice cinematografica. Anche se ci sarebbe voluto dell'impegno extra per rendere perfetto l'evento, si trattava di un contatto importante.

###

La mattina successiva, Cami era in ufficio con Becca, Gwen e Laurel. «Ci sono parecchie cose su cui mi dovete aggiornare» disse. «Grazie per esservi occupate di tutto in mia assenza.»

«Ho scoperto una cosa interessante» rispose Becca. «Ho dato seguito alla tua richiesta di tenere d'occhio la proprietà dei nostri vicini. Una delle mie spie alla cantina Lone Creek mi ha riferito che hanno in programma una location speciale, per le coppie amanti dell'aria aperta che desiderano delle nozze completamente diverse. Stanno costruendo un tendone di lusso per gli sposi. Cibo gourmet, vino eccellente e candele saranno parte dell'allestimento e del servizio di alta classe.»

«Sì» confermò Cami, già irritata. «Iris Cowell della galleria Pink Puffin a Cannon Beach me l'ha raccontato quando sono andata a chiederle di partecipare alla mostra d'arte. È così che ho scoperto che Vanessa stava organizzando un evento simile, nella stessa precisa data del nostro, l'estate prossima. Un ulteriore tentativo di renderci la vita difficile.»

«Che cooosa?» Laurel scosse la testa. «Quando finiranno queste assurde situazioni di concorrenza sleale? Non capisce che, se collaborassimo, sarebbe meglio per tutti?» Come responsabile della squadra che si occupava delle nozze, Laurel non aveva nessuna intenzione di essere tra i perdenti. Competente e impeccabile, dentro di sé diventava furiosa se non si aggiudicava una gara per un matrimonio.

«Mi sa che non ci arriva proprio» rispose Cami. «Per di più, si è convinta che Bernard abbia promesso di sposarla. Lo chiama fidanzato ma, quando ho parlato con lui, mi ha detto che ne avevano appena accennato. Temo che sia destinata a una cocente delusione.»

«Presi da soli, quei due sono fastidiosi, ma insieme risultano insopportabili» brontolò Gwen. «Tremo, ogni volta che uno di loro entra al Granaio. So che sono alla ricerca di idee da copiare, ma non posso invitarli a uscire, purtroppo.»

«No» confermò Cami. «Stai facendo un così gran lavoro al Granaio, che li fai morire d'invidia.»

Gwen scosse il capo. «Quei due portano solo guai.»

«Può darsi che Vanessa cerchi di danneggiare i nostri affari, ma non ci sta riuscendo. I risultati sono stabili» disse Laurel. «In autunno, la stessa rivista che ha parlato della cantina Lone Creek pubblicherà un articolo su di noi. E vi ho mandato un messaggio sul matrimonio Silverstone.»

Cami sventolò il biglietto che le aveva lasciato. «Grazie. Dammi qualche particolare in più.»

«Allison Silverstone, il cui padre è un importante produttore di Hollywood, arriverà in volo da Los Angeles oggi pomeriggio. Vuole incontrarti e cominciare a pianificare l'evento. Il matrimonio sarà privato e con un numero ristretto di invitati, senza fotografi attorno.»

«Ma perché qui?» domandò Cami. «Noi organizziamo nozze adorabili, ma potrebbe andare a Parigi, o in Italia o in qualsiasi altro posto al mondo.»

Gli occhi azzurri di Laurel si illuminarono. «Ha detto che c'è una storia particolare dietro alla sua decisione di usare Chandler Hill. Ecco perché vuole vederti di persona oggi, il primo giorno in cui sei rientrata al lavoro.»

«Eccellente!» esclamò Cami. «Non vedo l'ora di incontrarla.» Si rivolse a Becca. «La relazione sull'incidente in piscina è stata completata e messa a disposizione dell'avvocato e dell'assicurazione?»

Becca annuì. «Non sarebbe dovuto succedere. Il bambino era fuori controllo, spruzzava la gente in piscina, correva in giro come un matto ed era insopportabile. La madre non ha fatto niente per fermarlo, ha continuato a leggere il suo libro. Hai presente, *quel* genere di clienti...»

Cami fece un gemito. Non tutti gli ospiti erano piacevoli.

«E la sostituta per l'accoglienza al ristorante? Abbiamo trovato qualcuno?»

«Per ora possiamo usare Bess, ma può coprire solo due delle sere che ci servono. Ho chiamato Rose, da Nick's, per sapere se è disponibile.» Becca scosse il capo. «È un pessimo periodo per cercare dei rimpiazzi.»

«Non dirlo a me» confermò Gwen. «Grazie al cielo, il resto dello staff si occuperà di quello che faceva la commessa alle vendite che Vanessa ci ha portato via. Ma se ci ruba altre persone, sarà un bel problema.»

«Avete avuto avvisaglie dallo staff, riguardo a possibili problemi?» Cami osservò con attenzione i volti di quelle tre brillanti e leali donne, che non solo rispettava, ma cui ormai voleva proprio bene.

«Gli stagionali che uso per le nozze non sono molto affidabili sulla disponibilità, ma degli altri ci si può fidare» rispose Laurel.

«Assumiamo altri aiuti per il matrimonio in arrivo» suggerì Cami. «Un'occasione così importante potrebbe farci fare una bella esperienza.»

Dopo essere stata avvertita dalla reception, Cami andò ad accogliere Allison Silverstone nella hall. Fin da lontano ammirò la donna alta e slanciata, dai capelli biondo platino, che indossava jeans bianchi attillati e una vaporosa blusa turchese e che stava parlando con l'addetto al ricevimento. Il trolley Louis Vuitton ai suoi piedi era leggermente usurato e la identificava come una viaggiatrice.

«Benvenuta alla locanda Chandler Hill» le disse ad alta voce, e tacque sorpresa quando Allison si voltò verso di lei e sorrise. Gli occhi erano di un verde splendido e stupefacente.

Con il braccio disteso, Cami le si avvicinò, incantata dal

colore di quegli occhi.

«Lei è Camilla Chandler!» disse Allison, osservandola. «Potremmo avere in comune più di quanto lei creda.»

«In che senso?» Lo sguardo di Cami si posò sull'ampio sorriso sul suo volto.

«C'è un posto dove possiamo conversare in privato?» chiese Allison, guardandosi intorno.

«Certo. Ma non vuole prima sistemarsi nella sua camera?» Allison scosse la testa. «Prima preferirei sedermi a parlare.»

Cami sfoderò il suo sorriso professionale e disse: «D'accordo. Possiamo lasciare il bagaglio dietro il banco della reception. Andiamo nel mio ufficio?»

Mentre le camminava a fianco lungo il corridoio, la osservava in silenzio. Elegante ma sobria, Allison dava l'immagine di una donna sofisticata. Dai modi sicuri, da tipica persona di business, con cui si comportava, Cami immaginò che fosse sulla trentina.

Aprì la porta dell'ufficio, la fece entrare e la seguì.

Allison restò in piedi in mezzo alla stanza, girando lentamente su se stessa e assorbendo ogni dettaglio. Poi si avvicinò alla fotografia preferita di Cami, che ritraeva Rex e Kenton Chandler. I due uomini, che sorridevano all'obiettivo, erano molto attraenti. C'era una luce negli occhi di Rex e un'aria birichina in Kenton che aveva sempre trovato adorabili. Nana aveva ingrandito quell'istantanea a colori e l'aveva incorniciata come se fosse un ritratto professionale.

Allison allungò una mano e sfiorò con cautela il vetro protettivo. Si voltò verso Cami. «È questa la sua famiglia?»

«Sì. Rex è stato il primo proprietario della locanda e dei vigneti. Suo figlio Kenton è morto nel periodo della guerra in Vietnam e non ha trascorso qui molto tempo. È stata mia nonna, Violet Chandler, ad avviare e sviluppare l'hotel, insieme alle cantine.»

«Ah, eccola qui» disse Allison, osservando la foto di Nana. «Che donna interessante. Si nota la forza di volontà nel suo volto. Eppure, c'è anche una dolcezza innegabile.»

«Sì, era sia tenace sia gentile. L'ho amata con tutto il cuore.»

Cami andò alla scrivania e attese che Allison sedesse in una delle due poltroncine di fronte a lei.

Dopo essersi accomodata, Allison disse. «Ho una storia da raccontarle. È il motivo per cui ho scelto Chandler Hill per il mio matrimonio semplice e in forma privata, lontano dalle luci di Los Angeles. Ha un po' di tempo per ascoltarla?»

«Certo» rispose Cami. A quel punto, non avrebbe permesso ad Allison di andarsene senza raccontargliela.

Dopo che la donna ebbe accettato un bicchiere d'acqua che Cami le offrì, si schiarì la voce. «La mia famiglia vive e lavora a Los Angeles da sempre. Mio padre, Arthur Silverstone, è un noto produttore. Mia nonna, sua madre, era sposata con un addetto al montaggio, molto rispettato per avere vinto alcuni premi Oscar. È proprio mia nonna, Anne Gable, che mi ha condotto qui da lei. È morta di recente e mi ha lasciato la sua casa e tutto ciò che conteneva. Mentre esaminavo i suoi effetti personali, mi sono imbattuta in alcune informazioni che riguardano la mia bisnonna, Darla Rose, un'attrice degli anni Quaranta.» Allison fece una pausa e guardò Cami. «Le dicono niente, questi nomi?»

«No, ho paura di no. Non seguo le notizie sulle celebrità di Hollywood» rispose lei.

«Ebbene, non sapevo granché sulla mia famiglia, finché non mi sono occupata delle cose di mia nonna. Forse è il matrimonio imminente e il fatto che aspetto un bambino, ma ho sviluppato un improvviso interesse per la storia della mia famiglia. Con gran dispiacere dei miei genitori, ho aspettato l'uomo giusto, prima di sposarmi.» Fece un sorriso incantevole. «Meglio aspettare che sbagliare.»

«Capisco che tutto questo sia importante per lei, ma io cosa c'entro?»

Allison continuò. «Tra i carteggi della nonna, ho trovato un plico di lettere tra Rex Chandler e Darla Rose. A quanto pare, si erano innamorati, ma la casa di produzione ha impedito loro di sposarsi. Riesce a crederci? Non si fa mai parola di alcun bambino, ma ho pensato di verificare la cosa con lei. Magari noi due siamo parenti!»

Cami scosse la testa. «Mi spiace, ma non penso che sia possibile in alcun modo. Vede, io porto il cognome dei Chandler, ma mio nonno non era un Chandler: si chiama Rafe Lopez ed era un amico intimo di Kenton Chandler. È qualcosa di cui non si parla quasi mai, perché l'argomento creava qualche difficoltà a mia madre.»

«So che sua nonna, Violet, è mancata. E sua madre?» domandò Allison, con interesse.

Cami fece un lungo sospiro addolorato. «Anche mia madre non c'è più. È morta in un incidente in Africa, quando avevo solo sei anni. Mi hanno cresciuto i nonni.»

«Oh, cara! Che cosa terribile!» Allison si allungò oltre la scrivania e le strinse una mano. «Grazie di avere ascoltato la mia storia. Speravo di risolvere una questione rimasta in sospeso col passato.»

«La capisco totalmente. È qualcosa che ho cercato di fare anch'io, di recente.»

«Immagino che tutti vogliamo sapere chi siamo e da dove veniamo» rispose Allison, rivolgendole uno sguardo comprensivo.

«Non ha idea di quanto sia importante per me. Deve sapere che Nana, mia nonna, era cresciuta in una famiglia affidataria e non aveva nessuna informazione sui suoi genitori. Adesso è diverso, ma a quei tempi era spesso impossibile venirne a conoscenza.»

Lo sguardo di Allison si posò su di lei. «Mi sarebbe piaciuto scoprire qualche connessione sconosciuta tra noi. Lei mi piace.»

Cami sorrise. «Lo stesso vale per me. Ma, adesso, sarebbe meglio parlare del suo matrimonio.»

«Sì, anche se non è una vera famiglia, ho un collegamento con Chandler Hill che mi fa sentire molto bene, come se appartenessi a questo luogo e la mia bisnonna in qualche modo lo sappia.»

La pianificazione delle nozze che Allison desiderava fu facile. Era una donna dai gusti ben precisi.

«Un matrimonio a metà settimana sarà più vicino alle sue necessità, rispetto al weekend» disse Cami, sempre più contenta delle migliorie apportate al giardino, all'area circostante e allo spazio erboso fuori da Chandler Hall. «Possiamo riservare la zona intorno al giardino, il che vi garantirà tutta la privacy che vorrete durante la cerimonia. Per la cena, vi metterò a disposizione la sala da pranzo piccola, e Chandler Hall è tutta vostra, se la volete.»

Un'ora dopo avere riempito il foglio informativo per tutte le aree coinvolte, Cami disse: «Penso che siamo a posto così. Tra due settimane da oggi, saremo pronti per voi.»

«Grazie.» Allison era raggiante. «Sarà perfetto. I miei genitori e quelli di Graham, la mia migliore amica e suo marito, e i tre fratelli di Graham con le mogli saranno il gruppo degli invitati. Voglio il matrimonio più ristretto e meno hollywoodiano possibile. Per fortuna Graham è d'accordo.»

«Che tipo è Graham?» domandò Cami. A parte il fatto che era il commercialista delle star, non sapeva nulla di Graham Watson.

Il rossore che tinse le guance di Allison fu eloquente. «È un tesoro! Una mia amica mi ha detto che sbagliavo a sposare un vecchio contabile noioso, ma lei si è sposata tre volte.»

Cami si unì volentieri alla sua risata, e poi attese che Allison continuasse.

«Graham ha quarantacinque anni, è divorziato da parecchio tempo e non è affatto noioso. Inoltre, mi piace un uomo coi piedi per terra, che non si fa irretire dalle falsità di Hollywood. È tutto un teatrino, nient'altro.»

«Me lo immagino» disse Cami. «Non sono mai stata attratta dalla ricchezza e dalla fama di quell'ambiente.»

Allison si alzò e abbracciò Cami con calore. «Avremmo dovuto essere parenti. Sarebbe stato divertente scoprire un nuovo membro della famiglia.»

Cami si staccò da lei e le sorrise, nascondendo la delusione. Aveva sperato proprio quello, con Edward Kingsley, e non sarebbe mai potuto accadere.

CAPITOLO VENTOTTO

Quella sera, Cami sedette sul terrazzo dopo cena, con in grembo Sophie. La cagnolina non l'aveva lasciata un momento, da quando era tornata dalla breve vacanza con Drew. Mentre accarezzava il suo pelo soffice, i pensieri la riportarono agli eventi della giornata. Guardò il panorama, e si domandò se avrebbe mai saputo chi fosse suo padre.

«Sei terribilmente silenziosa, tesoro» mormorò Drew, e la scrutò, preoccupato. «Va tutto bene?»

Si strinse nelle spalle. «Non ti ho ancora parlato dell'incontro con Allison Silverstone.» Gli raccontò i dettagli. «Immagino che tutti abbiamo bisogno di sapere chi siamo e da dove veniamo. La parte peggiore del non sapere è che pensi al peggio, e costruisci qualcosa di così irragionevole che diventa un mero esercizio mentale. Qualcosa di distruttivo. Non so come mia nonna abbia potuto gestire la totale assenza di informazioni sulle sue radici.»

«Almeno tu sai chi sono i tuoi nonni e tua madre. E poi ci sono quelli come me, la cui madre se n'è andata via. Come si dice: "Puoi scegliere i tuoi amici, ma non la tua famiglia"»

Cami lo guardò, angosciata. «Credi che dovrei chiedere a Lulu il test del DNA?»

Drew scosse il capo. «No. Quella povera ragazza ne ha passate già troppe. So che non vedi l'ora di scoprire se c'è una parentela tra voi, ma dovresti lasciar perdere, per ora. O forse, per sempre.»

Cami sospirò. «Hai ragione.»

###

Come se il fato confermasse il punto di vista di Drew, poche sere più avanti, al notiziario televisivo, Cami ascoltò un servizio che la raggelò. «Rosalie Kingsley, vedova di Edward Kingsley, è stata ricoverata dopo essere stata trovata priva di sensi in casa sua dalla figlia. La signora Kingsley è stata in cura, in passato, per una dipendenza da oppioidi. Si sospetta che sia stato questo il problema. La famiglia ha chiesto che sia rispettata la loro privacy, in questo periodo difficile.»

Cami si mise una mano sul cuore. «Oh, santo cielo! Che cosa terribile per Lulu. Sono così sollevata di non averla mai chiamata.»

«E tu speravi di far parte di quella famiglia? Sei fortunata a non esserlo. Povera Lulu» disse Drew, con una nota di compassione che Cami apprezzò.

Nei giorni che seguirono, continuò a pensare a lei. Prese un foglio di carta e le scrisse un breve, ma tenero, messaggio di conforto e le offrì di nuovo ospitalità, nel caso in cui avesse avuto bisogno di andarsene via per un po'.

Come in precedenza, lo mise nella posta in uscita, prima di cambiare idea.

I giorni volavano. Anche se era occupata dalla locanda e dall'imminente matrimonio di Allison, i pensieri di Cami si spostarono sulla vendemmia in arrivo. Non vedeva l'ora che cominciasse la raccolta dell'uva e la sua pigiatura. Tutti, nella valle, erano ottimisti sul fatto che sarebbe stata un'annata sperba.

Il giorno prima delle nozze, Allison arrivò con il fidanzato. Graham Watson non sembrava affatto noioso. Alto, capelli neri corti, lineamenti classici e luminosi occhi nocciola dietro alla montatura di corno, Graham conquistò subito Cami, col suo sorriso accattivante.

«Dopo che vi sarete registrati e sistemati nella camera, datemi un colpo di telefono. Il mio interno è il 100. Ci vedremo nel mio ufficio per scorrere insieme a Laurel gli aspetti relativi al matrimonio. Ha lavorato lei sui dettagli che avete richiesto.»

«Va bene» disse Graham. «Ho portato il mio taccuino con gli appunti.»

Cami e Allison si guardarono, divertite.

Allison strinse il braccio del fidanzato con affetto. «Non potrei fare nulla, senza di lui.»

Graham sorrise. «Lo ammetto, sono uno che prende appunti. Ma non penso che sia un problema, vero?»

«Non cambiare mai» aggiunse Allison, e gli rivolse uno sguardo così provocante da farlo arrossire.

Cami pensò che erano adorabili, insieme.

Più tardi, seduta con loro in ufficio insieme a Laurel, Cami si accorse di quanto fosse preparato Graham sui dettagli. Allison aveva idee molto chiare su come voleva che le cose fossero fatte, e lui aveva preso nota di tutto.

Dopo che ebbero concordato i vari aspetti, Cami disse: «Sta per cominciare l'aperitivo in biblioteca. Perché non andate a bere qualcosa e a rilassarvi con i vostri ospiti, in attesa della giornata di domani?»

Allison guardò l'ora. «Mamma e papà dovrebbero essere arrivati, ormai. Voglio che incontrino lei e Laurel. Saranno così felici di essere qui. Non succede tutti i giorni che una figlia, finalmente, si sposi.»

«È mancato poco che mi pagassero per farlo» la prese in giro Graham.

Cami ridacchiò, ma vide lo sguardo innamorato che Graham rivolse ad Allison.

###

Cami fu colpita da quanto poco hollywoodiano sembrasse Arthur Silverstone. Di statura media e un po' rotondetto, l'intelligenza acuta nei suoi luminosi occhi azzurri ne migliorava l'aspetto. Era quasi certa che non gli sarebbe sfuggito alcun dettaglio dell'ambiente circostante. Sua moglie, Evelyn, era una bionda esile e affascinante. Per prepararsi al matrimonio, Cami aveva letto un po' di cose su di loro e appreso che Evelyn, pur avendo l'avvenenza per recitare, era troppo alta perché gran parte degli attori si trovassero a suo agio con lei. Arthur se ne era innamorato dal primo momento in cui l'aveva incontrata. Invece di diventare una star, l'aveva sposato, aveva dato alla luce Allison ed era un vero esempio nella sua attività di beneficenza a favore dei vecchi attori andati in pensione che avevano bisogno di aiuto finanziario. A Hollywood erano una coppia molto rispettata.

Era interessante osservare quanto amassero la figlia. Ormai trentottenne, disperavano che potesse mai sposarsi e dar loro il nipote tanto desiderato. E invece, era in procinto di fare entrambe le cose.

Il resto degli invitati era alla mano e modesto come Allison e i suoi genitori. E, quando arrivò la famiglia di Graham, la divertì vedere i tre fratelli prenderlo in giro, perché era l'ultimo a sposarsi. Capì che Graham, serio e un po' timido, doveva essere stato sopraffatto da quei fratelli palestrati e rumorosi, dieci otto e sei anni più giovani di lui. Tutti loro, con le mogli e i genitori di Graham, si unirono ad Arthur ed Evelyn per cena. Sybil – l'amica di Allison – e il marito erano bloccati all'aeroporto di Los Angeles per il ritardo del loro volo.

Quando Cami si fu assicurata che tutta la combriccola fosse soddisfatta della festa privata nella sala da pranzo piccola, scivolò fuori dalla locanda. Laurel era la responsabile e stava facendo un ottimo lavoro.

###

Nel settore alberghiero, anche i piani meglio organizzati possono andare storti, pensò Cami nel guardare cupamente il cielo ancora scuro, e sentì il ticchettio della pioggia sulle finestre. Si domandò se ad Allison e Graham sarebbe piaciuto che il matrimonio si svolgesse in un giardino coperto.

Scese dal letto e prese Sophie, attenta a non svegliare Drew. Anche se la cucciola non avrebbe apprezzato, doveva fare il suo giretto all'esterno. Poi, le avrebbe permesso di infilarsi nuovamente nel letto con Drew, mentre lei si faceva una doccia e si preparava per andare al lavoro. *Oh, essere un cane!*

Sorrise a quel pensiero, e aspettò che Sophie facesse i suoi bisogni e tornasse da lei trotterellando: le rivolse uno sguardo che indicava in modo chiaro che non le faceva affatto piacere essere strappata a un letto caldo e confortevole in una mattina di pioggia.

Quando la riportò tra le coperte, una mano le afferrò il braccio. «Dove pensi di andare?» disse Drew, allegro.

Cami rise. «Devo andare a lavorare.»

«Non credo che gli ospiti richiedano la tua presenza a quest'ora del mattino. Torna a letto.»

Stava per cedere alla lusinga, ma si disse che occorreva assicurarsi che qualcuno si occupasse degli ospiti del matrimonio. Laurel sarebbe arrivata più tardi.

Quando Cami entrò nella locanda e vide Arthur seduto in salotto a bere un caffè, fu contenta di non essere rimasta più a lungo con Drew. Aveva la possibilità di scoprire qualcosa di più su Rex Chandler, che sua nonna adorava.

«Buongiorno, Arthur. Ha dormito bene?»

Lui sorrise. «Molto bene. Ma sono un mattiniero. A quanto pare, il tempo non intende collaborare con noi. L'uomo delle previsioni in TV ha detto che la pioggia smetterà nel pomeriggio, ma il clima rimarrà insolitamente freddo e umido.»

«Sì, l'ho sentito anch'io. In passato, in situazioni come questa, abbiamo spostato il matrimonio nella Chandler Hall ed è venuto benissimo. Lo suggerirò ad Allison.»

«Immagino che abbiate bisogno che piova» disse Arthur.

«Sì, per gli ospiti è stata un'estate un po' variabile dal punto di vista del tempo, ma ci aspettiamo una vendemmia eccellente.» Cami esitò e poi disse: «Posso farle qualche domanda sulla sua famiglia? Se ho ben capito, sua nonna Darla Rose e Rex Chandler si scrivevano lettere d'amore.»

Arthur le fece segno di sedersi vicino a lui. «Si metta qui. Volevo proprio parlarle di questo.»

Curiosa, Cami prese posto sul divano e si voltò verso di lui.

«Dopo che Allison mi ha mostrato le lettere tra Darla e Rex, ho fatto qualche indagine per conto mio. La loro relazione è rimasta un segreto ben custodito anno dopo anno, e ognuno dei due si è sposato con qualcun altro.» Scosse la testa. «È stupefacente pensare al potere che avevano alcune case di produzione, a quel tempo. Ma è una bellissima storia d'amore. Pensavo di suggerirla come sceneggiatura per un film. Mi sembra che lei sia l'ultima rimasta della famiglia di Rex. Sarebbe d'accordo con una cosa del genere?»

«Ma io non sono un vero membro della famiglia. Non per il legame di sangue, intendo» rispose Cami, consapevole di come sua madre doveva essersi sentita quando le avevano detto che suo padre era Rafe e non Kenton.

«Però, attraverso sua nonna, lei ha ereditato tutto ciò che era di Rex, incluso il suo nome» insistette Arthur. «Chiederò ai miei legali di ragionarci, ma credo di aver bisogno comunque di sapere se pensa di autorizzare un progetto come questo.»

«Direi di sì, ma devo parlare con mio nonno e poi le farò

sapere. E per quello che riguarda l'ex-moglie di Rex?»

«Non è in vita, ed essendo Kenton il loro unico figlio, il problema non si pone.»

«Un giorno, mi piacerebbe vedere quelle lettere.»

Arthur sorrise. «Si può fare. Sono davvero tenere.»

«Grazie. Se trattata con buon gusto, può essere una storia davvero interessante. Nana parlava spesso di Rex e di che persona speciale fosse.» Cami si alzò e gli strinse la mano. «Le farò sapere, allora. Adesso è meglio che mi occupi delle nozze di sua figlia.»

Lui ridacchiò. «Tutto quello che decide di fare, a me va bene. Io ed Evelyn abbiamo aspettato a lungo questo giorno.»

Mentre Cami andava verso le cucine, pensò alle famiglie e a come alcune di esse fossero davvero particolari. Avrebbe voluto sapere di più da Nana, ma ogni volta che aveva sollevato delle domande, erano state sommerse da un mare di fatti sconosciuti.

CAPITOLO VENTINOVE

L'idea di celebrare il matrimonio al chiuso si dimostrò un'ottima risposta all'imprevedibile situazione atmosferica. Cami rimase in disparte a osservare il piccolo gruppo che si sistemava in semicerchio intorno ad Allison e Graham. L'altare decorato con i fiori, la musica in sottofondo e l'illuminazione soffusa nella piccola zona di Chandler Hall che era stata dedicata alla funzione costituivano lo sfondo perfetto per gli alberelli e le piante fiorite in vaso che vi erano stati appositamente portati. Dalle travi del soffitto, le lucine scintillanti aggiungevano un tocco elegante allo spazio. Quando non erano utilizzati per i matrimoni, gli alberi e i fiori in vaso erano distribuiti per la tutta la proprietà.

Cami ascoltò l'officiante dare inizio alla cerimonia. Come sempre, le vennero le lacrime agli occhi. Pensò a Drew e si chiese se avrebbe mai sentito pronunciare quelle parole per se stessa. Era convinta che lui l'amasse, ma avrebbe preferito che non fosse così orgoglioso. Era vero, lei aveva ereditato la terra, la cantina e la locanda, ma sapeva molto bene che Drew non era interessato al suo denaro. Al contrario di Bernard. E, comunque, un giorno avrebbe avuto da Rafe una proprietà tutta sua. Nel frattempo, Cami aveva bisogno che l'aiutasse con Chandler Hill.

La cerimonia fu splendida come la stessa Allison. La sua voce tremò, nel recitare le promesse, con gli occhi luccicanti di lacrime come quelli di Graham. Il loro amore era evidente.

Lauren passò un fazzolettino a Cami. «Prendine uno. Ho imparato a tenerli a portata di mano. Matrimoni come questo mi fanno sempre piangere.»

Cami sorrise. «Anche a me. Vado alla locanda a vedere gli altri ospiti. Tu sei pronta per la fase successiva?»

Laurel annuì. «È tutto a posto. La cena sarà nella sala piccola. Grazie al cielo, ha finalmente smesso di piovere.»

La sala da pranzo principale era piena zeppa. Il brutto tempo o faceva scappare i clienti, oppure li attirava, in gruppetti desiderosi di aggiungere un po' di piacere alla giornata. La serata era una di quelle.

Becca era in zona, per vedere come si comportasse la nuova addetta all'accoglienza che avevano preso. Quando scorse Cami, sorrise. «Dori sta andando molto bene. E ho dato un'occhiata alla sala piccola: c'è Liz a gestire il servizio.»

«Molto bene» rispose Cami. A Liz Bullard piaceva occuparsi delle festicciole private.

Mentre stava per uscire dalla saletta, vide che il gruppo delle nozze arrivava nella sua direzione.

Alison le corse incontro. Indossava un abito girocollo a trapezio che arrivava a metà polpaccio, di vaporoso chiffon bianco. La semplicità del vestito creava un effetto splendido, come se la sposa fluttuasse nell'aria. «Grazie! Grazie! Ogni momento della cerimonia è stato meraviglioso.»

Cami la abbracciò. «Anche a me è piaciuta. E lei è bellissima.»

«Questo abito è perfetto» disse Allison. «L'ho scelto insieme a mia madre.»

Cami sorrise, ma una fitta di dolore la trafisse. Aveva pensato al matrimonio, ma chi l'avrebbe aiutata a scegliere l'abito, quando fosse venuto il momento?

I giorni che seguirono furono caldi e secchi. Qualcuno pensò fossero troppo secchi. Il calore gravava sulla valle e cresceva la preoccupazione che la vendemmia potesse non essere così spettacolare come si pensava.

Cami era molto impegnata con la locanda. L'inizio dell'autunno era un periodo particolarmente frenetico per l'hotel e quell'anno, come i precedenti, le camere erano piene.

Becca arrivò nel suo ufficio e si buttò su una poltroncina davanti alla scrivania di Cami. La guardò preoccupata e disse: «La sai l'ultima? Il tendone di lusso alla cantina Lone Creek è stato completato e a quanto pare è splendido. A quanto dice la cameriera che è andata lì a lavorare ed è amica di Dori, è una delle cose più seducenti mai viste. Le prime nozze di questo tipo avranno luogo tra due settimane. Sarà un evento da favola, e una delle riviste di viaggi farà un servizio su di loro e lo definirà "Amore sotto le stelle".»

Cami sollevò una mano per fermarla. «Non ti preoccupare. Ogni cosa a suo tempo. Stiamo tranquille e vediamo come va. Non ho intenzione di copiare tutto quello che fanno. Noi siamo famosi per i matrimoni eleganti e di alto livello, ed è ciò che sappiamo fare meglio.»

Becca fece un lungo sospiro. «Hai ragione. Ogni volta che vedo Vanessa, riesce a farmi arrabbiare. Credi di conoscere una persona, e poi ti dimostra che avevi torto.»

«Lo so» rispose Cami con genuina partecipazione. «Anche a me questa situazione fa andare fuori di testa.»

Quella sera Cami e Drew, seduti sul terrazzo, parlarono del nuovo lussuoso tendone e delle nozze che vi sarebbero state organizzate.

«Hai ragione» disse Drew. «Devi puntare sulle cose che sai fare meglio. Hai sempre avuto della concorrenza, anche se non è mai stata così spudorata.»

«Ma lo sai quanto ti amo?» esclamò Cami. Poi si alzò e

andò da lui. Gli prese il viso tra le mani e si abbassò per baciarlo.

Con una mossa rapida e fluida, Drew la attirò sulle sue ginocchia. «Ecco fatto! Adesso sì che ti tengo stretta.»

Cami si sentì vibrare dentro e si accoccolò contro il suo petto: inalò il suo profumo sexy e speziato. I loro cuori battevano all'unisono. Lo strinse forte e desiderò che quel sentimento tra loro durasse per sempre.

Quando le labbra di Drew si unirono alle sue e la lingua si insinuò in un bacio profondo, Cami si disse che non c'era niente di cui preoccuparsi. Ogni volta che erano insieme, capitava la stessa cosa.

Più tardi, dopo aver fatto l'amore, si allungò di fianco a lui e si incollò al suo corpo. Amarlo era qualcosa che le riempiva l'anima. Lui la nutriva come nessun altro avrebbe potuto fare. Pensò a Rex e Darla, a Nana e Kenton, e a Nana e Rafe. Anche quelli erano stati dei grandi amori.

Cami si stiracchiò nel sonno, a disagio. C'era qualcosa che non andava. Rotolò sull'altro fianco e si raggomitolò di nuovo. Aveva bisogno di dormire. Il giorno seguente sarebbe stato indaffarata come sempre.

Sophie girò su se stessa e si risistemò vicino a lei.

Drew, come il solito, dormiva profondamente.

Cami era trasportata ai confini di un sogno quando una fastidiosa sensazione che qualcosa non funzionasse la colpì di nuovo. Si guardò attorno, assonnata. La casa era silenziosa.

Abbassò le palpebre, un'altra volta.

Sentì un colpetto sulla schiena. Sophie guaì.

Cami si mise a sedere. Fumo!

Con il cuore a mille, saltò giù dal letto e corse alla porta scorrevole che dava sul balcone. Il cielo aveva un bagliore arancione.

«Drew! Svegliati! C'è un incendio!»

Acchiappò Sophie, si precipitò lungo il corridoio e uscì. Il bagliore giallo-arancio veniva dalla proprietà a nord della sua.

Scalza, con addosso solo una maxi T-shirt, corse al prato davanti a casa. In quel punto, la puzza di fumo era notevole. Le fiamme erano visibili in cielo e un rombo riempiva l'aria.

«Oh mio Dio!» gridò. «È la casa di Rod Mitchell, e sembra che il fuoco venga in questa direzione. Dobbiamo andarcene! Devo raggiungere la locanda!»

«Aspetta! Mi vesto e vado là in macchina a capire cosa sta succedendo» rispose Drew con una voce calma e ferma che tranquillizzò Cami. «Tu chiama l'hotel e di' loro che c'è un incendio nella zona.»

«Santo cielo! E se il fuoco arriva fin qui?»

«Ti ricordi che ho insistito per fare delle fasce tagliafuoco intorno alla tua proprietà e a quella di Rafe? E comunque, qualche scintilla potrebbe procurare dei danni qui o alla locanda. Nel caso si debba evacuare, raccogli il computer e le carte importanti, mentre io vado a vedere quanto è grave la situazione. Torno fra poco.»

Il suono delle sirene tagliava l'aria della notte, e un brivido di paura attraversò il corpo di Cami mentre correva in casa. Sophie era alle sue calcagna, e abbaiava.

Cercando ciò che le serviva, si domandò che cosa avesse scatenato il fuoco. Era piovuto, qualche giorno prima, ma l'estate era stata molto asciutta. Pensò ai filari di viti e si chiese se potessero sopravvivere. Nel 2017 gli incendi incontrollati nelle zone vinicole della California avevano rovinato molti raccolti e vigneti.

Cercando di non perdere la calma, riempì rapidamente un paio di valigie con documenti, fotografie e oggetti che considerava insostituibili. Bizzarro, pensò, che pur avendo comprato o ricevuto così tante cose, fossero davvero poche quelle che avevano una reale importanza per lei. Si chinò, sollevò Sophie e la strinse al petto.

Quando Drew arrivò nel vialetto, corse fuori per accoglierlo. «E allora? Com'è partito l'incendio? Quanto è grave?»

Lui alzò la mano per fermarla. «Calma! Una cosa alla volta. Sembra che il fuoco sia cominciato nel boschetto dove era stato sistemato il tendone di lusso e le annesse strutture. A quanto dicono, Vanessa e Bernard hanno passato lì la notte e si sono addormentati, lasciando acceso il falò. Il vento ha sollevato delle scintille e, con il secco che c'era, è andato tutto in fiamme.»

«Oh mamma mia! È tutto a posto? E la casa? Qualcuno si è fatto male?» Un fiotto acido le risalì dallo stomaco, al pensiero che qualcuno fosse stato ustionato in modo grave.

«Stanno bene. Sembra che i vigili del fuoco abbiano l'incendio sotto controllo. A quanto pare non riusciranno a salvare le viti, ma la casa è intatta e messa in sicurezza.» Drew scosse la testa. «È una brutta situazione, ma poteva andare molto peggio.»

«Chiamo Becca e la locanda, e poi vado lì» disse Cami. «Gli ospiti saranno sconvolti e voglio tranquillizzarli.» Guardò Drew. «Pensi che dobbiamo preoccuparci anche noi?»

«Onestamente, non credo. I nostri vigili del fuoco sono stati raggiunti da altre due squadre della valle. A questo punto, l'incendio è circoscritto, anche se continuerà a bruciare. Io rimarrò qui. La proprietà di Rafe è all'estremo opposto della tua e non temo che possa essere raggiunta dalle fiamme. Ma li chiamerò, per assicurarmi che suo nipote sia informato di tutto e tenga d'occhio la situazione.»

Cami lo abbracciò. «Prendo le mie cose e vado.»

Drew la aiutò a caricare in macchina le valigie e gli altri

oggetti. Si chinò per baciarla. «Presta attenzione. Ti amo.»
«Ti amo anch'io» rispose lei. Poi, con Sophie, partì per
andare alla locanda.

Anche se un pronto intervento aveva domato l'incendio, il
cielo incandescente dietro di lei sembrava un mostro
arrabbiato che aggrediva le loro terre.

Alle quattro del mattino, gli ospiti dell'hotel erano seduti
nell'ingresso e chiacchieravano tra di loro, con i volti corrugati
dalla preoccupazione. Il portiere di notte, un giovane che
Gwen aveva proposto per ricoprire quella posizione, era in
mezzo a loro.

Cami raggiunse il gruppo. «Salve a tutti! Per chi non mi
conosce, sono Camilla Chandler, la proprietaria della locanda.
Sono certa che vi stiate chiedendo cosa succede. Per prima
cosa, voglio che sappiate che qui siete al sicuro. L'incendio è
alla cantina di Lone Creek, e ho saputo che è completamente
sotto controllo da parte della capace squadra dei vigili del
fuoco. Altre unità li hanno raggiunti, per aiutare. In secondo
luogo, se qualcuno di voi ha problemi respiratori, suggerisco
che resti all'interno. Il nostro sistema di condizionamento
manterrà l'aria relativamente pulita, ma la qualità di quella
all'esterno non è salutare, al momento. Infine, tra poco
riforniremo l'area colazione, per quelli di voi che non
intendono tornare a dormire.»

Cami studiò i suoi ospiti. Molti indossavano gli accappatoi
bianchi che erano in dotazione alle camere. Altri si erano
vestiti in tutta fretta, con la prima cosa che avevano trovato, e
sembravano terrorizzati.

Cami si voltò, mentre Becca arrivava di corsa. «Cosa posso
fare per te?» domandò.

«Puoi aiutarmi in cucina. Dobbiamo preparare degli
spuntini e rifornire l'area colazione con caffè, bottigliette
d'acqua e succhi di frutta assortiti.»

Quando furono in cucina, Becca guardò Cami con preoccupazione. «Hai sentito? Vanessa e Bernard potevano rimanere uccisi. Erano addormentati all'interno del tendone, quando tutto ha preso fuoco. Sono vivi per miracolo. I loro oggetti personali sono rimasti dentro, ed è per questo che non hanno potuto chiedere aiuto immediatamente. Rod Mitchell ha chiamato i pompieri da casa sua.»

«Avevano bevuto? È per quello che non si sono accorti subito che qualcosa non andava?»

Becca scosse il capo. «Non ne sono sicura, ma credo di sì, il che complica la faccenda.»

«Ci scommetto che Rod sarà furioso con loro» disse Cami. Rod Mitchell era gentile coi vicini solo quando aveva bisogno di qualcosa. Lui e Nana avevano litigato per anni.

«Questo guaio distruggerà le cantine Lone Creek: non solo i vigneti, ma anche tutto il business dei matrimoni. E ciao ciao all'idea del tendone di lusso.»

«Che casino. Mi chiedo cosa ne sarà dei suoi progetti di vendere la proprietà.»

«Chi se la comprerà, adesso?» disse Becca. «È un vero guaio.»

CAPITOLO TRENTA

Quando Cami lasciò la locanda, la colazione degli ospiti era in pieno svolgimento. Invece di andare a casa, passò da Lone Creek. Molti veicoli erano parcheggiati davanti all'entrata, senza dubbio appartenenti ai molti pompieri volontari della zona, che dovevano avere risposto alla richiesta d'aiuto della squadra dei vigili del fuoco. Cami arrivò fino alla casa di Rod, parcheggiò e scese dall'auto.

In piedi nel vialetto, diede uno sguardo d'insieme alla terra che aveva di fronte. Le viti bruciate e annerite si aggrappavano ai graticci disposti in filari ordinati, rovinando la bellezza del paesaggio. La vista di quel lavoro duramente compromesso le provocava un senso di nausea.

Si voltò per andare alla porta d'ingresso. In situazioni come quella, i vicini aiutavano i vicini, anche se si trattava di soggetti difficili come Rod Mitchell.

Rosita Fernandez venne ad aprire. Era la domestica di Rod da anni. «Ciao, Cami, come stai?»

«Io sto bene, ma dovete essere devastati da quello che è successo. Sono qui per capire se c'è qualcosa che posso fare per aiutarvi. Posso farvi mandare del cibo o, magari, a Rod serve un luogo in cui stare.»

«Chi è?» disse una voce profonda, alle spalle di Rosita.

Il volto di Rod era ricoperto di fuliggine nera, come le mani. «Rod, mi dispiace davvero per quello che ti è successo. Volevo sapere se posso aiutarti in qualche modo. Ti serve da mangiare? Un posto per dormire? Qualcos'altro?»

Lui annuì tristemente. «Dovresti prestarmi alcune delle

tue persone. Ci vorrà del tempo per capire se si può salvare qualcosa delle vigne. Serve verificare i livelli di acidità del suolo, rimuovere le zolle carbonizzate, assicurarsi che il sistema di graticci regga, e tagliar via le viti, le foglie e i rami bruciati. È un gran casino, là fuori.»

«Parlerò con Adam Kurey per mandare un paio di uomini della sua squadra ad aiutarti. Sono sicura che gli altri proprietari faranno lo stesso. Buona fortuna, Rod.»

«Grazie, Cami.» Fece una pausa. «Per un attimo, mi hai ricordato tua nonna. Le assomigli molto, e anche lei avrebbe fatto quello che stai facendo tu adesso per me.»

Cami abbassò la testa, colpita dalle sue parole. Fece un cenno di saluto e se ne andò, con la testa che rimuginava idee.

Quando arrivò a casa, Drew stava uscendo dalla doccia. Si mise un asciugamano intorno ai fianchi e la baciò. «Ciao. Come va alla locanda?»

«Tutto bene. Sono contenta di essere andata. Il fuoco e il fumo rendono nervosa la gente, e ho potuto rassicurare i miei ospiti confermando che sarebbe andato tutto bene. Becca è arrivata poco dopo di me e mi ha aiutato a preparare la colazione per tutti. Ho aspettato che le cose fossero avviate in modo normale e tornando ho fatto un salto da Rod.»

«Come sta?» domandò Drew. «Ho appena messo a disposizione un lavorante di Rafe per dare una mano a ripulire.»

«Sembrava del tutto sconvolto dall'accaduto. Non so quanti anni abbia più di Rafe, ma mi è sembrato invecchiato di colpo. Ci sono notizie su Bernard e Vanessa?»

«Non ho visto in giro nessuno dei due. Mi sembra di aver capito che abbiano delle bruciature superficiali alle mani e alle braccia per aver cercato di spegnere l'incendio e recuperare le loro cose dal tendone. Sono stati portati all'ospedale per curare le ustioni e l'intossicazione da fumo.»

«Che cosa ne sarà delle cantine Lone Creek?» domandò Cami. «La casa di Rod è sfuggita alle fiamme, ma la gran parte delle viti ha un aspetto terribile.»

«Un intero appezzamento dev'essere andato distrutto, ma credo che il resto sia recuperabile. E, lungo il confine a sud, non c'è stato alcun danno. In ogni modo, non credo che il compratore che lui corteggiava rimarrà dell'idea.»

«Spero che, chiunque sarà il proprietario, sia qualcuno che ha voglia di lavorare duro e rimettere in sesto i terreni» commentò Cami. «È un vero guaio. Non mi è piaciuto come Bernard e Vanessa si sono comportati con me, ma di certo non gli avrei mai augurato una cosa del genere.»

Drew scosse il capo. «Nemmeno io. È difficile immaginare che qualcuno nella valle voglia assumere uno di quei due. Lo sai quanto siamo uniti, tra noi.»

«Penso che tu abbia ragione.» Sapere che Bernard sarebbe scomparso dalla sua vita non dava a Cami alcuna soddisfazione. Si tolse la camicia e la mise da parte.

«Ehi! Che stai facendo?» le domandò Drew, con un sorriso seducente.

«Devo ripulirmi, per poter tornare al lavoro.»

Drew si tolse l'asciugamano e lo fece cadere per terra. «Perfetto. Ti aiuto io.»

Più tardi, quella settimana, Cami stava cominciando a preparare per cena lo stufato di pollo preferito da Drew, quando lui la chiamò.

«Ciao, volevo dirti che non ce la faccio a venire a mangiare, stasera. E non mi aspettare. Rientrerò tardi.»

«Davvero? Qualcosa che dovrei sapere?»

«Solo una serie di faccende di cui mi devo occupare. Ci vediamo.»

Cami posò il telefono e si chiese cosa stesse succedendo. Aveva appena ripreso con lo stufato, quando la chiamò Becca. «Cosa fai? Vuoi che mangiamo insieme? Dan lavora a un progetto speciale e mi va di stare in compagnia.»

«Vieni da me. Sto giusto preparando uno stufato, il preferito di Drew, e anche a me farebbe piacere non rimanere da sola.»

«Tra poco sono da te. Grazie, Cami.»

Quando arrivò, Becca le diede un mazzo di rose gialle "sweetheart". «Ho pensato di portartene un po'. Me le ha regalate Dan per il settimo mese di anniversario del nostro fidanzamento. Erano troppo belle per lasciarle a casa.»

«Che gentile! Le metto sul tavolo, così possiamo godercele mentre mangiamo. Che ne dici di un calice di vino?»

«Se non è della cantina Lone Creek, volentieri. C'è chi fa scorta di bottiglie, pensando che non ce ne saranno più di uguali. Che stupidata.»

«Sì, innanzitutto perché non erano un granché. Rod non è un vinificatore, e Bernard, nonostante quello che dice, nemmeno.»

«Ho sentito che Vanessa tornerà a New York e porterà Bernard con sé. Cercheranno lavoro in una delle cantine a nord dello stato, nella regione dei Finger Lakes.»

Cami scosse il capo. «Faranno un altro disastro, senza dubbio.»

«Per lo meno, andandosene, faranno un piacere a Chandler Hill.»

Cami sorrise. «Laurel ha ricevuto molte richieste dalle spose che avevano prenotato alle cantine Lone Creek. Anche se avrei preferito che capitasse in circostanze diverse, lei è molto eccitata all'idea, e lo sono anch'io.»

«Non vedo l'ora che arrivi il momento delle mie nozze. Ho portato un paio di fotografie di abiti da sposa da mostrarti.»

«Che bella idea!» disse Cami, domandandosi quando sarebbe arrivato il momento giusto per Drew di farle la proposta.

Più tardi, dopo aver scelto il vestito di matrimonio per Becca e avere assaporato la cena, Cami capì quanto fosse importante per lei avere un'amica come Becca. Con tutti gli impegni di lavoro che aveva, era difficile trovare del tempo per serate come quella. Ma si accorgeva che, per quanto amasse Drew, aveva anche bisogno di amiche.

Dopo che Drew ebbe saltato tre cene e fatto un viaggio a Portland senza di lei, una mattina Cami finalmente lo affrontò. «Mi spieghi cosa succede? Continui a dire che ti devi occupare di alcune faccende, ma vorrei sapere se riguardano la cantina di Rafe.»

«Sì e no» rispose lui, in tono misterioso. «Ti prometto che stasera tornerò per cena. Potresti farmi il favore di ordinare alla locanda il filetto alla Wellington e una delle loro torte speciali al limone come dessert?»

«E quale sarebbe l'occasione?» domandò lei, vedendo il sorrisetto che aveva stampato in faccia.

«Le faccende di cui mi sto occupando. Vedrai.» La baciò e se ne andò verso il pick-up, fischiettando.

Cami era perplessa. Drew non era il tipo da segreti. *Faccende? Che cosa voleva dire? Avevano parlato di ampliare la zona degustazione da Rafe. Si trattava di quello? Una specie di sorpresa per lui?*

Nel suo ufficio, Cami stava ancora rimuginando sulle attività di Drew. Dopo il lavoro, sarebbe andata da Rafe a vedere in prima persona che cosa stesse combinando.

Becca entrò in ufficio, si fermò, e fece una faccia preoccupata. «C'è qualche problema?»

Cami scosse il capo. «Oh, c'è Drew che ha un modo di fare sospetto. Continua a dirmi che lavora su delle faccende. Penso di sapere cosa intenda. Avevamo parlato di ampliare la zona degustazione da Rafe.»

Becca fece schioccare le dita. «Ecco di cosa si tratta! È un po' che Dan è occupato in un progetto speciale. Non mi ha voluto dire cosa sia, ma se sta lavorando con Drew, tutto quadra.»

Cami si accorse di fare un gran sorriso. Ma certo. Si trattava di quello. Il suo innamorato stava preparando una sorpresa per lei e per il nonno.

Per il resto della giornata, Cami rimase in quello stato di piacevole soddisfazione. Il progetto di Drew sarebbe stato uno splendido regalo per Rafe. Fece come lui le aveva chiesto e ordinò i suoi piatti preferiti alla locanda. Se li sarebbe fatti portare intorno alle otto, e avrebbe fatto in modo che tutto fosse a posto per la sua sorprendente rivelazione.

CAPITOLO TRENTUNO

Cami uscì presto dalla locanda. Drew voleva che la serata fosse speciale e lei aveva deciso di stare al gioco. A casa, tolse gli abiti da ufficio e indossò una gonna di tessuto leggero che a lui piaceva e una maglia di cotone color verde mare, che metteva in risalto il rosso dei suoi capelli e accentuava la vivacità degli occhi castani. Decise di mettersi il pendente della nonna con i grappoli d'uva e se lo fece scivolare intorno al collo, agganciandolo con soddisfazione. Nana avrebbe adorato la gentilezza di Drew e la lealtà che dimostrava a Rafe.

Fece un passo indietro e si rimirò nello specchio, poi andò in cucina a dar da mangiare a Sophie, che le trotterellò dietro, abbaiando alla prospettiva.

Quando Sophie fu nutrita, la tavola apparecchiata, il vino stappato e il menu ordinato, Cami uscì sul terrazzo per aspettare l'arrivo di Drew. La settimana successiva sarebbe cominciata la vendemmia e Rafe sarebbe stato di ritorno dal viaggio in Europa. Era trascorso più di un anno dalla morte di Nana, un anno colmo di angoscia, di dubbi, di trionfi e dell'arrivo del vero amore.

Persa nei suoi pensieri, fu sorpresa dalla voce di Rafe che disse: «Ciao!»

Si voltò. «E tu, cosa ci fai qui?» Corse da lui e gli buttò le braccia al collo. «Benvenuto a casa! Sono così contenta che tu sia tornato. Sono successe tante cose...»

«Sì» disse Rafe. «So tutto quanto. Drew mi ha raccontato.» Le diede delle piccole pacche sulla schiena e la abbracciò stretta. «Non potevo starmene lontano un giorno di più. Mi sei mancata.»

Cami sollevò lo sguardo e sorrise. «Anche tu mi sei mancato. Ma pensavo ti stessi divertendo. Non hai passato delle belle vacanze?»

«La crociera fluviale è stata favolosa. Ma aggiungere altri dieci giorni era un po' troppo. Volevo essere qui con te e Drew per la vendemmia. Dovrebbe essere un'annata eccezionale.»

Arrivò anche Drew. «Un'ottima annata per molte ragioni. Sediamoci a bere un bicchiere di vino, e vi spiegherò tutto.»

Finalmente, pensò Cami. Non vedeva l'ora di sentire cosa pensava Rafe della sua sorpresa.

Mentre Drew versava il vino, Cami preparò un vassoio di camembert, olive ripiene e cracker.

Dopo che furono tutti seduti in terrazza, Drew sollevò il calice. «Brindiamo al futuro!»

Rafe e Cami risposero in coro: «Al futuro!»

Avevano appena bevuto un sorso di vino, quando Drew posò il bicchiere. «Come sai, Cami, e ora sai anche tu, Rafe, mi sono dato molto da fare per far sì che accadesse una certa cosa. E adesso posso dirvi esattamente di che si tratta.» Un ampio sorriso gli illuminò il volto e lo sguardo. «Dan Thurston, il nipote di Rafe, José, Adam Kurey e io siamo ora gli orgogliosi proprietari della cantina Lone Creek.»

A Cami cadde la mascella. «Vuoi dirmi che il progetto non era quello di ampliare la zona degustazione a Taunton Estates?»

La sorpresa di Drew fu ugualmente significativa. «Che cosa? No. Non l'avrei mai fatto senza il permesso di Rafe.»

«Vuoi ampliare la zona degustazione?» domandò Rafe.

«Ne abbiamo parlato» spiegò Cami. Poi si rivolse a Drew. «È una notizia meravigliosa, ma cosa ne sarà del tuo lavoro ai Taunton Estates?»

«Questo è il motivo per cui sono qui» disse Rafe. «Drew mi

ha chiamato, e gli ho spiegato cos'avevo in mente per lui riguardo ai vigneti e alla cantina Taunton Estates. È uno dei motivi per cui la banca ha approvato il prestito per Lone Creek. Drew sarà il socio di maggioranza e, unendo gli sforzi, entrambe le proprietà potranno essere gestite al meglio.»

«E Chandler Hill? Adam è il mio vinificatore.» Cami non riusciva a nascondere il disappunto.

«Continuerà a seguire te fedelmente, ma aiuterà anche me e José alla cantina di Lone Creek. Se sei d'accordo, possiamo lavorare tutti insieme.»

Cami esitò per un attimo. Le tre cantine ben coordinate tra loro potevano operare con migliore efficienza. Se non ci fossero state conseguenze sulla qualità dei suoi· vini, poteva andarle bene.

«Affare fatto» disse e si alzò per abbracciare Drew. «Caspita! Adesso avrai più terra di quella di cui puoi occuparti.»

«Si tratta solo di organizzare bene tutte le faccende» rispose lui e rise, nel vederla sollevare un sopracciglio.

Rafe si alzò. «E adesso, se non vi dispiace, andrei a casa a dormire. Vi ricordo che, in Europa, è ora di mettersi a letto.»

Cami lo accompagnò all'uscita e lo abbracciò con trasporto. «Sono contenta che tu sia tornato. Ti voglio tanto bene.»

«Anch'io, *cariño*.»

«Vuoi che ti dia un passaggio?» gli domandò.

Rafe scosse la testa. «Preferisco passeggiare un po', e fare una piccola sosta lungo la strada.»

Cami sapeva che intendeva fermarsi nel boschetto, dove avrebbe riportato alla mente il ricordo di lui e Nana e del tempo trascorso insieme. «Lo capisco. Ci vediamo domani.»

Quando Cami ritornò sul terrazzo, Drew era appoggiato al parapetto e guardava le colline, punteggiate dai colori delle latifoglie tra i pini.

«Bello, eh?» disse Cami, avvicinandosi.

Lui si voltò e sorrise. «Sei bellissima.» Si inginocchiò.

«Cosa fai?» gli chiese Cami, a bassa voce.

«Ti sto chiedendo di sposarmi. Vorresti farlo, Cami? Voglio trascorrere il resto della vita con te, ad amarci, a coltivare la vite, a fare vino e bambini.» Aprì una scatolina di velluto nero. All'interno c'era un anello d'oro, con un grosso diamante rotondo, affiancato da altri due con taglio a gradini.

Sophie saltò sopra la gamba di Drew e rivolse a Cami uno sguardo interrogativo.

«Voi due avete deciso di fare comunella?» Il cuore le batteva forte dalla gioia e faceva fatica a respirare.

«Vuoi sposarmi, Cami?» domandò Drew, con gli occhi pieni d'amore per lei.

«Sì! Sì! Ti voglio sposare, Drew Farley, e amarti e vivere con te per sempre.»

Lui si alzò in piedi e la attirò tra le braccia. «Ti amo più di quanto puoi immaginare, Cami. Prometto di farti felice.»

«Lo stai già facendo» mormorò lei, sollevando le labbra verso le sue.

Quando finalmente si separarono, Drew disse: «Rimandiamo la cena a più tardi.»

Stava per dirgli che era d'accordo, quando suonarono alla porta. Rise per la puntualità della consegna del pasto e andò ad aprire. Si sarebbe assicurata che Drew fosse soddisfatto sia di lei sia della cena.

Più tardi, dopo avere fatto l'amore, Cami guardò l'anello che aveva al dito. Era splendido. Ma era solo un simbolo del sentimento che condividevano. Pensò al matrimonio che avrebbero celebrato in futuro e si domandò, come aveva già fatto molte volte, come si sarebbe svolto. Di sicuro Rafe avrebbe accettato di accompagnarla all'altare. C'erano molte cose di cui essere grata.

###

Quando Cami arrivò, c'era Becca ad aspettarla in ufficio. «E dunque, adesso sappiamo cosa fosse il famoso progetto. Dan è entusiasta all'idea di essere co-proprietario di una cantina. Ha già in mente delle idee per migliorarla.»

Con le mani dietro alla schiena, Cami le sorrise raggiante. «Anche Drew è entusiasta. A dirla tutta, mi ha chiesto di sposarlo.» Allungò la sinistra davanti a Becca.

«Oh santo cielo! È bellissimo!» La abbracciò. «Ma non puoi sposarti prima di me!»

Cami rise. «Non lo farò. Promesso. Ho aspettato tanto prima di trovare l'uomo giusto. Voglio godermi il fidanzamento. E poi, saremo tutti molto occupati. Sembra che avremo un'annata grandiosa.»

CAPITOLO TRENTADUE

Come previsto da Cami, la vendemmia e la pigiatura furono frenetiche. Anche se la locanda era al completo, passò più tempo possibile con Adam a controllare le uve e ad assicurarsi che fossero trattate nel modo più adatto. Quando fu l'ora dell'assaggio, scoprì di avere ereditato il palato della nonna. Forse, pensò, avrebbe potuto diventare lei la vinificatrice di Chandler Hill. Il futuro si prospettava delizioso e meritevole di essere gustato.

Mentre esaminava il peso dei grappoli e altri dati relativi alla vendemmia, Becca irruppe nel suo ufficio. «C'è qualcuno con cui devi parlare. Si sta registrando in questo momento.»

Cami la guardò, perplessa. «Di chi parli?»

«È una persona molto importante per te» rispose Becca, con un sorriso complice. «Si chiama Louise Kingsley.»

Cami spalancò gli occhi. Lasciò cadere la penna che aveva in mano e guardò Becca. «Lulu?»

«Già. Ha prenotato per due notti. E, una volta tanto, non abbiamo in programma nessun matrimonio. Dovresti riuscire a dedicarle un bel po' di tempo.»

Cami non riusciva a calmare il groviglio che aveva nella pancia. «Forse è venuta apposta per dirmi un'altra volta di starle alla larga. Ha una vita così incasinata, in questo momento.»

«Forse vuole solo accettare l'offerta che le hai fatto di rilassarsi un po' qui da noi, come mi hai raccontato. Qualsiasi sia il motivo, Cami, devi cercare di sistemare le cose tra voi.»

Cami annuì e guardò fuori dalla finestra, così persa nei suoi pensieri da non vedere nemmeno gli scoiattoli che scorrazzavano intorno. *Dopo tutto quello che aveva passato, poteva essere vero che Lulu fosse a Chandler Hill solo per riposarsi, come aveva detto Becca? O voleva darle altri problemi?*

Cami chiamò la reception mentre viveva emozioni altalenanti, con pensieri positivi subito contraddetti da altri, negativi. *Lulu aveva ricevuto la sua lettera di condoglianze? E, in tal caso, l'aveva considerata in qualche modo una minaccia? Ma allora, perché non l'aveva chiamata?*

«Chandler Hill, come posso aiutarla?» disse la voce dall'altra parte.

«Può chiedere alla signorina Kingsley di raggiungermi in ufficio?» Aveva deciso che preferiva accogliere Lulu nel proprio territorio.

Quando bussarono, Cami balzò in piedi. Fece un lungo respiro, andò ad aprire e guardò Lulu in piedi sulla porta.

«Ha chiesto di vedermi?» disse, e le sembrò piccola e incerta. Non assomigliava affatto alla giovane donna estroversa e sicura di sé che aveva incontrato al matrimonio di Justine.

«Ho pensato che fosse il caso di parlarci. La prego, perché non entra e si siede?»

«Ho ricevuto i suoi due messaggi. È per questo che sono qui.» Gli occhi di Lulu si riempirono di lacrime. La guardò con un'espressione così disperata che il cuore di Cami si strinse per la compassione.

«Per favore, sediamoci.» Le indicò una delle due poltroncine di pelle davanti alla scrivania.

Mentre Lulu si accomodava, Cami prese quell'altra e cominciò a parlare. «Non ho mai voluto ferirla, Lulu. Né lei né le sua famiglia. Volevo solo la verità. Solo quella.»

Lulu si strinse le mani, fece un lungo respiro e cominciò

lentamente a parlare. «Spero che mi perdonerà. Sono stata orribile con lei. E adesso che sono più o meno sola, e non ho nessuno da proteggere, devo rimediare.»

«Sono certa che lei abbia fatto quello che riteneva necessario» rispose Cami a bassa voce. «Dopo quello che è successo, la capisco.»

Lulu scosse il capo. «Lei non sa com'era mio padre. Era una luce in una stanza buia, attirava ogni genere di persona come falene verso una fiamma. Anche se era piacevole e affascinante, era guidato dal desiderio di riuscire in tutto ciò che faceva. Sognava di fare così tanto per il paese, come presidente. Naturalmente, dalla piega che hanno preso gli eventi, era qualcosa che non sarebbe mai successo. Non dopo che quelle donne lo hanno accusato di essere state molestate sessualmente. Santo cielo! Che incubo!»

Cami allungò un braccio e le prese la mano. «Non riesco a immaginare quello che ha dovuto passare. Prima quello, poi l'attacco di cuore, e poi sua madre. Spero abbia molte amiche intorno a lei ad aiutarla.»

Nuove lacrime riempirono gli occhi di Lulu. «Qualcuna, non molte. È incredibile come la pubblica gogna riveli la vera natura delle persone: amici solo per convenienza. Questo è un altro dei motivi per cui sono qui. Anche dopo averla trattata come ho fatto, lei ha dedicato del tempo a scrivermi. Non una sola volta, ma due. Lei merita più del mio grazie, per questo.» Sospirò con tristezza.

Cami attese che riprendesse a parlare.

«Mentre esaminavo alcuni incartamenti di mio padre, ho trovato una lettera di Autumn Chandler. Penso che lei la debba avere.» Lulu prese dalla borsetta una busta un po' consumata e la diede a Cami.

Con dita tremanti, Cami la prese.

«Dovrebbe leggerla» suggerì Lulu. «È importante.»

Respirando a malapena, Cami aprì la busta e prese la lettera indirizzata a Edward Kingsley. I suoi occhi accarezzarono ogni parola, mentre la leggeva.

«Caro Ed, spero che tu stia bene e che i tuoi progetti di lavorare per il governo procedano. Con il tuo sorriso luminoso e la determinazione a portare avanti dei buoni progetti, mi sembri molto adatto per avere successo. Ho letto alcune notizie su di te, recentemente, e ho scoperto con sorpresa che sei destinato a sposarti con un'altra donna, scelta per te dal tuo ambizioso padre. La nostra breve relazione ci fa condividere una figlia, ma non intendo ostacolarti. Per evitare di fare danno a te o alla tua famiglia, ho deciso di terminare quella che per me è stata una straordinaria relazione. Ti chiedo di non contattarmi mai più. È meglio così. Con amore, Autumn Chandler.»

Cami sollevò gli occhi dalla lettera che teneva tra le dita gelate e, attraverso un velo di lacrime, guardò la donna che ora sapeva essere la sua sorellastra.

Anche Lulu piangeva. «Le giuro che non sapevo che fossero stati insieme, né sono mai venuta a conoscenza delle altre donne. L'avvocato di famiglia dice che non ha altri figli. Solo noi due.» Abbassò la testa tra le mani e singhiozzò: «Mi spiace. Mi spiace.»

«Ehi, non è colpa sua» le disse Cami con dolcezza, per calmarla. «I nostri genitori hanno preso le loro decisioni. Mia madre è sempre stata molto ostinata nel non voler dire a me e agli altri della famiglia chi fosse mio padre. Ora ho capito che deve averlo amato molto.»

«Guardi la lettera e la busta, Cami. Sono consumate agli

angoli, come se fosse stata letta e riletta molte volte» osservò Lulu a bassa voce.

Si alzarono e si guardarono, consapevoli di cosa significava.

«Ora siamo una famiglia. Più o meno. No?» disse Lulu, esitante. «Voglio dire, io non ho nessun altro, non proprio.» Un tremito la scosse.

Cami la abbracciò. «Tranquilla. Adesso non sarai più sola. Te lo prometto. Vieni con me. Voglio farti vedere una cosa.»

Lasciarono la locanda e si diressero verso il boschetto che era così importante per Cami. «Non volevo il nome di tuo padre, né i soldi, né altro» disse Cami, guardando le terre. «Sono una Chandler e una Lopez, ed è più che abbastanza per me.»

«Non era l'uomo che credevo» sussurrò Lulu tristemente. «Ma mio padre ha fatto molte cose straordinarie per gli altri. È su questo che devo concentrarmi.»

Mentre camminavano, Cami pensò alle famiglie. Non erano composte necessariamente solo da chi vi era nato. Alcune persone lasciavano un vuoto dietro di sé. Altre li riempivano con nuovi inizi. Guardò la giovane donna che aveva di fronte. In quei luoghi forse Lulu avrebbe trovato la felicità. E la pace.

Un falco fece un cerchio nel cielo sopra di loro: una spirale bruna sullo sfondo azzurro. Cami ricordava a malapena sua madre, ma in quel momento sentì la sua presenza. Era stata una donna coraggiosa e indipendente, la figlia di Nana da molti punti di vista.

Cami guardò le colline intorno. Come la nonna, anche sua madre aveva sempre amato quella terra. Entrambe sarebbero sempre vissute nei filari che vi si stendevano a perdita d'occhio, con la promessa di ricche vendemmie per molti anni a venire.

Era tornata per mantenere la promessa fatta a Nana, e aveva ricevuto un dono inestimabile. Aveva trovato una famiglia: quella che già aveva, quella che sperava di costruire con Drew e quella che avrebbe condiviso con Lulu e coloro che avevano bisogno di lei.

Sollevò il viso verso il calore del sole, certa di essere dove era giusto che fosse. A Chandler Hill lei e gli altri sarebbero stati bene, perché vi regnava l'amore.

Una lieve brezza le accarezzò la guancia. Nel sospiro dell'aria intorno a lei, sentì la voce di Nana. «Benvenuta a casa, tesoro.»

# # # # #

Grazie per aver letto Una casa per Cami. Se questo libro vi è piaciuto, aiutate altri lettori a scoprirlo lasciando una recensione sul vostro sito preferito. È un bellissimo modo per ringraziare l'autore.

L'AUTRICE

Judith Keim, autrice bestseller su *USA Today*, è un'autrice ibrida, ovvero ha un editore e si autopubblica. Scrive romanzi che scaldano il cuore, raccontando di donne che vivono sfide inaspettate, le affrontano con forza e trovano l'amore e la felicità lungo la strada. I suoi libri più venduti si basano spesso sui luoghi dove ha vissuto o che ha visitato e sulle persone interessanti che ha incontrato, creando così personaggi credibili e ambientazioni realistiche che i suoi numerosi e fedeli lettori amano.

Ha trascorso l'infanzia e la giovinezza a Elmira, New York, e ora vive a Boise, Idaho, con il marito e il loro adorabile bassotto, Wally, e altri membri della sua famiglia.

Fin da piccola è stata attratta dall'idea di scrivere storie. I libri erano sempre presenti: in lettura, pronti da restituire in biblioteca o ancora da scoprire. Condividere le storie dei libri letti era un'abitudine, in famiglia, contribuendo alla vivida immaginazione di tutti i membri.

Judith ama ricevere messaggi dai lettori e apprezza il loro entusiasmo per le sue storie.

Iscriviti alla sua newsletter:

https://BookHip.com/RRGJKGN

Visita il suo sito: http://www.judithkeim.com/
Trovala su Goodreads:
**https://www.goodreads.com/author/show/29990
38.Judith_Keim**

LIBRI DI JUDITH KEIM

LA SERIE DELLE DONNE HARTWELL:
L'albero che parla – 1
Chiacchiere dolci – 2
Chiacchiere dirette – 3
Chiacchiere infantili – 4
Le donne Hartwell – Cofanetto

LA SERIE DEGLI HOTEL DELLA CASA SULLA SPIAGGIA:
Prima colazione all'Hotel The Beach House - 1
Pranzo al Beach House Hotel - 2
Cena al Beach House Hotel - 3
Natale al Beach House Hotel - 4
Margarita al Beach House Hotel - 5
Dolce al Beach House Hotel - 6

IL GRUPPO DEI VENERDÌ GRASSI:
Venerdì grasso - 1
I sabati di Sassy - 2
Domeniche segrete - 3

LA SERIE DI SALTY KEY INN:
Trovarmi - 1
Trovare la mia strada - 2
Trovare l'amore - 3
Trovare la famiglia - 4
La serie Salty Key Inn - Cofanetto

LIBRI DEL SEASHELL COTTAGE:
Una stella di Natale
Cambiamento di cuore
Un'estate di sorprese

Un viaggio in auto da ricordare
Le ragazze della spiaggia

LA SERIE DELLA LOCANDA DI CHANDLER HILL:
Andare a casa - 1
Tornare a casa - 2
Finalmente a casa - 3
La serie Chandler Hill Inn - Cofanetto

LA SERIE DELLA LOCANDA DELLA SALVIA DEL DESERTO:
I fiori del deserto - Rosa - 1
I fiori del deserto - Giglio - 2
I fiori del deserto - Salice - 3
I fiori del deserto - Vischio e agrifoglio - 4

LE ANIME SORELLE AL CEDAR MOUNTAIN LODGE:
Sorelle di Natale - Antologia
Baci di Natale
Castelli di Natale
Storie di Natale - Antologia Soul Sisters
Gioia di Natale

LA SERIE DELLA LOCANDA DI SANDERLING COVE:
Onde di speranza - 1
Auguri di sabbia - 2
Baci salati - 3

ALTRI LIBRI:
L'ABC della convivenza con un bassotto
C'era una volta un'amicizia - Antologia

Vincere alla grande - una piccola storia d'amore per tutte le età
Speranze per le vacanze
I biglietti vincenti - (2023)

Per maggiori informazioni: www.judithkeim.com